LES ÉTOILES ERRANTES

TOMMY ORANGE

LES ÉTOILES ERRANTES

roman

Traduit de l'américain
par Stéphane Roques

TERRES D'AMÉRIQUE

ALBIN MICHEL

« Terres d'Amérique »

Collection dirigée par Francis Geffard

Édition originale américaine parue sous le titre :
WANDERING STARS
Publiée aux États-Unis chez Alfred A. Knopf,
une division de Penguin Random House LLC, New York

À tous ceux qui ont survécu
et n'ont pas survécu à cette chose
qui porte et ne porte pas le nom d'addiction.

Prologue

« Je suis baptiste, parce que je crois
qu'il faut immerger les Indiens dans notre civilisation,
et qu'une fois que nous les avons plongés dedans,
il faut les y maintenir jusqu'à ce
qu'ils en soient entièrement pénétrés. »

Richard Henry Pratt (1840-1924)

Il y avait les enfants, et puis il y avait les petits Indiens, parce que ce n'étaient pas des enfants que faisaient les sauvages sans pitié qui peuplaient ces terres d'Amérique, mais des lentes, et que les lentes finissent toujours par devenir des poux, en tout cas d'après l'homme qui compara le massacre de Sand Creek au fait d'écraser des insectes, quand sept cents soldats ivres arrivèrent avec des canons, puis de nouveau quatre ans plus tard, presque jour pour jour et de la même façon, au bord de la Washita River, où dans la foulée sept cents chevaux indiens furent encerclés et abattus d'une balle dans la tête.

Ce genre d'événement fut qualifié de bataille, et ensuite – parfois – de massacre, lors du conflit le plus long qu'ait connu l'Amérique. Plus d'années de guerre contre les Indiens que l'Amérique n'en comptait en tant que nation. Trois cent treize. Après les tueries et déplacements forcés, l'éparpillement et la concentration des indigènes pour les parquer sur des réserves, et après la réduction de la population de bisons d'environ trente millions à quelques centaines sur les étendues sauvages – l'idée étant : « Chaque bison mort, c'est un Indien de moins » –, apparut un autre slogan digne d'une campagne politique : « Tuer l'Indien pour sauver l'homme. »

Quand les guerres indiennes commencèrent à devenir inopérantes, le vol des terres et la souveraineté tribale l'affaire des bureaucrates, ils vinrent prendre les enfants pour les envoyer de force dans des pensionnats, où s'ils ne mouraient pas de ce qu'on appelait consomption alors même qu'ils étaient régulièrement privés de nourriture ; s'ils ne croulaient pas sous les tâches obligatoires, formés au travail agricole ou industriel, ou réduits à l'état de servitude ; s'ils n'étaient pas enterrés dans des cimetières ou dans des fosses communes, s'ils ne disparaissaient pas sur le chemin de l'école après s'être enfuis, sans laisser de traces, sans sépulture, tombés dans l'oubli, ou perdus entre l'exil et le refuge, entre les terres tribales, les réserves et la ville ; s'ils résistaient aux coups et aux viols devenus routine, s'ils survivaient, fondaient une famille et un foyer, c'était grâce à ceci et à rien d'autre : ces jeunes Indiens étaient faits pour endurer plus que ce qu'on est censé endurer.

Mais avant les pensionnats, en 1875, soixante et onze hommes et une femme furent faits prisonniers de guerre et expédiés par le train jusqu'à St. Augustine, en Floride, où ils furent enfermés dans une ancienne forteresse espagnole – un édifice en forme d'étoile devenu une prison. C'était le plus vieux fort en pierre du pays, et la première colonie européenne dans les plaines continentales des États-Unis. Conçu à l'origine pour défendre la route commerciale de l'Atlantique, il fut construit par les Espagnols sur le dos des tribus de la région, à la fin des années 1600, avec des *coquinas*, sortes de coquillages anciens que le temps avait transformés en roche. Il fut nommé Castillo de San Marcos en hommage à saint Marc, saint patron des prisonniers, entre autres, et rebaptisé Fort Marion sous la férule des États-Unis, en hommage au héros de la guerre d'Indépendance Francis Marion, surnommé « le Renard des Marais », connu pour avoir violé ses esclaves et chassé l'Indien par plaisir.

Leur geôlier, le capitaine Richard Henry Pratt, ordonna de leur couper les cheveux et de leur fournir un uniforme militaire. Il donna aussi l'ordre que chacun d'entre eux reçoive un livre de comptes pour dessiner dessus. C'est un Cheyenne du Sud nommé Howling Wolf qui en tira le meilleur parti parce qu'il avait l'habitude de peindre des histoires sur des peaux de bison. Dans les registres, il esquissa des formes vues de loin et d'en haut. À hauteur d'oiseau. Ce qui n'était pas le cas de ses œuvres passées. Ce n'est qu'après le long voyage en train d'Oklahoma en Floride, avec des fers aux poignets et aux chevilles, que Howling Wolf se mit à adopter le point de vue des oiseaux. De tous les vertébrés, les oiseaux sont ceux qui ont la meilleure vue, et ils sont sacrés parce qu'ils s'envolent vers les cieux, et qu'il suffit d'une seule de leurs plumes, et de quelques volutes de fumée, pour qu'une prière atteigne le Grand Esprit.

Les Indiens avaient le droit de vendre leurs dessins aux curieux qui venaient observer les prisonniers de guerre, ces Kiowas, Comanches, Cheyennes du Sud, Arapahos et Caddos, les voir danser et s'habiller en sauvages, examiner leur race en voie de disparition, et rapporter chez eux un haricot de mer poli ou un arc et des flèches, des *curios* comme on les appelait, comme s'il s'agissait d'un souvenir acheté dans un parc d'attractions ou un zoo humain – des endroits courus à l'époque, où l'on exhibait souvent des Autochtones. Certains de ces dessins furent présentés comme les premières œuvres d'art indien. Pratt s'inspira de son expérience à Fort Marion pour créer la Carlisle Indian Industrial School, qui ouvrit ses portes un an tout juste après la libération des prisonniers.

À partir de 1879, les Indiens furent incités et contraints à envoyer leurs enfants à l'école, et menacés d'emprisonnement en cas d'opposition. Ceux de la tribu des Hopis d'Arizona qui avaient refusé d'obéir aux ordres furent déportés sur l'île d'Alcatraz, en Californie, pendant neuf mois, en guise de châtiment. On leur arracha leurs vêtements et on leur distribua des uniformes militaires, on leur dit qu'ils resteraient là jusqu'à ce qu'ils comprennent que leurs pratiques malfaisantes étaient inacceptables. Ils furent détenus dans des cages en bois plus petites que les cellules construites par la suite dans cette prison notoirement sévère. Dans la journée, ils devaient débiter de gros rondins de bois comme des automates. Quand ils furent libérés et renvoyés chez eux, ils continuèrent de s'opposer à la scolarisation forcée de leurs enfants, et furent de nouveau incarcérés.

Ces enfants étaient pris en otage pour forcer les tribus les plus récalcitrantes à rentrer dans le rang. Nombreux furent arrachés à leur foyer, mis à bord de ce que leur peuple appelait alors le cheval de fer, des trains assourdissants qui traversaient des terres inconnues, jusqu'à une école où ils étaient la proie des maladies et de la faim, et où on leur apprenait que tout ce qui était indien était mal. La loi leur imposa cette existence, et leurs cérémonies, rites et croyances furent déclarés hors-la-loi.

À Carlisle, on leur apprit qu'ils allaient devenir des Indiens modèles. Une nouvelle tribu issue de plusieurs peuples mais n'appartenant à aucun en particulier, seulement à l'école, qui elle-même appartenait au gouvernement des États-Unis, son financeur.

Dès leur arrivée, on coupait leurs longs cheveux, on prenait leurs vêtements et on leur attribuait un nouveau nom ainsi qu'un uniforme militaire – autrement dit, la guerre commençait immédiatement. Chaque jour, ils exécutaient des manœuvres comme s'ils se battaient contre eux-mêmes, lors d'exercices semblables à un virus qui se propage dans un organisme. Si des enfants parlaient anglais au lieu de leur langue maternelle, ils étaient d'abord récompensés, mais ça ne s'arrêtait pas là. Les violences physiques, les séjours au cachot et d'innombrables autres types d'abus devinrent monnaie courante. Il fallait tuer en soi l'Indien tout entier pour être sauvé. Plus tard, on estima que les résidents de ces pensionnats avaient autant de risques de mourir qu'un soldat lors des deux guerres mondiales.

Tout enfant né indien ne cessa jamais de l'être, et donna naissance non pas à des lentes mais à des enfants indiens, dont les enfants indiens eurent d'autres enfants indiens, dont les enfants indiens devinrent des Indiens américains, dont les enfants indiens américains devinrent des Natifs américains, dont les enfants natifs américains se désignent aujourd'hui sous le terme d'Indiens, de Natifs, ou d'indigènes, ou d'autochtones, ou sous le nom de leur nation souveraine, ou de leur tribu, et s'entendent trop souvent dire qu'ils n'ont pas le sang assez pur pour pouvoir être considérés comme authentiques par tous ces Américains qui ont appris durant leur scolarité que les seuls Indiens authentiques étaient ceux de Thanksgiving, disparus de longue date, ceux qui aimèrent les Pères Pèlerins jusqu'à la mort.

Il existait des pensionnats comme Carlisle partout dans le pays, et pendant près d'un siècle ils furent administrés selon les mêmes règles. Pendant des dizaines d'années, le taux d'échec scolaire des jeunes Indiens fut l'un des plus élevés du pays. Aujourd'hui, il est encore deux fois supérieur à la moyenne nationale.

« Méfie-toi de l'homme qui ne parle
pas et du chien qui n'aboie pas. »

Proverbe cheyenne

« Le prétendu massacre de Sand Creek,
en dépit de certains points de détail
très discutables, est somme toute l'un des
événements les plus légitimes et bénéfiques
jamais survenus sur la Frontière. »

Theodore Roosevelt (1858-1919)

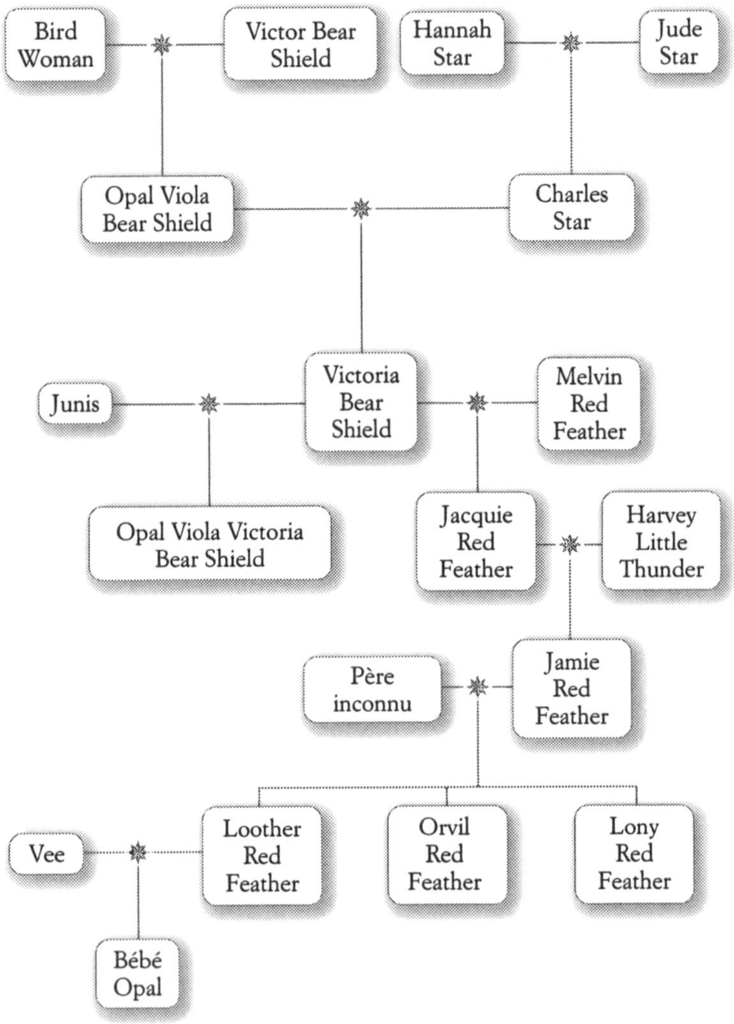
Bird Woman
Victor Bear Shield
Hannah Star
Jude Star
Opal Viola Bear Shield
Charles Star
Junis
Victoria Bear Shield
Melvin Red Feather
Opal Viola Victoria Bear Shield
Jacquie Red Feather
Harvey Little Thunder
Père inconnu
Jamie Red Feather
Vee
Loother Red Feather
Orvil Red Feather
Lony Red Feather
Bébé Opal

PREMIÈRE PARTIE

*

ORIGINES

AVANT 1924

Jude Star

⁎

Hiver

1

Jeunes fantômes

Juste avant le lever du jour, j'ai cru entendre des oiseaux après m'être réveillé en sursaut, effrayé par des hommes si blancs qu'ils en étaient presque devenus bleus. J'avais rêvé de ces hommes à l'haleine bleutée, et les bruits d'oiseaux n'étaient en fait qu'un lent grincement, celui des roues des obusiers de montagne qui s'approchaient de notre campement.

Jusqu'à ce matin-là, je faisais des cauchemars depuis des semaines, alors j'avais pris l'habitude de dormir avec ma grand-mère, Spotted Hawk[1]. Elle priait pour moi avant que je ferme les yeux, me soufflait de la fumée sur le visage après avoir roulé du tabac dans une feuille de maïs, et entonnait un chant qui ralentissait ma respiration et alourdissait mes paupières.

De l'intérieur du tipi, j'ai d'abord cru que c'était le tonnerre, ou un bison, puis j'ai vu la lueur violet et orangé de l'aube là où les balles avaient troué les parois de la tente.

Dehors, tout le monde s'enfuyait ou tombait, fauché en pleine course.

---

1. Voir la note de l'éditeur en page 355.

Quand j'y repense, tout ce qui m'est arrivé avant le massacre de Sand Creek semble appartenir à quelqu'un d'autre, une personne que j'ai connue autrefois, comme j'ai connu le sourire parfait de ma mère, celui de traviole de mon père, la façon dont leurs yeux regardaient le sol quand ils étaient fiers de moi, ou me transperçaient quand ils étaient en colère, la façon qu'avaient mes frères et sœurs de me taquiner à propos de mes grandes oreilles en tirant dessus, ou leur façon de me chatouiller et de me faire rire jusqu'à ce que je me mette presque à pleurer d'une façon que je détestais et adorais à la fois, mais surtout que je détestais. Notre campement avec nos compagnons à quatre pattes et les grands feux que nous faisions, les rivières et les criques où nous jouions en été, et que nous évitions en hiver ; les chasses que je regardais les plus grands préparer, leurs éclats de rire quand ils revenaient, soulagés d'avoir de quoi nourrir tout le monde, avant d'allumer un feu, de prier et de chanter avec sincérité pour rendre hommage à l'animal abattu et à Maheo, notre Créateur.

Tout ce qui existait avant ce qui s'est passé à Sand Creek est retourné à la terre, enfoui tout au fond de cette singulière immobilité qu'est la mort.

Lors du massacre, parmi les balles et les cris, les corps partout autour de nous, Spotted Hawk a poussé un garçon contre moi comme pour dire : Prends-le, lui aussi. J'étais un adolescent moi-même, presque encore un enfant. Le gamin qu'elle a poussé contre moi avait des taches de rousseur autour des yeux qui ressemblaient à des gouttes de sang. Quand quelqu'un avait de telles taches, ça signifiait généralement qu'un Blanc s'était retrouvé intimement lié à la vie d'une des nôtres, qu'il avait semé la discorde. Un jour, un de mes oncles a reçu une balle dans la tête juste devant moi, un colon sans foi ni loi venu se venger lui a tiré dessus, et le sang qui a alors éclaboussé le visage de Spotted Hawk ressemblait aux taches de rousseur de ce garçon, celui dont les joues étaient rondes comme si la salive s'y était accumulée, comme s'il avait trop peur de déglutir.

Égal à lui-même, le visage de ma grand-mère dissimulait le fond de sa pensée. Elle a pointé les lèvres en direction d'un cheval, et une fois que j'ai été dessus, elle lui a donné une tape, et me voilà parti. Quand je me suis retourné, j'ai vu son corps tomber à terre. Je ne saurai jamais si elle avait été touchée, ou si elle faisait semblant. Je savais que les araignées faisaient ça, un jour j'en avais vu une noire avec une marque rouge vif sur l'abdomen simuler la mort. Je m'étais caché et j'avais attendu, encore et encore, puis je l'avais vue ressusciter avant de l'écraser de toutes mes forces. Des années plus tard en Floride, la première fois que j'ai vu la forme d'un sablier, et compris qu'il indiquait le passage du temps par la chute délicate du sable dans l'étroit conduit de verre, je me suis souvenu de la marque sur l'araignée, et qu'il y avait moyen de se faire passer pour mort et de ressusciter.

Un chien s'était débrouillé pour s'enfuir du camp, lui aussi. Il était tout noir, excepté une tache blanche sur la poitrine, avec de longues pattes, le poil ébouriffé et des yeux jaunes comme le soleil. Juste après l'avoir remarqué, j'ai éprouvé une vive douleur, puis j'ai sauté à terre, persuadé d'avoir été piqué par un insecte. Je me suis passé la main dans le bas du dos et j'ai senti une plaie humide. À la vue du sang, j'ai eu l'impression d'être en chute libre. Puis j'ai retiré mes jambières et les ai enroulées autour de mon ventre pour arrêter le saignement. Le garçon m'a aidé à me bander et a fait de son mieux pour m'aider à remonter à cheval parce que j'étais trop faible pour y arriver seul. Après quoi je me suis endormi, et à mon réveil je me suis aperçu qu'il faisait nuit.

Le garçon et moi nous sommes emmitouflés dans des couvertures dont ma grand-mère avait réussi à faire un ballot. Le matin, nous avons vu que le chien s'était niché entre nous. Ça piquait encore là où la balle était entrée, mais ça ne saignait plus. Je me suis dit qu'elle n'avait pas dû pénétrer en profondeur, et j'ai voulu la retirer moi-même si possible.

Quand le soleil a plongé une fois de plus derrière nous à l'ouest, son absence s'est accompagnée d'un froid mordant. Nous avons dormi sous le cheval.

Je sentais que ma grand-mère avait *prié* la jument de faire tout cela. Elle pouvait partir au galop, comme si un courant la portait. Nous avons longé le lit de la rivière à sec, le massacre toujours plus loin derrière nous, son souvenir encore sur ma peau, les sons dans mes oreilles, leur réverbération aiguë et perçante. Nous avons traversé les arbres et les champs comme de jeunes fantômes.

Avant de dormir ce soir-là, on s'est dévisagés sans rien dire. Je savais que, si je voulais, je pouvais ne pas parler. J'étais incapable de dire quoi que ce soit et j'ignorais si j'en avais déjà été capable. Je crois que j'avais des souvenirs de parole, mais plus le temps passait, moins j'étais sûr d'avoir déjà produit des sons. Et j'ignorais si c'était pour la même raison que le garçon ne parlait pas, ou s'il avait compris que j'étais l'une de ces rares personnes qui ne savent pas parler.

Jusqu'où irons-nous ? semblait-il demander, le menton et les lèvres pointés dans la direction que nous avions prise.

Jusque là où les soldats nous abattront, ai-je dit en regardant alentour, puis faisant mine de brandir un fusil, puis fermant les yeux pour viser, puis renversant la tête en arrière comme si je m'étais fait tirer dessus.

Nous battrons-nous cette fois ? a lancé le garçon en levant les poings.

Crois-tu que nous aurions dû rester là-bas pour nous battre ? ai-je demandé en pointant les lèvres vers l'endroit d'où nous venions.

Je préfère encore la mort à ça, sembla dire le garçon à propos de la faim, se frottant le ventre.

Le chien là-bas, il nous permettrait de tenir plus longtemps, ai-je suggéré en montrant l'animal du doigt.

Non, pas le chien, a-t-il répondu en baissant les yeux et en secouant fort la tête.

On a continué pendant ce qui nous parut un long moment, laissant le cheval nous guider. Quand je me suis senti trop faible pour rester éveillé, et que le garçon s'est mis à gémir, il ne m'était plus possible d'ignorer la viande sur laquelle nous chevauchions.

La nuit d'hiver était tombée, il fallait que je décide si je comptais passer à l'acte. J'ai attaché la jument à un arbre avec un nœud coulant que j'avais appris à faire pour ce cas précis. Si on devait manger un cheval, il fallait d'abord l'attacher comme ça. Mais je n'ai pas abattu la jument, parce qu'un poulain est sorti de sa croupe. Il a atterri sur le flanc dans un bruit sourd et visqueux, et il a d'abord tenté de se lever, sans succès, puis il est resté au sol, immobile. Assis à l'écart, le garçon regardait la scène, bouche bée, incapable d'en supporter davantage. Le chien aboyait pendant que la jument tentait de ranimer son petit à coups de museau. Je me suis approché du poulain pour voir s'il donnait signe de vie. Un chapelet de questions me sont alors venues à l'esprit : *Si le poulain était mort, allions-nous le manger ? Et si je tuais la mère, par lequel des deux commencerait-on ? Faudrait-il se battre avec le chien pour la viande, et si on se battait contre lui et qu'on le tuait, le mangerait-on lui aussi ?* J'avais trop faim. Le chien a couru vers nous avant de tomber sur le flanc comme si une balle venait de l'atteindre. J'ai regardé autour pour voir s'il y avait des coups de feu, me protégeant les yeux de la poussière soulevée par le vent – le vent qui soufflait plus fort et faisait désormais tellement de bruit que je n'entendais plus rien d'autre. Le garçon avait rentré la tête dans ses genoux, et j'ai cru l'entendre crier, mais c'était peut-être une bourrasque. J'ai levé la tête et vu un nuage fin voiler la lune. Un éclat sombre le traversait, tombant du ciel comme la pluie dans le lointain. J'ai couru jusqu'au garçon, je l'ai tiré par le bras pour qu'il se lève, et nous sommes allés nous cacher sous les couvertures.

Le lendemain matin, je me suis réveillé et j'ai vu que la jument gisait toujours par terre, morte à présent, et que le chien ouvrait la gueule comme s'il aboyait, sans qu'aucun son n'en sorte, et puis il s'est mis à tousser et à vomir de l'herbe fraîche. Je me suis approché, j'ai cherché le poulain des yeux mais ne l'ai vu nulle part, ni aucune trace de sa naissance. J'avais entendu parler de mères qui dévorent leur nouveau-né, et je me suis demandé si c'était ce qu'elle avait fait, et si c'était ça qui l'avait tuée.

J'ai aiguisé une branche contre une pierre et allumé un feu. Il fallait agir avant que la viande ne pourrisse. Je me suis empressé de manger une moitié de son foie et j'ai tendu l'autre au garçon, qui s'en est saisi avidement avant de découper la viande là où elle se détachait le plus facilement. Nous sommes restés au même endroit, avons mangé tout au long de la journée, sans oser nous retourner pour voir ce qui restait de la jument à la fin.

Le lendemain matin, nos bouches étaient maculées de sang quand nous sommes arrivés au bord d'un ruisseau dont l'eau était glaciale. J'ignore combien de temps nous avons marché après ça, quand j'ai vu un jeune homme sur un cheval noir. C'était Bear Shield.

Il nous a emmenés dans un campement où la plus vieille Cheyenne que j'aie jamais vue a demandé au garçon de prendre mon nom. Je m'appelais Bird, à l'époque. Elle m'en a donné un nouveau en montrant le ciel, où la première étoile de la nuit était apparue, puis elle m'a pointé du doigt.

Le chien est resté avec nous un certain temps. Mais quand il n'y a plus rien eu à chasser et que la faim est devenue trop douloureuse, il a connu le même sort que beaucoup de ses congénères : il a été mangé.

Même si je ne répondais jamais, Bear Shield aimait bien parler, alors il me parlait, d'abord en cheyenne et puis en anglais, jusqu'à ce qu'il se rende compte que je ne dirais rien en retour. Il avait appris l'anglais par son père, qui avait été éclaireur dans l'armée américaine avant de déserter et de prêter allégeance à une société de guerriers cheyennes, les Dog Soldiers.

Un jour Bear Shield a dit que nous devrions partir seuls, ne pas nous laisser mourir dans le campement. J'ai invité le garçon à rester avec la vieille qui nous avait dit d'échanger nos noms, puis Bear Shield et moi sommes partis le lendemain matin sur son cheval.

C'était comme si nous étions dans un hiver éternel. Parfois on avait l'impression que le monde avait touché à sa fin, et qu'on attendait l'avènement du suivant. Le plus souvent j'avais l'impression d'attendre que les bruits de la guerre reviennent, que les premières lueurs du soleil apportent avec elles les hommes en bleu pour qu'ils nous tuent et nous dispersent de nouveau, réduisent notre présence sur la terre comme celle des bisons, nous pourchassent, nous affament et nous encerclent comme j'avais entendu dire qu'ils le faisaient avec toutes les autres tribus.

Nous avons vu et mangé beaucoup d'étranges créatures au cours de notre périple à la recherche des nôtres, à la recherche d'un lieu où nous pourrions rester. Nous n'avions pas de foyer où retourner, alors nous avons erré. Chassé et mangé lapins, dindes et serpents. Nous attaquions des chariots et des campements quand nous en trouvions, qu'il s'agisse de Blancs ou d'autres Indiens importait peu tant que nous pouvions nous en sortir indemnes. La faim semblait nous maintenir en vie tout en menaçant de nous tuer. Je serais bien incapable de dire où nous sommes allés ces années-là, parce que nous ne restions jamais très longtemps au même endroit. L'une des premières choses que j'aie volées a été une jument, et on ne s'est jamais bien entendus, elle rechignait à ce que je la monte, et je la comprends. Je lui ai rendu sa liberté sitôt que j'ai trouvé un autre cheval à voler. Ça ne me dérangeait pas de vivre ainsi, mais c'était épuisant. Et quand nous avons fini par devoir faire du mal à autrui pour nous protéger, j'ai su que nous devions procéder autrement.

Chaque fois que nous restions assez longtemps quelque part, Bear Shield assemblait un tambour. Il m'a aussi appris à le faire. Avec de la corde et du bois de cervidé pour tendre la peau. Nous laissions sept pierres au fond de l'instrument pour représenter les sept étoiles du ciel nocturne qui semblaient encercler la lune. Je n'ai jamais su pourquoi on les appelait aussi Dog Soldiers, ni l'origine de ce conte à propos d'une fille donnant naissance à des chiens qui se changeaient en étoiles. L'ennui, quand on ne parle pas, c'est qu'il est difficile de poser des questions précises, je devais donc accepter la plupart des choses que je ne comprenais pas.

Le tambour sonnait fort, alors nous nous isolions toujours pour en jouer, assez loin pour que personne ne nous entende, près d'un cours d'eau si nous en trouvions un. Le son était d'une profonde tristesse, et je devais ajuster la tension de la peau pour que le timbre soit plus enjoué, pour atténuer l'impression qu'il pouvait m'engloutir dans son cœur. Une fois que j'arrivais à le faire sonner comme je voulais, mon jeu semblait faire ressurgir une chose qui s'était détachée de moi. Alors je jouais dès que possible. Parfois Bear Shield m'accompagnait à la voix, choisissant une mélodie qui allait bien avec la tonalité du tambour, avec mon rythme. J'ignorais s'il avait déjà entendu ces chants, ou s'il les improvisait. Il régnait une douleur et une désolation indicibles autour de nous, partout où nous allions. Tant de faim et de souffrance, mais à partir de ce moment-là est apparu quelque chose de nouveau. On frappait le tambour, on chantait, et il en sortait une espèce de beauté brutale.

L'endroit où nous sommes restés le plus longtemps se trouvait près de Fort Reno. Nous étions vraiment épuisés et avions entendu dire qu'il était possible de se rendre aux soldats en échange du gîte et du couvert. Mais peu de temps après notre arrivée, nous avons appris que des Cheyennes du Sud avaient commis d'innombrables crimes contre les Blancs et l'armée des États-Unis, dont le massacre particulièrement atroce d'une famille, et qu'on nous ferait payer pour ces crimes. Trente-trois d'entre nous ont été enchaînés et emmenés à Fort Sill, en Oklahoma, puis embarqués dans un train à destination de la Floride.

2

Masques de vie

Nous avons passé trois ans dans une forteresse en tant que prisonniers de guerre. Notre geôlier était un homme maussade qui s'appelait Richard Henry Pratt. Austère et fruste, il avait toujours les épaules rentrées et les yeux baissés, et son nez s'annonçait sur son visage comme un gros rocher sur une banale colline. Nous l'aimions bien parce qu'il avait l'air de bonne composition. Et même s'il semblait parfois se prendre un peu trop au sérieux, il nous a fait rire au début quand il nous a dit qu'un Kiowa de son entourage l'avait habillé en tenue d'apparat et lui avait peint le visage. Pendant qu'il nous racontait cette histoire, qu'un Cheyenne traduisait, il n'arrêtait pas de rigoler, ce qui nous avait fait rire nous aussi, d'abord par politesse, et puis parce que ça avait l'air drôle, ou parce que Pratt nous avait convaincus par son rire qu'il était drôle, cet Indien qui l'avait habillé en Indien et lui avait peint le visage pour lui faire honneur avec un chant et une danse autour du feu. Peu après cet épisode, on nous a pris nos couvertures et nos vêtements pour les remplacer par des uniformes militaires, et on nous a dit que nous ne pouvions plus nous habiller comme des sauvages, désormais. Là, on a moins rigolé.

Les quatre premiers mois dans cette prison ont été les plus durs, et nombre de détenus sont tombés malades. Certains sont décédés. Deux se sont donné la mort, sans compter Gray Beard, qui, après avoir tenté de se pendre à bord du train, avait été abattu lors d'une tentative d'évasion.

Les murs étaient recouverts d'une substance visqueuse et duveteuse qui sentait mauvais, nous n'étions pas habitués à l'humidité, à respirer un air si épais et moite qu'on aurait dit que le niveau de la mer avait monté – et qu'une couche d'eau chaude hantait la terre.

Pratt voulait améliorer les conditions de détention, à ce qu'il disait, me prenant à part un jour pour me demander si je voulais apprendre à faire du pain. Il a dit qu'il ferait de nous des soldats. Nous inculquerait la discipline et nous ferait prendre du galon. Nous fournirait des armes pour nous surveiller mutuellement, ferait en sorte que nous soyons propres, organisés, et que nous portions l'uniforme. Il a dit qu'il ferait de nous des loups au sein de l'armée américaine. À ces mots, j'ai senti quelque chose de froid me parcourir l'échine.

Mais il a tenu parole. On faisait l'appel, on courait, on sonnait le clairon, et un tribunal indien a enfin été créé. Les jugés coupables purgeaient leur peine dans un cachot au sous-sol de la forteresse. Après les exercices militaires venait l'éducation.

J'ai appris à lire et écrire avec la Bible. Notre école, c'était la chapelle. J'ai appris à lire sans doute plus vite que si j'avais eu la capacité de parler. Et à ce moment-là, après avoir passé tant d'années aux côtés de Bear Shield, je comprenais bien l'anglais.

La Bible m'était étrange, elle contenait tant de choses qui m'échappaient, même en comprenant les mots. Les livres dans le livre portaient simplement le nom de leur auteur, un peu comme avec Pratt, dont le prénom était Richard. S'il y avait eu un livre de Richard, il aurait été bourré de descriptions des classes militaires. C'était tout ce que nous faisions en dehors de l'école et de l'église – nous entraîner à devenir des soldats, habillés comme ceux-là mêmes que nous avions vus décimer notre peuple.

J'ignorais pourquoi la Bible était écrite par tant de personnes différentes, mais ça me plaisait qu'elle n'ait pas qu'un seul auteur. C'était plein de beauté et de sagesse, et j'ai fait de mon mieux pour en interpréter le sens chaque fois que cela comptait à mes yeux, un peu comme on le ferait d'un rêve qu'on n'arrive pas à oublier.

J'ai passé beaucoup de temps avec les Psaumes et les Proverbes, trouvé du réconfort auprès de Job, et apprécié le pouvoir de consolation que me faisait éprouver la langue du Livre d'Isaïe. *Il m'a envoyé pour guérir ceux qui ont le cœur brisé, pour proclamer aux captifs la liberté, et aux prisonniers la délivrance ; pour publier une année de grâce de l'Éternel, et un jour de vengeance de notre Dieu ; pour consoler tous les affligés.* Ce passage me semblait particulièrement vrai. Il y avait des choses dans la Bible qui me faisaient tellement de bien que je ne me serais jamais permis d'affirmer que je me fichais pas mal du fait que quelqu'un en particulier les ait écrits.

J'ai aussi passé un peu de temps avec la Révélation. Il me semblait que ça parlait de ce qui était arrivé, de ce qui arrivait à mon peuple. Juste avant le dernier livre de la Bible, il y en a un très court avec un vers dont j'ai eu l'impression qu'il faisait déjà partie de moi avant que je le découvre en Floride, avant même que je sache ce qu'était l'océan. *Des vagues furieuses de la mer, rejetant l'écume de leurs impuretés ; des étoiles errantes, auxquelles l'obscurité des ténèbres est réservée pour l'éternité.*

Dans le Nouveau Testament, il y a quelqu'un, Jésus, qui ressemble à certains Cheyennes dont j'avais entendu parler, des chefs ou des hommes-médecine qui menaient le peuple avec leur cœur. Et notre prophète, Sweet Medicine, n'était-il pas né d'une vierge lui aussi ? Et n'avais-je pas entendu des récits sur la création de la femme à partir des côtes d'un homme ? Se pouvait-il alors qu'il n'y ait rien dans ce livre de Dieu, chez ce Jésus, à quoi je n'aie jamais pensé ? Sweet Medicine était le fils d'une vierge. Ma grand-mère m'a raconté qu'une femme avait entendu une voix lui dire (dans un conte) qu'une douce racine allait bientôt faire son apparition. Il n'y avait pas de père dans cette histoire, seulement une grand-mère qui avait élevé le petit garçon après que sa mère l'eut abandonné parce qu'il n'avait pas de père. Sweet Medicine a accompli des miracles et appris aux Cheyennes à bien se comporter, tout comme Jésus dans la Bible.

Pratt nous a emmenés sur une île qui s'appelait Anastasia afin d'y passer quelques nuits. Pour quelle raison, je n'en serai jamais certain. Nous avons bivouaqué là-bas ensemble. Après quoi nous avons été autorisés à rester seuls, entre nous. On est retournés plusieurs fois sur cette île, éprouvant la liberté de ne pas être vus, d'entonner de vieux chants et de nous peindre le visage. On a dansé et on s'est souvenus. On a sorti les canots et attrapé requins et alligators, on a mangé la chair dure et polie des haricots de mer, fabriqué des bijoux, des arcs et des flèches, et on a dessiné dans des livres de comptes qu'on nous avait fournis à cet effet, qu'on a tous vendus à des Blancs. Les gens sont venus nous voir tout au long de notre séjour là-bas, comme ils étaient venus nous voir dans le train quand on s'était arrêtés dans l'Indiana, en route pour la Floride, et que des dizaines de milliers de curieux, paraît-il, s'étaient rassemblés – de vrais Indiens dans l'Indiana, cette race en voie d'extinction dans sa captivité finale avant qu'elle ne disparaisse à jamais. Les visiteurs venaient de partout pour nous voir. Et on a fait le spectacle.

Un jour, Bear Shield a été mis au défi de tuer un taureau avec un arc à dos de cheval. Dans ce défi, il y avait quelque chose de la tradition espagnole consistant à affronter ce même animal avec un estoc et une cape. Il avait l'air si grand sur sa monture que j'ai eu l'impression qu'il allait tomber à la renverse, mais il a agi avec une telle rapidité et une telle grâce qu'il a tué le taureau d'une seule flèche. J'étais fier de lui mais je me sentais mal pour l'animal. Je me suis approché de son corps inerte, langue pendante, et me suis dit que quelqu'un devrait la lui remettre dans la bouche, ou la couper pour la manger. C'est bon, la langue.

C'est la première fois que nous avons joué les Indiens pour les Blancs. Certains d'entre nous ont dansé, joué du tambour et chanté – peints et coiffés de plumes. J'observais les Blancs en train de nous regarder avec cet étrange mélange de dégoût et d'étonnement. Plus tard, Pratt nous a comparés au Wild West Show. Disant qu'on ressemblait encore plus à Buffalo Bill que Mr Cody. Il y a eu d'autres spectacles après ça. On jouait notre propre rôle, on cultivait l'authenticité comme si celle-ci était le résultat d'une performance. Comme si le fait d'être soi-même était à vendre, et qu'on s'était offerts. À cette occasion, j'ai même dansé. Fait semblant de connaître ce que je ne connaissais pas. Peu importait ce que je faisais, les Blancs ne voyaient pas la différence. Au final, moi non plus je ne la voyais pas, il semblait qu'aucun d'entre nous en était capable.

Pratt nous donnait une partie de l'argent récolté, et j'allais en ville acheter des mangues et des huîtres. J'ai acheté du papier, une plume et de l'encre, au point de me lancer dans l'écriture d'une lettre pour l'envoyer chez moi, comme faisaient certains des autres prisonniers, avant de m'apercevoir que je n'avais pas de chez-moi, ni personne à qui écrire, alors j'ai commencé à dessiner des chevaux et à vendre ces dessins quand je pouvais.

Au bout d'une année à la forteresse, juste au moment où nous commencions à éprouver une certaine sensation de liberté, Bear Shield et plusieurs Kiowas ont ébauché un projet d'évasion. Mais quelqu'un en a parlé à Pratt et on s'est fait prendre avant de pouvoir le mettre à exécution. Je n'avais pas participé aux préparatifs, parce que tout le monde en dehors de Bear Shield me prenait pour un idiot. Une fois découverts, lui et moi avons été les deux seuls que Pratt a fait défiler enchaînés dans la cour pendant des heures pour nous mater. Alors qu'on ne tenait presque plus debout, il a pris des aiguilles et déclaré que si le pouvoir-médecine indien était puissant, celui des Blancs l'était encore plus. Après l'injection, j'ai perdu toutes mes forces au point de rêver que je sortais de mon corps, ou que tout se fondait dans un cauchemar. Soudain, j'étais de retour à Sand Creek. Je croyais voir de fines jambes noires descendre des nuages, mais me rendais compte que c'était seulement la pluie qui tombait dans le lointain. Depuis le ciel, je voyais les ivrognes ramper vers le campement à l'aube. Il y avait quelque chose là-bas, un truc aussi gros qu'une montagne qui planait au-dessus de tous ces morts, comme si ce qui se passait était sous sa coupe et qu'il se préparait à les dévorer. En voyant tout ça de là où j'étais, j'avais l'impression que les miens se faisaient broyer par les centaines d'obus que tiraient les mortiers de montagne. Puis j'ai vu un homme venir de l'est, et lorsqu'il s'est approché, j'ai su qu'il s'agissait de Jésus. Il a écarté les bras comme des ailes avant de les refermer sur moi, m'a emmené plus haut que ce que j'imaginais pouvoir survoler, faisant brièvement surgir en moi un sentiment de gloire lumineux et chaleureux, et j'ai eu le cœur plus léger que jamais.

Je me suis réveillé dans le cachot. J'avais les lèvres gercées et une soif que je n'avais jamais connue. Ça faisait des années que je n'avais plus pensé à, ni rêvé de Sand Creek, dont j'avais enfoui le souvenir en moi. Mais tout au fond, le Jésus du rêve était encore là. J'éprouvais de l'amour pour lui, comme si nous étions de la même famille, et j'éprouvais de l'amour pour nos ancêtres, et tous ceux qui n'étaient pas encore nés.

On a découvert plus tard que, comme on avait l'air morts, Pratt nous avait fait déposer tous les deux quelque part en brouette, et qu'on y était restés pendant trois jours. Il a appelé ça une cérémonie et tenté de faire croire qu'il nous avait ressuscités d'entre les morts, comme Jésus avec Lazare dans la Bible.

Il n'y a plus eu de tentative d'évasion après ça. Pratt nous a réaccordé sa confiance avec une promptitude qui a éveillé mes soupçons. Il croyait dans ses méthodes, j'imagine, et dans le pouvoir-médecine de l'homme blanc.

Je me suis mis à imaginer ce que je ferais à Pratt si l'occasion se présentait, ou à tout autre homme blanc si jamais j'en réchappais, même si ça semblait impossible, il suffisait que je choisisse le bon moment pour infliger les blessures susceptibles d'apaiser la méchanceté qui commençait à me vriller si fort, presque à me retourner les tripes, ou à faire sortir toute la haine et la rage et la tristesse que je gardais en moi pour survivre. J'ai tenté une nouvelle fois de repousser tout ça au fond de moi. J'ai pensé à Jésus. Et puis à l'aiguille. J'ai pensé à la pointe de l'aiguille qui entrait en moi, et senti qu'elle ressortait par le dos, là où la balle avait pénétré, là où il y avait encore une bosse. J'ai posé le doigt pour la sentir. J'ai senti quelque chose, un bout pointu. J'ai repensé à ce que Jésus avait dit du chameau qui passe par le trou d'une aiguille pour entrer dans le royaume de Dieu. J'ai tiré sur ce qui sortait et senti que ça commençait à glisser hors de moi. Je n'arrivais pas à imaginer la chose, si ce n'était pas une aiguille, et certainement pas un chameau. Puis ça a fini par sortir entièrement, et avant de pouvoir comprendre de quoi il s'agissait, j'ai perdu connaissance et à mon réveil il n'y avait plus rien.

Avant notre libération, un homme est venu mesurer notre tour de tête pour fabriquer des moulages avec un liquide blanc. Il appelait ça des masques de vie. Il voulait comparer nos crânes avec ceux des Blancs. Il pensait que si les crânes d'Indiens étaient plus petits, ça pourrait expliquer pourquoi nous étions des sauvages. Je me suis figé quand il m'a versé l'épais liquide. C'était froid d'abord, puis chaud, avant de se solidifier sur mon visage. On n'entendait plus rien, puis il y a eu un *crac*. Il m'a enfoncé des tubes dans le nez pour que je puisse respirer. Je me suis demandé si ces masques de vie n'étaient pas synonymes de mort. Je me suis dit qu'on me transformait peut-être en une chose qu'ils pourraient conserver. Mais une tête, ça vit ; un visage, ça bouge et ça change tout le temps, et moi je n'arrivais plus du tout à remuer le mien, alors je me suis dit que ça devait être une forme de mort, une sorte de conservation.

L'homme a dit qu'il allait faire aussi un masque de Pratt, et celui-ci a posé la main sur sa poitrine comme s'il se sentait honoré. Quand ils ont retiré le plâtre de ma tête, je l'ai regardé et me suis senti fier. C'était bien moi. Une fois tous les moulages terminés, aucune tête n'avait l'air plus petite que celle de Pratt. De fait, elles avaient toutes l'air plus grosses. Mesurez-les, je me suis dit à ce moment-là. Mesurez-les devant nous.

C'est quand j'ai été libéré de prison et qu'on nous a donné des papiers pour garder une trace de nous que j'ai hérité du nom de Jude. Certains Indiens ont pris le nom de présidents américains célèbres, un autre celui de Richard Henry Pratt, et ainsi de suite. Bear Shield celui de Victor à cause de *Frankenstein*, un livre qu'il avait lu à propos d'un monstre fabriqué par un homme. Il m'avait raconté que l'auteur en savait long sur les Indiens. Qu'elle avait tout compris depuis tout là-bas, la contrée d'où elle venait. Et qu'être forcé de prendre un nouveau nom, de devenir le genre de personne qu'ils voulaient qu'on soit, c'était comme le monstre de cette femme, exactement comme ce qu'elle faisait faire au Dr Victor Frankenstein dans le livre, voilà pourquoi il avait choisi de s'appeler Victor, c'était lui qui fabriquait le monstre en acceptant de prendre un de leurs noms et de mener le genre de vie qu'exigeaient les Blancs comme Pratt. J'ai lu le livre moi aussi, et la façon dont le monstre apprenait à parler avec le jeune Felix m'a plu, et je me souviens avec une grande clarté du moment où le monstre explique qu'il peine à décrire l'effet que certaines lectures ont sur lui. Je ressentais la même chose, c'est une activité silencieuse et j'étais moi-même silencieux, ça semblait coller, et ça m'avait rapproché de la lecture, des mots sur la page, ils faisaient du bruit dans ma tête, presque comme si je les entendais, et, parfois, presque comme si je les prononçais moi-même.

Pour choisir mon nom, je suis allé chercher dans la Bible. Je n'arrivais pas à me décider jusqu'à ce que j'arrive au livre précédant le dernier livre, et à la lecture du verset, *Ce sont des nuées sans eau poussées par les vents, des arbres d'automne sans fruits, deux fois morts, déracinés.* Changer de nom équivalait à une seconde mort. J'ai eu l'impression d'être une nuée sans eau. Un arbre sans fruits, déraciné. Deux fois mort. Tout ça. C'était moi. L'épître de Jude. Je ne me souvenais même pas que le verset suivant m'avait fait grande impression lorsque je l'avais découvert, la première fois que j'avais lu la Bible en entier. Le verset sur les étoiles errantes.

J'ai écrit Star comme nom de famille, et donné Jude comme prénom.

Lors du retour en train vers l'Oklahoma, j'ai vu les ossements de bisons entassés à hauteur d'homme sur des kilomètres. J'avais entendu dire que c'était en cours. La guerre des bisons, ça s'appelait. J'avais entendu parler des raisons pour lesquelles ils faisaient ça. Chaque bison mort, c'était un Indien en moins. Mais en voyant tous ces os entassés comme ça, et les nuées de vautours et autres charognards qui tournaient autour, ça m'a fait quelque chose, ça a rongé l'ultime part de mon être, et même si je n'arrivais pas à détourner le regard, j'ai eu envie de fermer les yeux pour ne plus avoir à regarder le vieux monde avant qu'il disparaisse.

3

Un fils

En Floride, bien que nous ayons été forcés d'aller à l'église et de renoncer à nos couvertures, je me fichais de ce qu'on nous avait pris, ou de ce qu'ils croyaient que je vénérais et qui était mal.

Je ne me serais jamais qualifié de chrétien, mais le livre de Dieu, voire le simple fait de lire, avait changé quelque chose en moi, m'avait fait croire dans cette vie de silence qui m'avait vu naître ou donné naissance le matin du massacre. J'ai fini par aimer la Bible, et gardé pour moi mes soupçons sur le fait que dedans il n'y avait pas mention de la Bible en tant que telle. Le livre et l'acte de lire semblaient être des choses très importantes dans leur démarche, mais il n'y avait rien. Dans la Genèse, on explique que le mot est à l'origine de la création elle-même, et que le mot est avec Dieu, et que le mot est Dieu. J'avais l'impression de pouvoir passer ma vie à lire, à extraire toujours plus de sens de ce que je lisais.

Il y avait tant d'autres livres, et tant d'autres genres et auteurs que la Bible, et par chance la femme de Pratt, Anna Laura, nous a encouragés à lire d'autres choses pour élargir notre compréhension de la langue anglaise. Elle nous a donné des romans comme *Moby Dick* et *Les Aventures de Huckleberry Finn*, en plus du livre-monstre que Bear Shield adorait tant, et des poèmes d'un certain Walt Whitman, qui croyait lui-même avoir écrit une sorte de Bible intitulée *Feuilles d'herbes*, qui ne m'a pas fait forte impression. Mais je n'ai jamais oublié le vers suivant : « Ceci n'est pas un livre, qui touche ceci touche un homme ! », parce que je commençais à considérer les livres comme des êtres vivants. En tant qu'objets à part entière, qu'ils aient été écrits par d'innombrables personnes d'innombrables années auparavant, ou écrits tout récemment par d'étranges vieux Blancs, ils me donnaient l'impression de mener une existence autonome, séparée du corps et de l'esprit qui les avait créés. Je voulais en écrire un moi-même. J'ai commencé à me servir du registre sur lequel je dessinais pour écrire des choses qui me semblaient pouvoir figurer un jour dans un livre.

En Oklahoma, Jésus m'apparaissait en rêve, toujours vêtu de blanc, une fois c'était un conducteur de train avec une longue barbe d'épines et une couronne de roses sur la tête. Tout sentait mauvais dans ce rêve, surtout Jésus, toutes les mauvaises odeurs émanaient de lui. Il sentait la pourriture, la mort, comme si le fait d'être mort depuis trois jours l'avait fait pourrir. Une autre fois, Jésus m'a emmené à la fosse aux lions, où vivaient des chiens enragés qui se prenaient pour des lions, et après avoir fait rouler un rocher devant l'entrée de la fosse, il m'a laissé avec eux. Au bout d'un moment je suis moi-même devenu un chien qui se prenait pour un lion.

J'ai vu que d'autres Indiens devenaient chrétiens, parlaient de Jésus et allaient à l'église le dimanche. Au début, j'y allais seulement de temps en temps, juste parce que des Indiens que je connaissais le faisaient. Pour savoir ce que ça me ferait. Mais quand je suis devenu un gros buveur, l'église le dimanche est devenue essentielle.

Je suis devenu alcoolique complètement par hasard, ou parce que c'était mon destin, si comme moi on croit à ce genre de choses. Je montais ma jument sans aucun autre but que de sentir le battement des sabots dans ma poitrine et l'air sur mon visage si le vent se levait ou si elle forçait l'allure, quand je suis tombé sur des chevaux morts et des tonneaux. Ça ressemblait à un braquage qui avait mal tourné, ou à un incident du même ordre. L'un des chevaux était encore vivant, et son chariot en assez bon état pour que je le ramène avec moi, ce que j'ai fait, sans même savoir ce qu'il y avait dans la cargaison.

Pendant longtemps, les tonneaux sont restés au sous-sol où je les avais déposés. Là où on allait se réfugier en cas de tornade. Je continuais de m'occuper des champs et des animaux toute la journée, du matin au soir. Pour gagner ma vie, comme on dit. Depuis que j'étais en Oklahoma, mon objectif était de vivre comme un Blanc, comme Pratt voulait qu'on fasse. J'aurais bien tenté Hampton, ou n'importe quelle autre université qui m'aurait accepté, mais comme je ne parlais pas, bien que je sache lire et écrire sans doute mieux que tous les autres prisonniers, je n'étais pas considéré autrement que comme un objet de pitié, malade du silence comme je l'étais, maudit par mon mutisme.

Avant qu'une parcelle me soit allouée en 1887, j'ai travaillé aussi dur que possible avec tous ceux qui tentaient de cultiver la terre qu'on nous avait donnée sur notre territoire, ce pays indien visant à mettre fin à l'autre pays indien de plus grande échelle, déjà trop pillé et dérobé pour ressembler à ce qu'il avait été jadis. J'ai ainsi passé des années à trimer comme ouvrier agricole pour tous ceux qui m'acceptaient, en échange du couvert ou d'un peu d'argent, voire gratuitement, rien que pour être entouré d'autres Cheyennes ; ce n'était pas si grave, parfois c'était même plaisant de faire front ensemble plutôt que tout seul.

Puis on m'a attribué mon lopin de terre. Soixante hectares, c'est beaucoup – autrement dit beaucoup de travail, quand on est seul. À partir de ce moment-là, ça a été à moi d'entretenir les cultures que je pouvais manger, échanger ou vendre. Et puis j'ai trouvé ces tonneaux.

Un soir j'ai cru entendre du bruit à la cave. J'y avais entreposé des semences et je craignais qu'un animal ne soit entré, alors je suis descendu avec une lanterne pour le faire fuir. Mais il n'y avait rien. J'ai eu l'impression que le bruit venait des fûts. La lueur bleutée de la lune tombait depuis les portes à battants, et le vent soufflait dans mon dos. J'ai tenté d'ouvrir un des tonneaux, sans succès. Puis j'ai fait levier avec une pelle. L'odeur qui s'est répandue à l'ouverture m'a brûlé les narines. J'ai su ce que c'était. Je le savais peut-être depuis le début. Quel autre type de liquide, puisque j'avais toujours entendu un clapotis à l'intérieur, des hommes pouvaient-ils avoir envie de voler ? Dans un coin, il y avait un seau et une tasse que j'utilisais pour tirer l'eau du puits. J'ai plongé la tasse, bu une gorgée que j'ai tout de suite recrachée. Mais j'ai essayé de nouveau et me suis forcé à avaler. Puis je me suis resservi. Et encore. Une bonne dose d'un coup. Je voulais voir ce que ça me faisait. J'avais entendu parler de l'ivresse, bien sûr, j'avais vu des gens ivres, des Blancs comme des Indiens. Je voulais savoir ce que ça me ferait, ce que j'éprouverais dans cet état. Et je ne m'attendais pas à ça. Pas du tout. J'ai toussé et été pris d'un haut-le-cœur, et au moment où j'ai cru que j'allais vomir, j'ai entendu monter ma voix. Ça a commencé par la toux et le haut-le-cœur, mais quand j'ai entendu ma voix monter, j'ai tenté de l'encourager. J'ai ressenti une légèreté dans ma tête, comme si on m'avait ôté un poids à l'intérieur du corps, dans quelque endroit caché d'où j'ignorais comment le retirer, parce que j'ignorais où je l'avais caché. Quelque part là où je ne trouvais rien parce que j'ignorais où chercher. Et puis j'ai prononcé les mots suivants : *Ce n'est porté sur aucune carte. Les vrais lieux n'y figurent jamais.* C'était dans *Moby Dick*. Ça a été mes premiers mots en anglais. Comment avais-je été capable de produire de tels sons ? Alors que j'avais toujours lu cette langue dans ma tête ? Que j'étais resté si longtemps sans voix ? Je devais me demander si j'avais vraiment ouvert la bouche. Mais le matin venu, quand je me suis réveillé et que j'ai entendu les oiseaux, j'ai découvert que je pouvais parler. J'ai commencé par tousser, j'avais la nausée d'avoir trop bu, mais j'ai parlé, j'ai prononcé mon propre nom. J'ai eu l'impression que ma voix était fatiguée, comme si j'avais passé la nuit à bavasser. Et puis la première fois que j'ai eu l'occasion de discuter avec Bear Shield, en lui rendant visite ce jour-là, je me suis aperçu que je n'y arrivais pas, et suis revenu à ce que j'avais toujours fait, à savoir garder le silence, ou, quand j'en éprouvais le besoin, écrire, dans un cahier que j'emportais partout avec moi, une question ou une réponse qui exigeait davantage qu'un geste de la main ou un signe de tête.

Ce soir-là, je me suis remis à boire pour tenter de reproduire ce qui m'était arrivé. Ça n'a pas marché. Boire est d'abord devenu une habitude nocturne. Puis de jour comme de nuit, ce qui m'a vite posé un problème. Sans je puisse ou veuille le résoudre.

Je me suis aperçu que le lendemain des jours où je buvais plus que de coutume, ce qui arrivait souvent le samedi soir, je ressentais les choses plus intensément, et que j'étais attiré par les gens qui parlaient de Dieu. Ce sentiment d'ivresse persistante me donnait l'impression d'être détaché de tout, détaché et sans poids, comme un nuage sans pluie porté par le vent. J'attribuais au sermon, aux paroles prononcées lors de l'office, la signification que mon esprit et mon cœur leur donnaient, dans cet entre-deux, toujours ivre mais avec quelque chose en plus.

La paroisse la plus proche était mennonite. Un dimanche, j'ai quitté l'office en avance et remarqué un cheval attaché à l'écart qui m'a rappelé le précédent, celui qui m'avait fait penser à une bourrasque après le massacre. J'ai détaché ma selle pour la mettre sur son dos et suis parti avec. Je ne suis plus retourné chez les mennonites après ça, car j'avais l'intention de garder cette monture, je sentais que je pouvais en quelque sorte expier ce que j'avais fait subir à l'autre cheval en prenant soin de celui-là.

J'ai baptisé ma jument Church, et vu en elle un second souffle. Je tenais l'idée de Pratt, qui qualifiait notre séjour en prison de deuxième chance, et expliquait qu'une fois passé le plus dur, la discipline, et après avoir maîtrisé l'anglais, tenu le Seigneur par la main, appris à pratiquer un christianisme viril, avec régiments et discipline, si nous survivions, nous gagnerions notre second souffle et découvririons que nous pouvions aller beaucoup plus loin dans la vie qu'il ne nous était possible de l'imaginer. Ce que Pratt pensait de nous importait moins à mes yeux que l'espoir d'obtenir une nouvelle chance. Si l'on pouvait survivre à ce qui semblait le plus dur, on en tirait avantage, et la capacité d'aller de l'avant, d'endurer, même quand on avait l'impression de ne plus pouvoir, demeurait quelque part dans notre corps, réserve de force et de puissance ; il était possible de sauver une part de soi, cachée dans un endroit véritable, même de nous, dans les moments où nous en avions le plus besoin – croire à cela était assez fort pour y donner toute sa vérité.

Chaque fois que j'avais l'occasion de parler, de voir si j'avais bien retrouvé ma voix et ne l'avais pas rêvée dans une sorte d'ivresse, j'étais incapable de m'en servir, incapable de la convoquer. C'est ce qui s'est passé jusqu'à ce que les choses changent un dimanche matin. J'ai entendu parler d'une nouvelle paroisse qui s'appelait tout simplement Nouvelle Église. J'ai entendu dire que Blancs et Indiens y priaient ensemble.

Du fond de l'édifice bondé, j'ai aperçu une femme devant, j'ignore pourquoi elle sortait du lot comme ça pour moi, mais j'ai senti que je devais faire sa connaissance. Je n'avais jamais ressenti ça pour une femme. Elle levait les bras en l'air, parlant une langue qu'elle-même ne semblait pas connaître. Bras levés toujours plus haut alors que le pasteur appelait à louer le Seigneur, de plus en plus fort.

Il y avait d'autres Indiens, je n'en connaissais aucun, mais ils se recueillaient, mains baissées, yeux fermés, paumes ouvertes comme pour dire : Me voici, prends-moi.

Après l'office j'ai entendu un Indien d'un certain âge dire qu'il se produisait des miracles au premier rang. On y guérissait les gens de toutes sortes de maux, ils parlaient dans de drôles de langues et communiaient avec le Seigneur. J'ai décidé d'aller m'asseoir au premier rang la prochaine fois. Et quand le dimanche est venu, j'ai vu la femme à quelques fidèles de distance. Ils priaient pour autrui avec plus de ferveur que je n'en avais jamais vu chez un disciple, se touchant le front et criant le nom de Jésus si fort que je le sentais me parcourir l'échine. Lorsque le pasteur s'est approché de moi, je savais déjà ce que j'allais demander, ce pour quoi j'allais prier.

Alors il a prié, et les fidèles m'ont encerclé en priant pour que je retrouve ma voix. Le pasteur est allé jusqu'à me toucher la gorge, et aussitôt j'ai hurlé *Loué soit Jésus*, et je me suis mis à tousser si fort que j'ai eu un haut-le-cœur. J'ai dit *Loué soit le Seigneur* d'une voix rauque, à peine plus qu'un murmure, et tout le monde autour de moi, y compris la femme dont je mourais d'envie d'attirer l'attention, a hurlé des *amen* et des *alléluias* avec exaltation.

Après l'office, une fois dehors, je me suis approché d'elle. Il y avait de la douceur dans ses yeux, elle hésitait à sourire mais souriait quand même malgré ses efforts pour l'éviter. Elle a dit s'appeler Hannah et je me suis présenté sous le nom de Jude Star. Son visage était couvert de taches de rousseur, c'était une Irlandaise qui parlait avec un accent que je n'avais encore jamais entendu. Elle a vu que je l'observais et fait mine d'être gênée. Ça m'a plu, et j'ai vu que je lui plaisais, non seulement grâce au miracle auquel tout le monde avait assisté à l'intérieur, moi parlant pour la première fois, mais aussi parce que je la soupçonnais d'avoir un faible pour les Indiens. Elle avait ce regard que je vois chez ces Blancs qui ont un faible pour les nôtres, un regard plein de fascination, mêlée d'une sorte d'attirance magnétique, ou de simple curiosité, comme quelqu'un qui voit un cheval pour la première fois, s'interrogeant sur sa nature possiblement sauvage, sur sa puissance.

Une fois chez moi, sur la véranda, on a bu de l'eau puis du whisky et parlé de notre passé. Hannah avait vécu avec des Cherokees quand elle était petite, après la mort de toute sa famille dans un incendie, peu après leur arrivée en Amérique. On l'avait retrouvée dans les cendres, sans aucune trace de brûlure. Elle ignorait comment c'était possible. Je lui ai raconté tout ce dont je me souvenais, ce qui m'a donné l'impression de raconter la même chose qu'elle.

On n'a pas parlé de Jésus au début, ni de l'office, ou du fait qu'Hannah avait le don de glossolalie, ni même de mon miracle. Mais chaque dimanche on est retournés ensemble à la Nouvelle Église, où on s'est mariés plus tard cette année-là.

J'ai souvent eu l'impression d'avoir triché pour réussir à parler. Même chose avec la boisson, avec les fûts qui se vidaient. J'ai commencé à réfléchir aux moyens de m'en procurer de nouveaux. Ou de simples bouteilles, une fois que je serais à sec. Je savais par Bear Shield qu'on recrutait au sein de la police tribale, et la perspective de me faire embaucher et d'avoir une source de revenus régulière me plaisait, du moins au début, parce que je savais que je pourrais sans doute m'assurer une certaine quantité d'alcool. J'aurais préféré boire pour le plaisir, mais je savais que j'en avais besoin, de plus en plus souvent, j'en avais de plus en plus besoin, voilà la vérité. En ayant un accès permanent à ces tonneaux, je n'avais jamais eu besoin de mesurer la quantité dont j'avais besoin, ce qui me donnait une impression de satiété.

Hannah voulait des enfants, et je n'étais pas forcément contre, même si je ne croyais pas vraiment à l'avenir. Nous avons essayé plusieurs fois, en vain. Parfois je me demandais si je ne m'y prenais pas mal. Ou si ce n'était pas à cause de l'alcool. Personne ne m'avait jamais expliqué comment on est censé faire, ce qu'on est censé éprouver quand on fait la chose ensemble qui est censée produire un enfant. Faire un gamin tout en se livrant à cet acte étrange que j'étais censé savoir comment accomplir, c'était si étrange que je préférais ne pas y penser. Fallait-il se concentrer d'une certaine manière ? Viser une certaine profondeur ? Était-ce comme pendant la prière ? Hannah m'a dit qu'on s'y prenait bien, et je l'ai crue. Elle m'a dit qu'il fallait demander à Dieu et se plier à Sa volonté. Tout était entre les mains du Seigneur.

Alors que le temps passait sans qu'un enfant ne s'annonce, la passion d'Hannah pour la Nouvelle Église et pour la diffusion la plus large possible de la parole de Dieu a redoublé. Elle croyait que c'était sa mission sur cette terre, diffuser l'Évangile, mettre son nom dans la bouche et le cœur de tous ceux qui ne le connaissaient pas. Elle s'est mise à parler de la seconde venue du Christ. De la fin du monde. C'est là que j'ai commencé à la perdre. Je le savais. Mais je ne lui refusais rien. Je gardais le silence. Retournais à ce que j'avais autrefois si bien connu. Je voulais ressentir ce qu'elle semblait ressentir à l'église, je voulais l'amour de Dieu mais n'arrivais pas à le trouver dans mon cœur, n'arrivais pas à lever les bras et les mains vers Lui le dimanche, même si je disais toujours le bénédicité et que j'étais reconnaissant pour tout ce que j'avais.

Bear Shield nous a invités à dîner pour parler d'une nouvelle église dont il était devenu membre, celle du peyotl. Hannah n'a pas pu se libérer en raison de secrètes obligations religieuses qui devenaient de plus en plus fréquentes.

Dans sa cuisine, Bear Shield m'a raconté qu'il s'agissait d'une nouvelle façon de prier, d'un culte importé du Mexique par le chef comanche Quanah Parker, qui se répandait sur tout le territoire indien et au-delà. J'avais lu des choses à ce propos dans le journal. Quanah le tenait d'Indiens mexicains. Des *curanderas* l'avaient remis d'aplomb, paraît-il.

Bear Shield a dit que la cérémonie prenait sa source dans la terre où poussait la plante, et que ça s'était passé là-bas, sous les perches en faisceau d'un tipi. À la fin de l'office, on accueillait le jour naissant avec un poids en moins, et nos yeux voyaient plus clair, même si c'était encore difficile, a-t-il ajouté, et que ça le serait toujours, malgré tout. Il avait vu des choses qui lui donnaient de l'espoir pour l'avenir du peuple indien, un avenir lointain. Il avait entendu des gens parler de prières pour les sept prochaines générations. Moi, j'avais du mal à imaginer ne serait-ce que la suivante.

« Dans ce tipi, avec cette médecine sacrée, ils ne peuvent pas nous atteindre, a-t-il dit. Les Blancs ont suffisamment peur de notre espoir pour nous tuer. Mais cette chose-là, dans ce tipi, nous la prenons la nuit et restons éveillés, parce qu'ils ne peuvent ni nous voir ni nous entendre, ils ne peuvent nous empêcher d'être ceux que nous sommes depuis toujours, là, dans ce tipi, avec cette médecine, et ce tambour, ces chants, tu te souviens.

– Je me souviens de quoi ?

– De comment c'était avant », a-t-il répondu avant de montrer du menton quelque chose par-dessus mon épaule, en référence à notre passé commun avec le tambour des Dog Soldiers, après Sand Creek, toutes ces années en arrière.

Bear Shield m'a dit que la médecine lui avait permis de se détacher de tout ce qu'il ne voulait pas garder en lui. J'aurais voulu avoir cette même volonté de guérir, mais surtout j'aurais voulu un fils. Et non plus seulement à cause d'Hannah : je voulais voir l'avenir en lui, le début de l'avenir du peuple indien dans un petit corps. Je voulais un enfant indien, même si c'était avec une Blanche.

Hannah a refusé de se joindre à moi pour la cérémonie du peyotl. Et elle ne souhaitait pas que je m'y rende. Elle trouvait ça diabolique. Je lui ai dit que ça m'aiderait à lutter contre la boisson. Bear Shield a dit qu'il avait vu d'autres Indiens comme moi, qui après la cérémonie n'avaient plus jamais touché à l'alcool.

Je n'arrivais pas à croire à ce qui se passait à l'intérieur, aux effets de la médecine. Le foyer projetait sa chaleur et sa lumière au centre du tipi et je me sentais basculer dedans. Quand je levais les yeux vers le ciel nocturne à travers les perches, les étoiles brillaient d'un impossible éclat au point de paraître tranchantes, et cette clarté et ce tranchant ont d'abord empli mes yeux de beauté, mais se sont ensuite changés en une sorte de violence mutique dont un sentiment émergeait, comme si tout tombait en morceaux, comme s'il y avait toujours eu une paroi de verre entre moi et tout le reste, et c'est à ce moment précis que j'ai vu un miroir, et le reflet de mon visage d'un blanc pareil à celui des moulages, il s'est approché de moi, figé, inerte, et s'est avancé jusqu'à ce qu'il semble me traverser, mais pas vraiment, et c'est ce qui a brisé le miroir, le masque de vie volant en éclats comme le reste, le tout ressemblant à du verre brisé.

J'ai cru mourir mais ça allait, c'était bien, j'allais disparaître, j'allais me répandre sur la terre, m'élever comme un nuage et dériver jusque chez moi. Au-dessous de mes autres noms, de celui que j'étais là-bas, parmi les décombres de ce qui avait jamais ressemblé à un foyer pour moi, j'étais toujours Bird. Un être profond et un cœur battant au son du tambour, un chant qui n'appartenait à personne d'autre.

La mort se mêlait à mon sang, montait par en dessous. Puis c'est arrivé. Je n'avais jamais autant vomi de ma vie. Des flots de vert, de marron et de maïs se sont déversés sur le sol du tipi. Bear Shield a lui-même recouvert le tout de terre, puis l'a jeté au-dehors avec une pelle. La médecine avait produit son effet, et ce n'était pas fini. J'ai vomi toute la nuit, et j'ai eu très peur d'une chose que j'ai oubliée par la suite, une chose gisant sous le feu avec des yeux, une chose ancienne qui vivait sous tous les feux. J'ai cru perdre la tête, là-dedans. Cru que je vivais depuis mille ans. Je ne voulais plus jamais y retourner. Mais quelque part entre le vomi et la terreur j'avais prié, prié de toutes mes forces. J'avais prié pour un fils.

Un garçon est arrivé au printemps. Ces premières années ont été les plus douces et claires dont je me souvienne. J'avais arrêté de boire. Et été promu chef de la police. Ce rôle me plaisait. Ça me faisait le même effet que les fois où nous prenions nos tours de garde tout en haut de la muraille de la forteresse, fusil à la main, baissant les yeux sur l'enceinte pour nous assurer que tout se passait comme prévu. Le contrôle. C'est ce dont j'avais besoin depuis le début. L'ordre. Les ennuis ont commencé quand les agents indiens nous ont annoncé que nous devions mettre un terme à tous nos rituels et cérémonies. Que tout ça était hors-la-loi. J'ai fait ce qu'on m'a dit. Je me suis exécuté jusqu'à ce que ça ne soit plus possible.

4

Dans une autre vie

Je faisais du pain dans la cuisine. Je racontais à mon fils Charles des histoires sur ma vie, tout ce qui m'était arrivé avant que je devienne père. Je faisais du bon pain. Ça m'avait plu, quand j'étais en Floride, d'être loin des murs moisis, loin des autres détenus, et de préparer à manger à partir de grain. Aujourd'hui encore, ça me plaît. On a besoin de nourriture, mais on a aussi besoin d'un peu de variété quand on peut se le permettre. Rien de sophistiqué, il suffisait parfois de quelques céréales, ou d'un pain plus sucré, ou frit, ou encore fourré au fromage. Ça a été une évidence à mon arrivée en Oklahoma. Le gouvernement diminuait les rations sur les réserves, la portion de farine étant parmi les plus généreuses. Certains Indiens la lançaient dans les airs, où elle restait en suspension comme du pollen, et ils donnaient leur maïs aux animaux de la même façon que les Blancs. Mais le pain faisait l'affaire, on pouvait le tremper dans un ragoût ou une soupe et le plat prenait alors une autre dimension, parce que le simple fait de manger quelque chose de bon et rassasiant procurait du réconfort.

Je me sentais bien en discutant avec mon fils et en mangeant le pain que j'avais préparé, dans notre cuisine, sur notre terre, dans notre maison. J'avais une famille désormais et mon alcoolisme appartenait au passé. J'avais suffisamment vécu, failli mourir assez souvent pour reconnaître les bonnes choses quand elles se présentaient, celles dont on n'aurait jamais cru qu'elles puissent nous combler, dont nous comprenons seulement au moment où elles nous comblent qu'il y a eu un vide en nous.

J'ai dit à Charles que mon père me racontait souvent que le peuple cheyenne était issu d'un trou dans le sol. Il m'a demandé de quel conte il s'agissait, et je lui ai répondu que j'avais oublié, puis que c'était là toute l'histoire, et il a éclaté de rire.

Je commençais tout juste à me remémorer certains souvenirs d'enfance. Je me suis souvenu d'une autre histoire à propos d'un oiseau aquatique qui avait plongé au fond des premières eaux et en était ressorti avec toute la Terre et tous les peuples dans son bec. Et d'une autre d'après laquelle notre peuple descendait des étoiles – ce gros trou, là-haut, qui se déversait jour et nuit sur notre tête à tous comme le mauvais temps. J'ai dit à Charles que mon père me parlait souvent de son propre père, du fait que les Indiens étaient passés maîtres dans l'art de se cacher, parce qu'ils avaient compris que c'était la condition nécessaire à leur survie, et que se cacher n'était pas forcément synonyme de camouflage, d'invisibilité, mais aussi de transformation. J'ai dit à Charles que son arrière-grand-père avait été poursuivi par des soldats, qu'on l'avait encerclé dans un champ. Alors il avait roulé un peu de tabac dans une feuille de maïs toute sèche, l'avait fumé et s'était volatilisé. Mon père avait peut-être imaginé une issue heureuse à un événement tragique. Autrement dit, son père avait probablement été tué. Mais je croyais ce que mon père me racontait. Les histoires font plus que nous réconforter. Elles nous emportent, et on en sort grandi.

Charles m'a demandé de lui raconter des choses sur ma vie. Je me suis senti submergé par une émotion qui me montait jusqu'aux yeux, et me suis détourné de lui. J'étais prêt à tout déballer. Je me suis aperçu que je voulais le faire depuis beaucoup plus longtemps que je ne le croyais.

Il m'a dit qu'il voulait savoir tout ce qui m'était arrivé avant sa naissance. J'étais sur le point de commencer quand quelqu'un l'a appelé, et qu'on a frappé à la porte. C'était la fille de Bear Shield, Opal. Elle avait quelques années de plus que Charles, mais tous deux étaient amis, sa venue n'avait donc rien d'inhabituel, d'autant que la terre allouée à sa famille se trouvait non loin de là. La gamine n'était pas venue pour jouer mais pour me dire qu'ils organisaient une cérémonie, que sa mère était malade. C'est tout ce qu'elle m'a dit, mais j'ai compris. Ce n'était pas la première fois qu'elle tombait malade. Quelque chose la rongeait depuis des années. Ça empirait. Bear Shield avait fait sa connaissance avant de partir en Floride, et ils s'étaient mariés à son retour.

Opal m'a dit que son père voulait que je sache que ça se passerait au même endroit que la fois où j'étais venu. Cette fois-là.

Non loin de l'église mennonite vivait un Blanc tout petit et très gentil qui autorisait les Indiens à se réunir au fond de sa propriété, juste derrière une rangée de peupliers. Le lendemain matin de ma première et seule cérémonie, Bear Shield m'a raconté qu'il avait sympathisé avec cet homme au bureau de poste, et que c'etait son frère qui avait acheté ce terrain lors des enchères de 1889, au moment où le premier arrivé était le premier servi. Son frère, qui était aussi petit que lui, se trouvait être jockey, et c'était à l'occasion d'une course qu'il avait gagné le terrain, non sur un cheval en l'occurrence, mais sur un chameau qui errait dans les déserts du Texas, et que l'armée des États-Unis avait rapporté d'Arabie pendant la guerre de Sécession, avant de lui rendre sa liberté à la fin du conflit.

Je me suis dit tout de suite qu'il fallait que j'aille à cette cérémonie. Mais aussi que j'avais contribué à mettre fin à ce type de rassemblements. Je m'étais glissé dans des tipis au milieu de la nuit et j'avais aidé les agents indiens à piétiner des feux pour les éteindre, et à traîner des hommes en prison. Mais il me paraissait impossible de ne pas assister à celle-là.

Avant que je me mette en route, Charles est sorti et m'a demandé où j'allais. On va prier aux côtés de la maman d'Opal. Elle est malade, ai-je dit. Il m'a demandé s'il pouvait venir. Je lui ai dit qu'il resterait avec sa mère, et qu'il devait l'écouter, et être sage. Que je rentrerais le lendemain soir à l'heure du dîner, avant le coucher du soleil.

J'ai sorti mon arme de son étui et vérifié qu'elle était bien chargée. Elle l'était, et dans les blagues de cuir attachées à ma taille qui avaient autrefois contenu du tabac, il y avait des munitions.

En chemin, sur mon cheval, j'ai vu un oiseau tournoyer dans le ciel, mais chaque fois que je plissais les yeux pour deviner de quelle espèce il s'agissait, le soleil me faisait larmoyer. La poussière montait du sentier, épaisse et molle. Nous soulevions un nuage presque duveteux de poudre orangée qui restait en suspension, ce qui signifiait qu'il n'y avait pas de vent, mais les nuages géants aux contours sombres dans le lointain annonçaient un orage d'été, ce que j'avais senti dans mes genoux un peu plus tôt ce matin-là, en attendant que l'eau bouille sur le réchaud. Il avait fallu que je m'assoie, mes genoux sont sensibles au temps qu'il fait.

Le plus souvent, si je regardais le soleil il n'y avait que ça, l'astre, ce disque brillant et chaud qui fait le tour de la voûte céleste et nous donne chaque jour une chance de revoir ce que la nuit a fait disparaître ; le monde de nouveau éclairé est la chose la plus normale et bienheureuse que nous puissions posséder. Mais quand il y avait des nuages dans le ciel et que le soleil les perçait soudain, ça me prenait de court et me ramenait en Floride, devant ce photographe qui disparaissait sous un drap noir avec sa machine pour capturer notre image, le cliché qu'ils avaient pris à notre arrivée mis en regard de celui pris de nous en uniforme quelques mois plus tard, et qui avait paru dans le journal local. Pratt voulait montrer aux gens ce qu'on pouvait faire des Indiens. Des photos avant et après pour les mettre côte à côte, voilà ce que nous avait dit Pratt, comment nous étions avant et ce que nous étions devenus après.

La fierté de la civilisation, avait-il ajouté. Je détestais la tête que j'avais. Sur les deux.

Il n'y avait pas beaucoup de sentiers entre lesquels choisir du côté d'El Reno. L'Oklahoma est lui-même aussi plat que la main d'un Cheyenne qui s'écarte du buste pour signifier : *C'est bon, piva.* Mais ce n'est pas bon, une terre qui s'étend à l'infini sans montée ni descente, dépourvue de montagnes ou de repères pour vous aider à trouver votre chemin ; et il y avait trop de croisements, de sorte que la moindre erreur d'orientation pouvait vous éloigner de votre point de départ et de votre point d'arrivée. Mon cheval s'est arrêté à un carrefour, et un vent chaud s'est levé. J'ai cru entendre quelque chose, à mi-chemin entre un sifflement et une voix.

Droit devant, quelque chose s'est approché de moi. Je n'arrivais pas à savoir de quoi il s'agissait. La propriété du Blanc était tout près.

J'avais vu bien des choses étranges dans ma vie, et pas une seule fois douté de mes yeux quand ils se posaient sur quelque chose, qu'il s'agisse de Jésus dans le cachot, ou des ossements de bisons entassés, mais il ne m'était jamais arrivé de ne pas croire à ce que je voyais. Ça, c'était hors de mon entendement.

Mon cheval s'est cabré quand la créature s'est approchée. Je n'ai même pas pensé à me saisir de mon arme, tirant seulement sur les rênes pour calmer ma monture. Je me souviens que la première fois que j'en ai vu, je savais déjà à quoi ça ressemblait. La Nativité devant la cathédrale, à St. Augustine. Les rois mages suivaient une étoile à dos de chameau et apportaient des cadeaux au Divin Enfant. J'avais vu une reconstitution de cette scène l'hiver après que Jésus m'était apparu en vision, quand Pratt nous avait donné la médecine du Blanc qui nous avait fait dormir.

Le chameau et moi nous sommes dévisagés, là sur le chemin, des terres cultivées de chaque côté, la route derrière et devant nous. Il y avait une vache au loin qui nous observait. J'ai regardé l'animal dans les yeux, ses grands yeux tristes, avec des paupières épaisses et lourdes. Il donnait l'impression de mastiquer, sans que j'arrive à voir quoi. Puis la vache a poussé un meuglement qui lui a fait peur, ce qui a rendu ma monture nerveuse, alors j'ai tiré sur les rênes, et tandis que je m'éloignais à reculons, le chameau m'a craché dessus et m'a touché en pleine figure. Il a laissé échapper un sifflement avant de cracher de nouveau. Je me suis essuyé le visage car je n'y voyais plus rien. J'avais envie de vomir. En ouvrant les yeux, j'ai vu qu'il me fonçait dessus, et la dernière chose que j'ai vue avant que ma tête ne heurte le sol et que le monde soit sens dessus dessous, ça a été ce chameau qui s'enfuyait avec, suspendu à son arrière-train, le squelette blanchi et tout habillé d'un homme mort depuis longtemps.

Quand j'ai repris connaissance, il faisait déjà nuit. J'allais être en retard. Mais j'étais tout près. J'entendais le tambour.

Après avoir attaché mon cheval à un arbre, j'ai entendu des hommes parler et je me suis accroupi dans les buissons. J'ai aperçu les agents indiens, ils étaient deux et sur le point d'entrer dans le tipi pour interrompre la cérémonie. J'ai remarqué qu'ils n'avaient pas dégainé. Me trouvant derrière eux, j'ai su qu'il ne fallait pas hésiter, que je devais saisir ma chance immédiatement, alors je me suis levé et j'ai couru vers eux avec mon arme. Ils se sont retournés et j'ai réussi à en frapper un du pied et à donner un coup de crosse sur la tête de l'autre. Puis un coup de pied dans la mâchoire de celui qui était au sol avant qu'il puisse sortir son arme. Après ça je me suis dépêché de retourner à mon cheval pour prendre de la corde. Ces hommes m'avaient reconnu à la seconde où ils m'avaient vu. Je ne pouvais pas simplement les tuer et abandonner leurs corps sur la terre d'un Blanc. Alors je les ai attachés et les ai mis sur le dos de mon cheval avant d'attacher leurs montures à la mienne. J'allais partir avec ces hommes en sachant que personne ne devait plus jamais nous revoir, ni eux ni moi, que c'était le seul moyen pour que personne ne s'en prenne à Bear Shield ou aux siens. J'allais les faire disparaître. Mais il fallait que je disparaisse avec eux. Dans une autre vie.

Avant de partir je me suis arrêté pour écouter les bruits en provenance du tipi. J'ai tendu le cou pour mieux entendre ce que je croyais entendre. C'était la fille de Bear Shield. Elle chantait. En principe, les femmes n'ont pas le droit de chanter ni même de parler lors de la cérémonie du peyotl, seulement d'apporter l'eau du matin. Mais Bear Shield m'avait un jour raconté qu'il n'était pas d'accord avec ça. Et voilà qu'elle chantait au cours d'une cérémonie pour la guérison de sa mère. C'était la plus belle chose que j'aie jamais entendue.

Je suis parti en sachant que je ne reviendrais jamais. Je réfléchirais à ma vie de l'autre côté, à ce qu'impliquait le fait que deux hommes soient déjà en train de gigoter sous une pluie qui tombait à grosses gouttes.

Richard Henry Pratt et Charles Star

*

Printemps

5

Un fou sincère

De son poste d'observation habituel sur sa véranda, Richard Henry Pratt plissa les yeux puis les ferma dans la lumière du jour naissant, à cause de l'éclat qui perçait entre les branches. Quand il se les frotta, il sentit la douleur frémir, sous les paupières mais aussi au-dessus, et bien que ça ne fasse qu'aggraver les choses, il ne pouvait s'en empêcher, comme quand on gratte une croûte ou qu'on appuie sur un hématome – il exerçait son pouvoir sur la douleur en maîtrisant le moment et la façon d'en éprouver toute l'acuité. De plus en plus fréquentes, ces migraines étaient lancinantes sous l'effet de la lumière, des sons, une vraie torture chaque fois qu'il se levait et s'asseyait.

Les oiseaux faisaient assurément beaucoup de bruit le matin, comme s'ils voyaient le jour se lever pour la toute première fois. Pratt observa l'herbe couverte de rosée, huma l'odeur, sans parvenir à aspirer suffisamment d'air par le nez, puis renifla trop fort et avala quelque chose qui faillit l'étouffer et le fit tousser en continu.

Il fut un temps où il adorait le chant matinal des oiseaux. Désormais, ce n'était plus que du bruit. Désormais, la boucle insistante qu'étaient le trille de la grive, le tintement sec et concis de la bécasse, et, pire que tout, la mélopée matinale et roucoulante de la colombe, tout ça lui donnait envie de les faire tomber des arbres à coups de fusil, de les empailler pour les exposer sur le manteau de sa cheminée, aussi silencieux que les photos de famille encadrées qui s'y trouvaient. Il prévoyait de faire le plein de grenaille pour cette seule raison, mais oubliait à chaque fois. Cette idée de débarrasser les arbres de leurs hôtes en leur tirant dessus puis de les naturaliser, n'était-ce pas une idée de Theodore Roosevelt ? Oui, voilà pourquoi Pratt n'avait pas acheté de grenaille quand il était allé en ville, voilà précisément pourquoi il s'était mis à détester les volatiles.

Il avait besoin de fonds pour l'école, et dans l'une des nombreuses lettres qu'il avait écrites au président, plaidant la cause des Indiens et de Carlisle, il avait tenté d'en appeler à son amour de la nature, car il savait que Roosevelt voulait – entre autres tentatives de défense de l'environnement – mettre fin à la production d'accessoires de mode à base de plumes d'oiseau pour préserver les espèces rares et exotiques. Il avait donc demandé ce que le président pensait de la présence de ces mêmes éléments décoratifs dans les tenues d'apparat indiennes : ne trouvait-il pas intéressant que Pratt insiste auprès des enfants pour qu'ils instillent au sein de leur peuple le même amour des animaux, afin de mieux les protéger contre ce qui n'était rien de plus que de la vanité ? Quoi de plus vain que de porter des plumes comme accessoire ? À la fin, il avait ajouté un bref et modeste appel à plus de fonds. Sans aucun mot d'accompagnement,

Roosevelt lui avait envoyé pour toute réponse la copie d'un texte datant de 1879 et intitulé *Notes sur certains volatiles d'Oyster Bay, Long Island.* C'était un texte très court, pas même un article, publié quand Roosevelt était à Harvard, et où il décrivait les espèces qu'il voyait et chassait près de chez lui : « 1876. Un oiseau abattu dans un bosquet humide. Il a pratiquement été réduit en charpie par la décharge, mais demeurait aisément identifiable. »

Pratt avait conservé ce texte, ainsi qu'une copie du journal paru le jour de la mort du président. Non pas pour se délecter de l'information, même si à un moment donné il avait pu souhaiter sa mort. C'était de l'histoire ancienne. Comme cette autre journée à laquelle il repensait encore et encore, avec tout le temps dont il disposait depuis qu'il avait pris sa retraite, pour s'asseoir, ressasser et se souvenir de la période où il avait vécu auprès des Indiens.

Il savait alors que Roosevelt prévoyait d'enrôler des Indiens pour sa parade inaugurale, mais avait compris en lisant le journal à quelle fin il s'en servait. C'était un peu moins d'un an après que Pratt avait été forcé de s'arrêter de travailler, avant qu'il ne s'habitue à son poste d'observation sur la véranda, à l'époque où il ne voyait les choses qu'à travers les flammes d'un incendie. Les cendres pleuvaient sur lui régulièrement, à ce qu'il semblait, comme si un grand et terrible volcan était entré en éruption non loin de là. Il avait tenté de jeter le journal à ce moment-là, et même ça, même la pesanteur, lui avait résisté – les feuilles de papier retombant comme des plumes dans un mouvement de va-et-vient.

Ce n'étaient pas les enfants de Pratt mais d'Indiens tel American Horse qui était venu à la parade, de même que Quanah Parker, et même Geronimo, tous à la tête des élèves de Carlisle dans un cortège censé représenter le progrès américain. C'était Roosevelt qui avait entretenu l'image de l'ancien et du nouvel Indien, du progrès symbolisé par cette procession, avec les vieux chefs à cheval et en tenue d'apparat, et derrière les élèves marchant au pas, les cheveux courts et en uniforme, auxquels la nature sauvage des plumes et des chevaux manquait cruellement. Une brigade de cow-boys les encadrait, avec leurs chapeaux à large bord, leur cravate western, et leur six-coups ; tous présents pour célébrer le nouveau président. Lors de la guerre hispano-américaine, Teddy Roosevelt avait chevauché aux côtés des Rough Riders en tant que milicien volontaire, et il avait écrit à ce sujet, étant un auteur indécemment prolifique. Il avait expliqué avoir combattu les habitants de la Frontière, cow-boys comme Indiens. On le surnommait même parfois tout simplement « le Rude Cavalier ». Pratt détestait le fait que Roosevelt ait autant publié, lui-même n'ayant rien à son actif.

Les journaux l'avaient surnommé « le Fou sincère » pour ce qu'il avait accompli, la ferveur avec laquelle il avait réformé les jeunes Indiens de Carlisle. La célébration de cette conquête lors de la parade de Roosevelt, qui s'était servi des élèves de l'école pour montrer le chemin parcouru, fut très douloureuse pour Pratt en raison du peu de soutien que lui avait apporté le parti du président chaque fois qu'il avait fait appel à lui. Et pour s'approprier ainsi son travail, pour faire venir ces célèbres chefs et exhiber ces futurs hommes et femmes nés de l'œuvre de sa vie, il fallait avoir des tripes. C'est ainsi que Pratt se plaisait à résumer des sujets auxquels il répugnait à penser. L'idée lui était venue au combat pendant la guerre de Sécession ; voyant pour la première fois les entrailles roses et sanguinolentes sortir du ventre des soldats, il s'était dit : Voilà donc ce qu'il y a derrière tout ça, ce dont nous sommes faits. Il en fallait, des tripes.

Quand on demanda à Roosevelt pourquoi il avait invité des cow-boys et des Indiens, pourquoi il avait invité Geronimo, le célèbre rebelle apache qui avait tué tant d'Américains, il aurait simplement répondu : « Je voulais que les gens profitent d'un bon spectacle. »

Pratt cracha, assis sur sa véranda, et ce à deux reprises en pensant à Roosevelt et à sa parade. Il n'apprécia guère la vue de sa salive. La substance mousseuse donnait l'impression que le sol était encore plus sale. Ce n'était pas ainsi qu'il allait expulser ce qui devait sortir. Il crachait pour tout ce qui n'était pas arrivé, et dont il était de plus en plus douloureusement conscient, tout ce qui n'arriverait jamais, tout ce pour quoi il s'était tant battu, afin que les États-Unis découvrent ce que valaient les Indiens – non pas pour les offrir en spectacle, comme quand Roosevelt avait orchestré son inauguration –, ou le pays lui-même, sa Constitution, sa Charte des droits, les hommes nés égaux. La véritable raison de son crachat, c'était que rien ne le différenciait de l'ancien président. Il ne voulait pas admettre qu'il était pareil, qu'il avait lui aussi monté un spectacle dans le but d'exercer son pouvoir de contrôle, et bien qu'il en soit parfaitement conscient, c'était une sorte de secret, douloureux à garder, à porter, comme tant de vérités inexprimées dont les gens savent au fond d'eux-mêmes qu'ils ne veulent pas vraiment y être confrontés.

C'était donc son portrait craché, sinon physiquement, du moins quant au comportement. Ce crachat, c'était le goût amer de celui qui ne le savait que trop bien. Ce crachat, c'était pour goûter ce qui sortait de sa propre bouche. Mais il savait qu'il ne pouvait pas. Il le ravala, de travers, ce qui le fit tousser, et alors il repensa à ces photos mises en scène pour le journal quand il venait d'ouvrir Carlisle, et à celles prises dans la forteresse de Floride, ces clichés d'Indiens côte à côte, avant et après. Avec leur couverture et leurs cheveux longs à gauche, et à droite l'uniforme et la coupe en brosse. Avant et après la catastrophe, plutôt. Il y avait quelque chose de si terriblement vrai là-dedans – sur ce que Pratt avait fait aux Indiens, et en ce qu'il avait procédé exactement de la même manière que Roosevelt. Pour s'offrir en spectacle.

Quelque part en lui se nichait un sombre cantique, un chant silencieux qui demeurait en son for intérieur, ce qui l'ennuyait, le tourmentait, le poussait à prendre le problème à bras-le-corps. Il le tenait de sa mère, dont il entendait la voix derrière les portes et les murs, parfois de l'autre côté de la rue, comme si elle venait d'une autre maison, toujours à distance, de sorte qu'il lui fallait se pencher pour l'entendre, et alors, à chaque fois, la sombre complainte cessait, des années après sa mort, mais cette fois-ci c'était nouveau, quelque chose surgissait qui n'était même pas encore dans sa gorge.

Ce chant restait silencieux car personne n'avait encore compris ce que sa vision impliquait, son projet pour les Indiens. Coincé chez lui depuis toutes ces années sans avoir assisté à l'accomplissement de sa vision, ces sentiments et ces énergies enfouis sous la surface, il était entré dans une nouvelle phase de sa vie, d'abord sous la forme d'un pourrissement, puis d'un enracinement, puis d'une excroissance, piégée en lui comme lui-même se sentait piégé chez lui, sur sa véranda, attendant il ne savait quoi.

Et puis la réponse lui arriva par la poste. Une lettre d'un élève de Carlisle, mais pas à l'époque où Pratt en était le directeur. Il s'appelait Charles Star. C'était le fils de l'un des prisonniers de Fort Marion, qui était apparemment devenu Jude Star après avoir purgé sa peine. Comme Jude était muet, Pratt avait décidé de lui faire suivre un apprentissage de boulanger. Il se souvenait bien de ce garçon.

Charles Star lui demandait, s'il était en Californie, de bien vouloir lui accorder un entretien. Il écrivait un livre qui incluait la période passée par son père à la forteresse. Qui inclurait aussi Pratt. Quel genre de livre ? se demanda-t-il tout haut. Sauf qu'il ne mettait plus les pieds en Californie. La dernière fois qu'il y était allé, c'était avec l'équipe de football de l'école, et ça remontait à plus de vingt ans. Il était prêt à ranger la lettre avec d'autres auxquelles il ne savait quoi répondre. Il y avait d'innombrables courriers, dont la plupart étaient heureux, mais certains non, surtout après l'envoi d'une enquête de satisfaction à des diplômés de Carlisle. Dans la grande majorité des cas, Pratt répondait. Il entretenait une correspondance avec ses Indiens affectueux et fidèles, qui avaient vu la sagesse et la nature inévitable de son poste de geôlier puis de directeur. Les lettres auxquelles il ne pouvait pas répondre, et savait qu'il ne répondrait jamais, allaient dans un tiroir de son classeur qu'il appelait « N'habite pas à l'adresse indiquée ».

Puis il reçut un faire-part en provenance de San Francisco, qui lui annonçait la naissance de son arrière-petit-fils. Le fils de son fils Mason, Richard Henry Pratt, venait d'avoir un fils qu'il avait baptisé du même nom. Il regarda l'adresse sur la lettre de Charles Star et prononça tout haut le nom de la ville.

6

Là-bas

Les souvenirs de Charles Star vont et viennent à leur guise. C'est un miroir brisé, à travers lequel il ne se voit que morcelé. Il ne sait pas qu'il en va de même pour tout le monde, pour la mémoire elle-même, qu'il s'agit d'une carte dépourvue de centre et, pour ceux qui regardent un peu trop en arrière, d'un piège.

Il a oublié qu'il a volontairement oublié certaines choses. C'est ainsi qu'il se les est cachées à lui-même. Il soupçonne quelque chose de pire sous les pires choses qu'il sait lui être arrivées à l'école, les cheveux rasés, les récurages et les marches forcées, les bastonnades, la famine et la réclusion, les innombrables façons de l'humilier parce qu'il continuait de se comporter comme un Indien malgré leurs efforts incessants pour l'éduquer, le christianiser et le civiliser. Pas tous les professeurs. Pas tous les enseignants. Certains gamins s'étaient même moqués de lui et l'avaient tourné en ridicule parce qu'il était à moitié blanc.

Il y a quelque chose de plus profond sombrement à l'œuvre en lui, encore une chose oubliée, mais quoi ? Toute sa vie il a su que c'était là, mais il avait refusé de le voir. Ça devait rester une sorte de secret, dissimulé au fond, tout au fond, comme il avait entendu d'autres Indiens le dire dans leurs prières, en référence au temps, à un passé lointain mais pas si éloigné, quand les choses allaient mieux pour les siens, qu'ils pouvaient prier sans cet appel, cette supplication, ce *Seigneur, aie pitié de nous, n'avons-nous pas assez souffert* propre à tant de ses semblables, là où il en voyait, ayant traversé le pays en train après avoir enfin quitté l'école pour de bon, s'être assis dans des tipis un peu partout, avoir vu jusqu'où le peyotl était arrivé en provenance du Mexique, si loin, de fait, que Charles avait l'impression, au vu des cérémonies et de la façon dont les gens parlaient et priaient, qu'ils n'avaient jamais vécu sans cette médecine sacrée.

Il avait arrêté l'école comme on arrête la guerre, et ignoré pendant longtemps où il allait. À un moment donné il avait voulu retrouver son père, ou découvrir ce qui lui était arrivé – ce dernier s'était volatilisé avant que Charles ne soit envoyé à Carlisle ; c'était même l'une des raisons pour lesquelles on l'y avait envoyé, car avec sa mère partie accomplir un travail de missionnaire à l'autre bout du monde, où ces pauvres âmes n'avaient peut-être jamais entendu le nom de Jésus, le garçon s'était retrouvé seul avec son amie Opal Bear Shield, dont le père avait disparu pour la même raison que la mère de Charles – afin de prêcher la parole de Dieu.

La première fois qu'il s'est enfui de Carlisle, il n'est allé nulle part. Il est resté à proximité, dans un verger où il s'est nourri exclusivement de pommes. C'était l'été, il faisait beau. Caché dans les arbres, il observait de loin ce qui se passait à l'intérieur de l'école. Il s'est aperçu qu'on le cherchait. De loin, il comprenait tout d'une façon différente.

Au bout de quelques jours, après avoir mangé tellement de fruits qu'il a failli en devenir un lui-même, il s'est approché discrètement, jusqu'à ce qu'on le surprenne en train de regarder par la fenêtre du réfectoire. Il ne se souvient même plus de la punition qu'on lui a infligée, cette première fois.

Dans l'un de ses plus anciens souvenirs, Charles est à la messe, en larmes, les mains tendues, et il demande à sa mère de le porter pour qu'il puisse voir l'homme qui prêche d'une voix criarde à propos du Tout-Puissant, du Seigneur, leur Sauveur, Dieu le Père. Charles s'aperçoit que sa mère ne fait pas attention à lui. Elle pleure pour que le Seigneur la prenne. Elle tend les bras en direction de la croix qui se trouve derrière l'autel, avec un Jésus de chaque côté, l'un face aux fidèles et l'autre face au pasteur blanc qui transpire et dont la bedaine déborde de sa ceinture comme une langue enflée.

La deuxième fois qu'il s'est enfui, il a couru aussi loin que ses jambes pouvaient le porter. C'était seulement quelques semaines après la première tentative, il faisait donc encore beau. Il a longé une crique jusqu'à un lac où il s'est baigné et a réussi à attraper un poisson à mains nues, puis il a compris qu'il ne pouvait pas le faire cuire puisqu'il n'avait pas de feu et ignorait comment en allumer un. Ayant récolté quelques pommes, il en a donc mangé de nouveau. Charles sentait pour la première fois de sa vie, à la tombée du jour, que quelque chose l'épiait, qu'il était pourchassé – un sentiment qui ne faisait que s'accentuer à mesure que le ciel s'assombrissait. Il a décidé que c'était au bord de l'eau qu'il avait le plus de chances de s'en sortir, qu'il pouvait plonger et nager si nécessaire. Disparaître sous la surface et retenir sa respiration. Il avait appris à nager très jeune et se livrait à cette activité aussi souvent que possible. Il nageait vite. Ce qui n'était sans doute pas le cas de la créature qui le pourchassait, puisqu'il n'existait aucun animal terrestre de cette taille qui soit à l'aise dans l'eau, pas vrai ?

Cette fois-ci, il avait pris une couverture avec lui et s'était emmitouflé dedans avant de s'allonger par terre, aux aguets, attendant le lever du jour. Il a cru voir un loup aux yeux jaunes l'observer dans les buissons, mais s'est réveillé brusquement à l'instant où le soleil commençait à poindre. Il est retourné à Carlisle de bon gré, écœuré par les pommes et si effrayé par le loup qu'il s'est juré de ne plus jamais s'échapper, tout en sachant, comme le garçon de l'histoire qu'il avait entendue à l'école que, malgré cette promesse qu'il se faisait, il se mentait à lui-même.

Pour l'heure, il ignore qu'il est en train de rêver, ce qui lui donne une impression de vérité, même s'il est transporté à travers les années, chose impossible, il croit que c'est la réalité et ça le devient, comme le fait de croire qu'il est suivi, une croyance qui dure depuis qu'il a vu le loup, une croyance qui le suit en rêve et dans la vraie vie, pire, il croit parfois qu'il se suit lui-même, que tous ses actes sont prédéterminés, qu'il est une espèce d'ombre, qu'il se regarde tout faire après coup, une sorte d'écho dans lequel il ne fait que regarder, seul le son qui se réverbère déjà sur les parois d'un canyon, de là où il a appelé à l'aide.

C'est à cause de sa teinture de morphine, à cause de son habitude, à cause du laudanum. Il s'était mis à appeler ça son médicament, même s'il savait depuis longtemps que ça ne lui apportait rien de bon. Les rêves aussi sont comme ça. Pas forcément bons ni mauvais, mais si étranges et précis qu'ils nous donnent l'impression d'être réels.

Il est à bord du train. Sur ce cheval de fer, sommeillant ou venant de se réveiller, supposant en tout cas qu'il ne rêve pas, meurtri par les chaînes qui entravent ses poignets et ses chevilles, les menottes lui rongeant la peau là où le métal mord les os à chaque soubresaut. Dans son rêve il se souvient de son père, d'histoires que celui-ci lui racontait dans une lettre qu'Opal lui avait donnée, que son père à elle avait reçue de son père à lui, une lettre adressée à Charles qui lui trottait dans la tête comme une ritournelle.

La première fois qu'il a pris le train pour aller à l'école, après que sa mère lui a annoncé qu'elle partait en mission, quelques semaines à peine après la disparition de son père, il y avait un tel raffût qu'il a cru que quelque chose lui transperçait les oreilles, alors il les a bouchées avec ses mains, s'efforçant de ne pas penser au fait qu'ils étaient dans le cheval de fer, Opal et lui ainsi que les autres enfants, en route pour un monde où tout était trop dur pour ne pas finir par les endurcir, et trop lourd pour ne pas finir par les écraser.

Le train rugit et gronde, dans un sillon de voies métalliques longeant des fleuves qui serpentent, les voies passent non pas sous mais à travers les montagnes, dans des tunnels si obscurs qu'il ne lui viendrait même pas à l'idée de regarder à l'extérieur.

Une fois la lumière de retour, il baisse les yeux et voit que ses nattes touchent la chaîne, il observe leur oscillation. Dehors, il voit les carcasses de bisons dépecés, et au-delà les ossements entassés à perte de vue, et au loin, comme un nuage d'orage en approche, d'innombrables vautours volent en nuées au-dessus des dépouilles. C'est la fin du monde, là-bas.

À la sortie d'un tunnel, la lumière frappe l'intérieur du wagon et voilà qu'ils réapparaissent, les enfants et lui, mais ils se dirigent dans la gueule d'une créature trop grande pour qu'on voie quoi que ce soit derrière son corps massif qui s'étend dans toutes les directions, comme une montagne mais avec des membres qui s'étirent et commencent à atteindre les fenêtres juste avant qu'elles soient de nouveau englouties par l'obscurité.

Quand il émerge de l'obscurité il entend quelqu'un hurler qu'ils arrivent à Washington. Le nom du premier président et symbole de tout un pays, comme s'il incarnait ce que les Indiens étaient censés approuver pour leur propre bien. Assimilation est l'un de ces mots utilisés pour désigner les Indiens qui deviennent blancs afin de survivre, afin de ne pas se faire tuer. Le train est à l'arrêt mais les portes sont bloquées. Les enfants ont disparu et les passagers restants sont tous blancs.

Il fut un temps où, à ses yeux, ils se ressemblaient tous. Quand il a parcouru le pays après avoir quitté l'école, en plus de rencontrer tant de gens de tribus différentes lors de cérémonies, il a rencontré encore plus de types de Blancs qu'il ne le croyait possible. Il y avait les Américains, bien sûr, qui avaient un lien avec les premières colonies, ou avec les premiers bateaux à avoir débarqué, les Allemands mennonites de l'Oklahoma, cet Écossais-Irlandais qu'il avait connu lors de son premier voyage dans un train de marchandises, ils s'y étaient cachés ensemble, et l'homme avait partagé avec lui son étrange nourriture toute molle qu'il conservait dans des bocaux à l'intérieur de sa valise, et ensuite les nombreux vagabonds qu'il avait croisés. Il avait entendu des gens les appeler « hobos », savait que ça désignait ceux qui étaient sur les routes et qui n'avaient pas de foyer, ou que ça avait peut-être un rapport avec Hoboken, dans le New Jersey. Il y avait des Italiens et des Polonais, des Français et des Britanniques, des Suisses et des Hollandais, et beaucoup d'entre eux étaient un mélange de différentes sortes de Blancs au passé noble ou sordide, selon l'histoire qu'ils racontaient, ce qu'ils tâchaient d'en tirer, pour passer le temps ou demander un service. Il appréciait certains d'entre eux, que ce soient les personnes elles-mêmes ou leurs histoires, et en détestait d'autres. Il voulait savoir en quoi il leur ressemblait ou pas, en quoi il pouvait être un Indien, un Blanc et une sorte d'Américain.

Tout le monde à bord du train porte un costume et un chapeau, on dirait. Il sait pourquoi il est là. Où il les a déjà vus. Il veut voir celui en l'honneur de qui a lieu la parade. Il baisse la main sans réfléchir, et il le sent – le pistolet dans sa botte.

Tandis qu'il s'approche de la calèche du président, il court derrière les jeunes Indiens en uniforme militaire. Il se glisse derrière les chefs à cheval, qui ont le visage peint. Il donne l'impression de voyager à travers les siècles, puis s'en va tuer l'homme qui cherche à faire passer son pillage pour un progrès victorieux. À hauteur de la calèche, il saute sur l'un des chevaux de l'attelage, vise la tête et lui tire en pleine figure, du moins à ce qu'il croit, quand il le voit s'affaisser comme font les morts quand ils sont morts, mais voilà que le corps de l'homme se redresse, et que par le trou qu'a fait la balle on entend un rire.

Charles remue sur son siège, là où il s'est endormi. Il sait qu'il est ici, dans la pièce. Mais l'ivresse est parfois plus forte que le lieu où l'on se trouve. Ce lieu, on peut le faire disparaître. On peut faire en sorte qu'il accueille le verre qu'on boit. Charles est dans sa cabane au fond du verger, la mine flétrie comme un fruit pourri.

7

San Francisco

Le train est plus cahoteux que tous ceux que Pratt a pris jusqu'alors. À moins que ce ne soit une question d'âge ? Une peau moins ferme et des os plus fragiles, il faut qu'il se pose la question. Il a tellement voyagé au fil des ans, parfois dans des circonstances épouvantables. À bord du train à destination de Fort Marion en 1875, il a dû libérer un Indien, Gray Beard, d'un nœud coulant qu'il avait fait avec un vêtement et attaché à une barre de métal prévue pour les bagages. Le vieux chef avait été abattu lors d'une tentative d'évasion peu de temps après. Sur ordre de Pratt. Aurait-il dû laisser le pauvre homme s'échapper ? Il ne lui revenait pas de décider du sort de ces Indiens. Pas encore. Son rôle était d'escorter des prisonniers de guerre en Floride. C'étaient les ordres. Suivre les ordres, voilà ce qu'il devait faire, non ?

On l'avait contraint à prendre sa retraite de l'armée il y avait vingt ans. Alors comment le fait de suivre les ordres avait-il fini par lui porter préjudice ?

Après avoir contracté la variole, dont il avait gardé des cicatrices, Pratt avait mené une vie de lutte intense. Son état s'était détérioré au point qu'un croque-mort était venu prendre ses mensurations pour le cercueil, et son père avait simplement déclaré que son fils n'allait pas mourir.

L'expression « lutte intense » lui était venue à l'esprit pour parler des Indiens, mais à un moment donné il l'avait adoptée pour lui-même : le fait d'être humain était en soi une lutte, et pour être quelqu'un de respectable il fallait lutter avec dignité, ce qui impliquait d'abord de le faire avec intensité. C'était le seul moyen de transcender cette condition de façon significative. Il croyait de tout son cœur que les Indiens étaient des hommes comme les autres, que tout n'était qu'une question d'accès à l'éducation, de discipline militaire, de christianisme viril et vigoureux, c'étaient ces valeurs-là qui les soutiendraient, comme ceux qui avaient bâti ce pays, il fallait simplement qu'ils portent leur croix, traversent les eaux de leur passé, de l'obéissance et des manières comme ils avaient traversé les eaux de Floride des années plus tôt. On se serait cru dans une autre vie, ils étaient devenus les gardiens de leur propre prison et de leurs propres détenus. Simplement, il fallait qu'ils arrivent à se trouver pour donner à leurs peuples un nouveau départ.

Pratt descend du train plus facilement qu'il n'y est monté. L'odeur de l'océan, sa pure ampleur, le vent et le rugissement, tout cela lui coupe le souffle dès qu'il descend du marchepied. Évidemment, ce n'est pas New York. Là-bas, on se retrouve à l'intérieur d'une autre ville, elle-même enracinée dans une autre. On ne voit rien au-delà. Le ciel disparaît. De sous sa masse, on lève les yeux et sa hauteur, sa densité, vous donnent le vertige, mais ce paysage-là, c'est l'élégance même, il vous laisse respirer. Pratt croise les bras face à une brise qui ne retombe pas.

Il se sent fatigué comme jamais. C'est un épuisement brutal, possiblement définitif, comme s'il allait mourir s'il ne trouvait pas bientôt le sommeil. Chez Mason, il entend les enfants jouer dans le jardin de derrière à l'instant où il passe la porte d'entrée. Son fils s'en est bien sorti. Au vu de la qualité du bois sur la rampe. De l'escalier de marbre. Marion est là, aussi. Elle le serre dans ses bras plus fort qu'il n'aurait voulu. Et puis les gamins déboulent au pas de charge, et un bébé pleure, et il sait qu'il s'agit de Richard Henry Pratt III.

On le dépose au creux de ses bras, et le monde se met à basculer. Il veut qu'on le tienne comme il tient ce nouveau-né, mais il faudrait quelqu'un de plus robuste, doté d'une énergie juvénile capable de le porter où qu'il aille, de le nourrir quand il aura faim. Pratt sourit à l'enfant, qui lui donne l'impression d'être la créature la plus laide qu'il ait vue de toute sa vie, rougeaud et désormais braillard et marbré, et il sait qu'ils sont tous pleins de sollicitude, et qu'il leur a manqué. Il ne voit les choses qu'à travers son épuisement. Finalement, c'est Mason qui demande à tout le monde de le laisser reprendre son souffle. Quand Pratt entre enfin dans la chambre d'amis, il s'effondre sur le lit et a l'impression de sombrer avant même que sa tête ne se pose sur l'oreiller. Il rêve d'un tremblement de terre interminable. Les séismes sont pour lui un sujet de réflexion depuis qu'il a lu un article sur celui de 1905, dont le grand chanteur lyrique Enrico Caruso avait été témoin, et dont certains croyaient qu'il s'était produit juste après que ce dernier eut chanté une aria à tue-tête dans le hall de son hôtel. Pratt trouve stupide d'établir un lien entre les deux, mais cette histoire lui plaît. Et le rêve lui paraît remarquable en ceci que sa vie en est essentiellement dépourvue, qu'il ne s'en souvient jamais et se sent toujours mal à l'aise quand les gens veulent lui raconter les leurs, à lui ou à n'importe qui d'autre, il sent qu'il faut se méfier de ce monde-là, de l'autre côté du sommeil, ou qu'il est seulement fait pour les enfants, mais il le comprend ce matin-là, quand il se réveille et qu'il se souvient de la fois où il était au bord de la mer, du profond grondement de la terre, de la façon dont la fin des temps a rapproché les gens, leur a fait oublier leurs différences afin qu'ils survivent tous ensemble, il comprend l'attrait des rêves, cette vie à côté de laquelle il est passé. Dans le sien, il n'y a aucun moment de pause ou de répit, la vie n'est plus faite que de cela, un tremblement, et tout le monde grimpe à bord de bateaux et regarde tous les immeubles bâtis sur la terre ferme être lentement réduits en poussière.

8

La nuque

Charles Star bondit de son lit et sort de chez lui sans penser à rien d'autre qu'à la mélodie qui lui trotte dans la tête. La voix d'Enrico Caruso chantant, *Johnny, get your gun, get your gun, get your gun.* Elle passe en boucle quand il quitte sa cabane et se retrouve dans la rue.

Le projet de braquer un drugstore, ça a d'abord été une blague faite à Opal. Ils portaient des masques à cause de la grippe espagnole. Il a dit qu'ils ressemblaient à des bandits. C'est à partir de là que l'idée a germé en lui. Il ne pouvait pas passer sa vie ici, dans la cabane du verger. Mais braquer des commerces ne pouvait être que temporaire. Le véritable projet, celui dont il avait parlé à Opal, c'était de mettre suffisamment d'argent de côté pour prendre le train en direction du nord. Il lui a dit qu'il avait entendu parler d'une ville où on respectait les Indiens ; et, au passage, qu'il y était déjà allé, afin qu'elle le croie. Opal lui a demandé de lui épargner ses bobards, et c'est ce qui a mis le feu aux poudres. Charles a perdu son sang-froid, il a jeté une lanterne et elle l'a accusé de vouloir les faire flamber. Ça l'a bien fait rire. Ça lui a même plu. L'idée qu'il puisse les faire flamber. Elle lui a dit que c'était cruel de se moquer, et elle est partie. Voilà ce à quoi il pensait en piétinant le départ de feu. Son esprit, grâce à leur amour, s'était toujours senti plus léger le matin, quand elle partait au boulot avant le lever du soleil.

Il a pris son masque mais ne l'enfilera qu'une fois entré dans le magasin. Ça fait des années que plus personne n'en porte, que la grippe espagnole est derrière eux. Il s'est rendu compte qu'il préfère se couvrir le visage. Il déteste ses taches de rousseur. Il les méprise. Elles ressemblent à des erreurs. Il les tient de sa mère. Son nez aquilin et son visage poupin, il les tient de son père. Avec un masque, il passe plus facilement pour un Blanc. Il en portait un quand il a décroché son boulot, et pense que le vieux l'a pris pour un Blanc quand il l'a embauché pour s'occuper de ses chevaux et de son verger. Il lui fait signe en partant. Le vieux le regarde mais ne réagit pas le moins du monde, se contente de tirer sur sa pipe.

Charles fait profil bas, s'occupe de ses affaires, consacre le plus de temps possible à l'écriture. Mais son idée de devenir écrivain est compromise, presque effacée par son amour du laudanum, qui le soumet à ce maudit dieu qu'est le rêve.

Ça a commencé par des réclames promouvant cet opiacé de toutes les façons possibles. Comme élixir. Comme sirop apaisant. Une fois, il a vu qu'on le présentait comme le remède miracle des enfants pauvres. Une autre fois, on le prescrivait aux bébés qui font leurs dents. Les réclames – pas si différentes que ça des chansons qui lui trottent dans la tête – lui font croire à une promesse explicitement formulée, parce que la répétition ressemblait à une promesse. Le laudanum lui avait d'abord semblé dégoûtant, puis insipide, puis plein de chaleur, de réconfort et d'émotion. Il a fini par en apprécier la texture et le goût, de même qu'il aime la cuillère, avec son motif floral sur le manche, et sa partie creuse bien profonde qui permet d'y verser une bonne dose. L'atténuation de la douleur lui fait à la fois l'effet d'un drainage et d'un remplissage. Ses paupières translucides et globuleuses sont mi-closes, et il ne se souvient de rien. Le sommeil l'assomme comme s'il avait pris un coup sur la tête. Mais quand on appuie dessus, quand on veut tuer sa mémoire, elle trouve toujours le moyen de revenir vous hanter.

C'est le matin, mais le bleu profond de la nuit règne encore, la lune enfouie derrière les nuages, et il pleut légèrement, comme si le temps allait bientôt se lever. Le chapeau de Charles n'empêche pas les gouttes d'eau de lui tomber dans le cou, ce qu'il déteste au plus haut point. Il préfère ne pas savoir d'où lui vient cette détestation. Il est extrêmement sensible de la nuque, et sent qu'il y a quelque chose d'important dans cette sensibilité, dans cette façon dont la tête est reliée au corps. Il garde sa mémoire à distance, et ça ne lui revient que lorsque la pluie lui tombe dessus, à l'endroit même où un homme l'a tenu tête baissée pour la première fois, l'a poussé si fort que ses jambes ont cédé sur le sol de la salle de bain, dans le dortoir des garçons de Carlisle. C'est le souvenir qu'il conserve mais ne voit pas, celui qui vit en lui, dans une pièce qu'il est loin d'avoir condamnée.

Le deuxième magasin que Charles décide de braquer se situe à North Oakland. C'est le Piggly Wiggly. Il a toujours détesté ce nom. Le vieux derrière le comptoir ne le remarque même pas, malgré son masque et son pistolet, ainsi que le sac en toile qu'il tient à la main. L'homme penche la tête comme s'il n'avait pas compris. Il joue les idiots. Charles n'a plus qu'à approcher le flingue de son front.

« Vous alors, les Indiens », dit le vieux en remplissant le sac de billets. Charles est content d'être pris pour un Indien. « Voilà pourquoi vous avez perdu. Aucun respect pour la loi. Une bande de bêtes sauvages », ajoute l'homme avant de se mettre à tousser, pris d'une quinte carabinée, sans que Charles sache s'il a un problème de santé chronique ou s'il cherche à attirer l'attention, à gagner du temps, puis un bruit se fait entendre dans l'arrière-boutique, pas une voix mais un craquement, comme celui d'une articulation, d'un genou peut-être, puis une espèce de froissement, alors il agite son arme pour faire signe au vieux de se dépêcher.

« Fichez donc la paix à un pauvre homme malade, dit le vieux en toussant. Au moins restez correct », dit-il, et sa toux se calme pendant qu'il rit à part lui.

« Ça suffit », lance Charles. Sans savoir ce qu'il entend par là.

« Si quelqu'un a l'intention de venir ici, il a intérêt à faire vite », dit le vieux, qui tente de tirer le sac vers lui avant que Charles ne s'en saisisse, mais c'est trop tard : l'homme tombe à la renverse et s'écrase dans le bazar accumulé derrière le comptoir. Charles entend le *pan !* du pistolet avant d'éprouver quoi que ce soit. Et il réussit à s'éloigner du magasin sans être poursuivi, pas même par la voix du vieux qui lui parvient, il tient le sac plein de billets, le soupèse, avant de poser son autre main là où il commence à sentir ce qui ressemble d'abord à un élancement, puis le trou creusé par la balle et le sang qui ruisselle sur son bras.

En rentrant chez lui, il a la tête qui tourne si fort qu'il a l'impression de flotter. Il pense à Opal. Ça fait des semaines qu'ils ne se sont pas vus. Sa voix lui manque. Il la ressent du fond du cœur comme s'il l'entendait pour la première fois, c'était le son le plus doux qui soit, pas seulement à cause du timbre, ou parce qu'elle a toujours été patiente avec lui, ne s'est jamais emportée contre lui pour indiquer la moindre trace de ressentiment, mais pour la qualité de sa voix semblable à celle de l'eau quand notre gorge en a le plus besoin et qu'elle s'écoule dans notre corps asséché depuis trop longtemps, tant de monde en manque de douceur et d'apaisement, tant de haine et de désespoir, mais Opal et son amour, ça signifie plus pour lui que ce qu'il s'autorisait à éprouver jusqu'à présent, alors qu'il est trop tard, et qu'il ne lui a pas retourné ce sentiment, ne lui a pas montré ce qu'il ressentait ni ce qu'il faisait en retour, voilà pourquoi, même s'il la connaît depuis plus longtemps que n'importe qui d'autre, et la considère comme la personne la plus fidèle qu'il ait jamais connue, précisément à cause de ça, il ne la mérite pas. Elle serait mieux sans lui, voilà ce qu'il se dit avant que son champ de vision ne soit gagné par l'obscurité, mais juste avant de perdre connaissance, il voit une Indienne arriver en courant, pieds nus, comme si elle entrait dans une forêt, l'éloignant de la douleur qu'il tente de fuir depuis trop longtemps.

9

Pas de meilleur plan

Pratt passe son premier jour à San Francisco à soigner son rhume. Il se rend chez Charles Star le lendemain. En fin d'après-midi. Pourquoi est-il de plus en plus inquiet à mesure qu'il s'approche de cette cabane au fond d'un verger ? Pourquoi se tapote-t-il la hanche quand il se présente devant la porte ? Il règne un tel silence. Si l'homme est chez lui, il doit être en train de dormir.

Il se retourne en entendant des feuilles mortes craquer et se trouve face à un vieux chien qui se moque bien de ce qu'il mijote. L'animal n'a pas de queue, et il lui manque un œil. Pratt pose la main sur son arme, puis frappe à la porte de la cabane. Une fois. Deux fois. Une troisième fois en faisant pivoter son poing fermé pour frapper avec le dos de la main plutôt qu'avec les phalanges. Une lumière dorée traverse le verger. Ça sent bon, et il voit comme une promesse dans cet éclat de lumière en provenance de l'ouest, une lumière mourante, mais néanmoins une promesse.

Quelque chose ne va pas.

Quand il entre, il comprend tout de suite qu'il n'aurait pas dû venir.

L'Indien gît par terre, mort. Vidé de son sang. Il s'approche d'un bureau où il croit voir son nom sur la page insérée dans la machine à écrire, et le regrette aussitôt après avoir marché dans une flaque de sang. C'est alors qu'il voit des billets dépasser d'un sac à côté du corps. Il comprend qu'il s'est passé quelque chose d'encore plus grave que ce qu'il pensait. Et qu'il ferait mieux de s'en aller. Il ressort à la hâte et le chien aboie, ce qui le pousse à accélérer le pas, il s'éloigne, la nuit va tomber et il se sent maudit mais aussi mal en point, comme si ce qu'il venait de voir avait réveillé le rhume qu'il avait soigné, puis il tousse et découvre du sang sur sa main.

Pratt contemplait la baie de San Francisco par la fenêtre, le brouillard et les mouettes qui volaient de-ci de-là parmi cette nacre grise et blanche. Son fils Mason était-il présent, lui avait-il posé une question, parlé des Indiens ? Il n'y avait pas de meilleur plan. C'était la seule chose qu'il pouvait dire, avec le sentiment d'avoir fait tout son possible, et d'avoir dit tout ce qu'il était en mesure de dire à ce sujet, que grâce à son aide les Indiens avaient eu leur chance, et que le gouvernement américain avait eu la sienne lui aussi, et que s'il n'en était rien sorti d'autre, si les Indiens n'avaient pas amélioré leur sort, et que le gouvernement ne les voyait pas pour ce qu'ils étaient vraiment, ne voyait pas leur potentiel et ne leur accordait pas ce qu'ils auraient dû avoir de plein droit, cela ne pouvait pas être sa faute.

Et pourtant, peut-être était-il en train de mourir, mais de quoi ? Face au mur blanc de la chambre d'un hôpital militaire, si loin de chez lui, face à son fils qui se tenait là, lui décochant un sourire aussi éclatant que le feu d'un phare. Voulait-il s'approcher du rivage, ou était-il normal qu'il se laisse dériver vers ce qui l'avait amené là, dans ce lit d'hôpital, il l'ignorait. Mason.

Si seulement il avait pu convaincre le jeune Indien que cela n'aurait pas pu mieux se passer – la tentative de Pratt pour que les siens se libèrent d'eux-mêmes pour devenir eux-mêmes –, qu'il n'y avait pas de meilleur plan pour l'Amérique, ni de meilleur plan pour les Indiens, non, il n'y en avait pas de meilleur, dit-il sans s'adresser à personne en particulier, puis il se tourna contre le mur et rendit son dernier souffle.

Sa dépouille serait ensuite transportée au cimetière national d'Arlington, où tout en bas de sa pierre tombale figure l'inscription : « Érigé avec amour en sa mémoire par ses élèves et d'autres Indiens. »

10

Tout est bleu

Charles Star était à nouveau en train d'écrire. Il ignorait qu'il s'agissait de la dernière fois. C'était le matin précédant celui où il s'était levé pour aller braquer un drugstore. Il tentait de se convaincre de quelque chose. Qu'il mourrait bientôt. Qu'il ne mourrait pas de sitôt.

Qu'est-ce qu'il écrivait ?

Il y avait des points de jonction, des événements, et le peuple dont il était issu et qu'il tentait de décrire sans le livrer à la disparition à laquelle tout le monde le croyait destiné.

Tout était devenu si trouble, si sale, sa propre peau éclaboussée de boue à cause des dégâts qu'avaient provoqués ses parents en mêlant leur sang.

Sans doute faisait-il partie d'une histoire qui justifiait sa raison d'être ?

Mais la réponse à la question de savoir pourquoi nous venons vivre et mourir ici-bas n'a jamais été claire. Ni celle de savoir pourquoi certains meurent trop tôt et d'autres bien après leur maturation, tel un fruit pourri qui tombe de l'arbre.

La plupart du temps, il laissait le laudanum agir sur lui, effet dont il avait du mal à se souvenir après coup, et il s'en voulait d'être incapable de ne pas détruire sa propre mémoire. S'efforçant parfois de se débarrasser de ses souvenirs, tout ce qui lui restait était le passé lointain. À ce moment-là, il pensait à son peuple.

Sa tribu était en Oklahoma maintenant, et il n'avait plus de famille à proprement parler. Il n'avait jamais retrouvé son père, et sa mère était sans doute en train de prier Dieu dans quelque région du monde où Jésus n'était pas encore considéré comme seigneur et sauveur.

Charles n'avait jamais connu de dieu.

Il aurait voulu. À ses yeux, ça ressemblait davantage à un vide qu'à une présence.

Il savait qu'il y avait quelque chose de sacré en chacun de nous, même quand la vie avait tout d'un enfer.

Il y avait d'autres gens. Des gens qui ne nous avaient pas engendré mais nous avaient fait naître. Il y avait Opal. Elle avait toujours été là.

La pureté de sa voix, son esprit rationnel, c'était un roc.

Mais il sentait qu'il avait perdu toute sa valeur, malgré sa présence ; elle, personne ne pouvait l'*avoir*, elle se suffisait à elle-même, comme tout un chacun s'appartient, à soi et à soi seul.

Il a eu alors la soudaine impression d'appartenir à ce qu'il était en train de faire, cette écriture, cette pensée, cette façon d'être face à la page, l'impression d'être à la fois agissant et dans l'attente.

Il se demandait si toute attente n'exigeait pas une part de foi. Si la vie entière ne consistait pas à attendre. Mais attendre quoi ?

Il a eu alors l'impression que tout était bleu, le bleu du ciel et des étoiles mais aussi tout au fond de lui le bleu d'une veine, et celui d'un hématome, et celui d'une chanson ; c'était vivant en lui – cette fumée bleutée dont parlait son père au sujet du massacre qu'il avait fui.

Il ne connaissait personne d'autre comme lui, il était donc plus que seul, perdu y compris pour lui-même, et pourtant le voici, toujours là, même en ce moment où il sentait qu'il allait partir, quitter ce monde. Avait-il simplement l'impression qu'il allait mourir ou y avait-il un sens plus profond ?

Il avait alors le sentiment que son corps était une métaphore, l'histoire de l'humanité un canular alambiqué, que le monde entier était contre lui, partagé entre le bien et le mal, l'amour et la haine, le jour et la nuit, le rêve et l'éveil, le paradis et l'enfer, les Indiens et les hommes.

Il était autrefois un enfant, un enfant indien en pays indien, puis les siens l'avaient mis dans un train pour qu'il aille à l'école, puis l'école l'avait conduit au-delà de celui qu'il était et l'avait abandonné quelque part, de telle sorte qu'il ne pourrait jamais retrouver son chemin.

Il sentait quelque chose grossir en lui. Il se sentait porteur de mort.

Et si fatigué de subir.

Le loup le suivait encore. Ce vilain désir en lui. La teinture de laudanum, ce mélange d'alcool et de morphine infusé de poudre d'or et de perle, avait fait quelque chose à son esprit, cuillère après cuillère. Quelque chose qu'il ne pourrait pas réparer à moins d'arrêter pour de bon.

Il tentait simplement d'aller mieux. Était-ce cela ? Ce que toute personne vivante tente de faire ? Trouver ce qui permet de se sentir mieux face aux enfers qui visitent invariablement les saisons de l'existence, encore et encore ? Il y avait autre chose. Quelque chose de plus. Mais quoi ?

Il n'allait pas mourir. Voilà ce qu'il s'était dit. Il obtiendrait de l'argent et trouverait avec Opal ce qui donne du sens à tout le reste – l'amour, la paix ou un petit endroit où écouter le bruit de l'eau et le chant matinal des oiseaux quand il se réveillerait auprès d'elle, et de leurs enfants peut-être. Était-ce de l'espoir qu'il éprouvait alors ou de la déception ? Impossible à dire. C'était lourd. L'espoir aussi pouvait être lourd à porter. Il a regardé sa cuillère, puis le soleil par la fenêtre.

Opal Viola

*

Été

11

Éclore

Ton père et moi sortions d'une grosse dispute, et je m'étais éloignée de lui pendant des semaines à cause de ça, mais la femme pour qui je travaillais a découvert ton existence, alors je suis descendue de la colline dans l'idée de partir avec lui sur-le-champ. En bonne andouille qui n'a peur de rien, ton père braquait des drugstores même si je lui avais dit d'arrêter, qu'il risquait d'y laisser sa peau. J'ai ressenti quelque chose au fond de moi, comme un mauvais souvenir qui remonte, quand je me suis approchée de sa cabane, tout au fond du verger dont il s'occupait pour ce vieux, l'oncle de Mr Haven, je crois. Je ne voulais jamais qu'il me voie aller et venir, surtout après ce qui s'était passé avec Mrs Haven quand elle avait découvert ton existence.

J'ai à peine frappé, failli faire demi-tour tellement j'avais le ventre noué en m'approchant de la porte. Et puis quand j'ai frappé, je n'ai pas eu de réponse. J'ai entendu un gémissement derrière la porte juste avant d'ouvrir : c'était Cholly, le chien des Haven. Il y avait un sac débordant de billets de banque, ton père qui baignait dans une mare de sang, et des empreintes de chaussures.

Si j'avais eu le temps, je me serais demandé qui était la personne qui avait marché dans son sang et découvert le sac, mais j'ai compris que je devrais m'en aller si je voulais avoir la moindre chance de garder cet argent, je savais que cette personne allait sans doute revenir. Alors j'ai attrapé le tas de feuilles à côté de la machine à écrire de ton père.

Nous allions nous enfuir quelque part. Faire notre vie ensemble. Je n'avais pas compris que ton père n'avait pas d'autre envie que boire son laudanum et planer jusqu'à ce que je découvre ses yeux ouverts alors qu'ils n'auraient jamais dû l'être, perdus dans le vide, avant que je le soulève, et que de toutes mes forces, avec peut-être même un peu des tiennes, je le hisse à dos de cheval pour déguerpir. Nous avons longé la crique, emprunté les sentiers creusés par les homme et les bêtes. J'ai suivi un sentier de cerfs jusqu'à l'endroit où nous nous reposons en ce moment. Mener le cheval sur des chemins étroits et tortueux avec ton père dessus, ça n'a pas été une mince affaire. J'ai peu d'expérience en la matière, mais peut-être parce que ton père est encore là avec nous, et aussi parce que le cheval sait que je te porte en moi, il y a de la grâce dans sa façon de nous guider.

Écoute. Je te parle dans mon cœur, et comme nous partageons un même corps désormais, je suis sûre que tu trouveras un moyen de m'écouter. Je me souviens de ma mère qui me parlait dans une langue que je n'ai plus jamais entendue depuis que j'ai quitté son ventre, un son des profondeurs sous-marines à la fois intérieur et extérieur. Elle était avec moi en pensée, et c'était une vraie langue. Je m'en souviens d'avant que l'eau ne s'écoule, que l'air ne pénètre dans mes poumons, quand toute la lumière était rose, bleue et d'un noir violacé.

Désormais je me sens sauvage, avec toi, ici même, près du corps de ton père. Il faut trouver un moyen de rentrer chez nous avec lui, de traverser la rivière dans le ciel.

Je te parle alors que tu prends vie, et je lui parle alors qu'il quitte les vivants. Nous devons atteindre les vivants avant qu'ils viennent au monde, de même qu'il faut atteindre la rivière avant qu'elle apparaisse, rester en contact avec les morts même quand ils semblent avoir disparu, suivre les traces de la mer une fois qu'elles ont séché.

Il faut que je te parle de ton père pour que tu apprennes à le connaître. Il poursuit sa route là-bas, celle du retour au pays, et les défunts veulent qu'on se souvienne d'eux avant leur départ. Et oui, il va disparaître, mais les morts ne sont jamais bien loin. Ils nous retrouvent en rêve, et continuent longtemps après de nous apprendre des choses de l'intérieur, alors vous deux, peut-être que vous vous retrouverez, dans quelque champ bleu et blanc, ou un taillis plein de ronces, ou sous une cabane dont vous vous souviendrez sans l'avoir jamais connue. Ton père s'appelait Charles Star. Je n'ai jamais su son nom indien. Son nom cheyenne. Je ne suis même pas sûre qu'il en ait eu un. Certains gamins de Carlisle l'appelaient Charlie, en référence à Chaplin. J'ignore pourquoi. Il était maladroit, et peut-être que lorsqu'à l'occasion il tentait de rattraper ses maladresses, il ressemblait à un acteur de film muet. Il y avait de la grâce dans sa façon de tomber tout en donnant l'impression de garder le contrôle. Je soupçonne aussi qu'on l'avait surnommé ainsi parce que ton père était à moitié blanc. Il s'en fichait, malgré leur méchanceté, car il adorait les films de Charlot, il adorait le cinéma en général, et quand nous étions à Oakland, il y allait dès que possible. Ton père jouait même du piano lors des projections, quand le vieux pour qui il travaillait était trop soûl, ou bien quand celui-ci oubliait quel jour on était, alors ton père mettait un haut-de-forme ridicule sur sa tête et se mettait au clavier. Il en avait appris les rudiments à Carlisle, puis trouvé son propre style, parce que j'ai assisté à l'une de ses performances. Ses notes mélancoliques donnaient aux scènes des accents incroyablement tragiques, avec ce qu'il fallait de joie et d'émerveillement pour dépasser la tragédie.

Quant à moi, je suis venue au monde sans qu'on m'ait donné de nom. Je n'ai même pas pleuré, ni presque fait entendre ma voix pendant des années. Muette comme une pierre, m'a dit ma mère une fois que j'ai eu l'âge de lui demander pourquoi elle m'avait appelée Opal. C'est cette pierre-là, a-t-elle expliqué en posant une main sur sa poitrine. J'ai cru qu'elle voulait dire qu'elle avait un cœur de pierre, mais elle a sorti l'opale en question pour me la montrer, celle qui m'avait valu mon nom et que je voyais pour la première fois. Il m'a semblé qu'elle contenait toutes les couleurs du monde, mais elle avait l'air bleue surtout, bleue comme la lune ou la lumière des étoiles qu'on voit seulement certaines nuits. Je lui ai demandé si je pouvais la prendre et elle a dit non, aussi sèchement que si je lui avais demandé de me donner le soleil. Quand j'ai voulu savoir de quel type de pierre il s'agissait, elle m'a dit qu'elle contenait une eau ancestrale. À l'époque, je ne sais pas pourquoi, j'ai cru qu'elle faisait référence au sang. Mon père me raconterait par la suite qu'il l'avait troquée en Floride contre un sac de haricots de mer polis, et qu'il l'avait offerte à ma mère à son retour. Il m'a dit qu'il y avait un peu d'océan dans cette pierre. Peut-être que c'était moi, ai-je songé, que l'opale s'était changée en moi. Puis, quand ma mère est morte et s'en est allée, je me souviens de m'être dit, c'est peut-être elle qui s'est changée en pierre.

Little Bird Woman, voilà comment je m'appelle en langue cheyenne, ça vient de Bird Woman, ma mère. Je suis la petite qui est arrivée après la première. On m'aurait donné un autre nom par la suite si elle n'était pas morte, et si on ne m'avait pas envoyée à l'école. Et après mon départ, garder son nom a été une façon de la garder, elle aussi.

On ne portait pas de second prénom, auparavant, ni de prénom ou de nom de famille, on ne gardait même pas forcément celui qu'on nous avait donné, on pouvait très bien en changer. Viola, ça vient de ton père.

Nous chantions dans la chorale de l'école. Je tenais la note dans la chapelle lorsqu'il était arrivé, en retard. Il me l'a raconté après qu'il avait écouté de l'extérieur, retenant son souffle. On nous avait fait chanter des cantiques. Il a dit qu'il ignorait de quel son il s'agissait, mais que sa beauté avait agi sur son chagrin. De quel chagrin parlait-il ? Je lui ai posé la question, il n'a pas répondu. Il a juste dit qu'en entendant ma voix il a d'abord cru que quelqu'un jouait du violon, et quand il s'est rendu compte que c'était moi, il s'est mis à m'appeler comme ça. Je lui ai dit d'arrêter, mais il m'a eue à l'usure, et au final ça m'a suffisamment plu pour que j'en fasse mon second prénom chaque fois que je signais quelque chose. J'aime l'idée que ce soit une sorte de secret. On peut tous avoir des noms secrets. Je n'ai pas encore réfléchi au tien.

Ici, au bord de la crique, loin du sentier, on a des mûres en ce moment, pas aussi grosses et sucrées qu'elles pourraient l'être, mais j'aime bien quand elles sont aigres et encore roses sur le dessus, un peu dures et pas assez ramollies pour qu'on se tache les doigts. L'aigre-doux a meilleur goût depuis que tu grandis en moi, donc c'est que tu dois en être la cause. Tu pousses à travers moi et je suis comme un bouton de fleur sur le point de t'éclore.

Ici, près de la crique, on fait de notre mieux pour ne pas être vus de ces hommes qui, s'ils nous trouvaient, pourraient faire pire que se débarrasser de nous. On ne saura pas s'ils viennent nous chercher tant qu'ils ne sont pas là, tant qu'on n'aura pas grimpé au sommet du coteau pour les voir venir.

Quand les mûriers sont lourds de baies, je m'enfonce dans les buissons pour en cueillir une grande quantité. J'ai toujours eu du mal avec les épines. Le dernier boulot que j'ai fait pour Mrs Haven, ça a été d'éliminer ses rosiers. Il fallait que je les enlève tous et que j'arrache les racines, qui étaient profondes. De vieilles tresses de vigne torsadées qui vous fouettent la peau quand on les sort de terre. Je les coupais et elles tombaient tout autour de moi, m'égratignant comme pour se défendre, puis je ramassais les restes dans un sac de jute. Mrs Haven m'a fait planter de nouveaux rosiers à la place des anciens. Au lieu du rouge et du blanc comme il y en avait jusqu'alors, elle voulait du rose. Je m'en suis occupée, arrosant les pieds régulièrement. Elle m'a demandé quand les bourgeons allaient fleurir. Avant même que vous vous en rendiez compte, ai-je répondu. Mais ça ne lui a pas plu : si elle me posait la question, c'était justement parce qu'elle ne voulait pas qu'ils fleurissent trop vite, elle voulait les voir éclore. Elle n'avait qu'à les surveiller chaque jour, allais-je dire quand Cholly s'est approché pour me sauter dessus. C'est là qu'elle a baissé les yeux sur toi. Les voir éclore, ai-je pensé.

J'étais déjà bien ronde, et je portais des vêtements larges, mais le jardinage m'avait donné chaud et je m'étais dévêtue, et te voici, bien visible, sans erreur possible. J'ai vu quelque chose dans son regard. Je n'ai pas trop aimé ce qu'elle semblait penser. Je sais qu'ils avaient tenté d'avoir un enfant pendant des années, qu'elle avait fait plusieurs fausses couches, parfois à un stade aussi avancé que je le suis à présent. La première question qu'elle m'a posée, c'est qui était le père. Je lui ai dit qu'on se connaissait depuis l'enfance, que nos parents étaient de proches amis, qu'il avait été dans la même école que moi et qu'il travaillait en ville. Il n'y avait là rien de mensonger. J'ai même ajouté que sa mère était blanche. J'ignore pourquoi j'ai dit ça. Puis elle m'a demandé quelles étaient mes intentions. J'ai menti et je lui ai répondu que j'allais retourner en Oklahoma, où j'avais de la famille qui pouvait m'aider. J'ai dit que j'étais désolée et que je comptais lui annoncer la nouvelle, puis je suis allée dans les appartements des domestiques, où elle m'a suivie en continuant à me questionner. De combien de mois étais-je enceinte ? Avais-je les moyens de payer le voyage de retour ? Est-ce que je savais que je pouvais rester ? D'après elle, l'enfant mènerait une vie agréable, ici, en Californie. Et puis elle a dit ce qui m'a décidée à partir. *Pas besoin d'en parler.* Voilà ce qu'elle a dit. Et elle l'a répété, cette fois dans un murmure. *Pas besoin d'en parler à qui que ce soit.* Elle m'a serré le bras plus fort qu'elle n'en avait l'intention, avant de s'excuser. J'ai cru que ce qu'elle voulait garder secret, c'était le fait que je ne sois pas mariée. Mais secret pour qui ? J'ai commencé à me faire du souci pour les taches de rousseur de ton père. Comme il était à moitié blanc, est-ce que ça se verrait sur toi et ferait dire à certains que tu étais un Haven, que Mr Haven et moi… Lui aussi avait des taches de rousseur. J'ai aussitôt regretté de lui avoir parlé de ton père, mais je ne lui ai pas laissé le temps d'en faire ou d'en dire davantage. Je suis partie en prétextant que je devais aller aux toilettes. La porte de derrière se trouvait juste à côté des cabinets, et je suis partie sur-le-champ sans rien emporter à part toi.

Ton père va reposer en paix dans un arbre, comme le veut la coutume cheyenne, c'est ainsi que ma mère a rendu les derniers honneurs à ses parents, qui sont décédés à un jour d'écart. Nous devons procéder dans les quatre jours qui suivent la mort, et j'imagine qu'il venait tout juste de perdre la vie quand je l'ai trouvé, sans quoi le chien aurait sans doute déjà essayé de le traîner à l'extérieur de la cabane, ou de filer au sommet de la colline pour m'avertir. Ma mère avait érigé une plateforme funéraire, faute d'arbre, et hissé les corps jusqu'en haut, après les avoir enveloppés dans des couvertures. Ton père, je le déposerai sur les branches d'un arbre, car ce n'est pas ce qui manque par ici. Je l'envelopperai dans des couleurs vives. Je ne connais pas les coutumes de notre peuple. J'étais trop petite quand on m'a arrachée aux miens, après quoi l'école a transformé en péché tout ce que je savais. Il faudra te satisfaire de ce qui me reste à partager, à transmettre.

Tout ce que je peux te dire sur le fait d'être cheyenne, je le tiens de ma mère, qui, étant mourante, m'a parlé comme elle ne l'aurait jamais fait en d'autres circonstances. Un peu comme je le fais en ce moment. Non pas parce que je suis mourante, mais parce que tu t'apprêtes à naître. Mais ce que j'ai à t'offrir d'elle, ta grand-mère, n'est rien de plus qu'un lointain souvenir. J'en ai perdu des fragments, ou alors je les ai mélangés dans ma mémoire. Voilà ce qu'il faut que je t'offre. Et tu ne m'entends même pas, sauf dans ton cœur. Ma mère m'a raconté un jour l'histoire d'une femme qui avait un oiseau à la place du cœur, et qui courait partout. Elle ne pouvait s'empêcher de bouger, disant qu'elle était tourmentée. Notre peuple a vécu jadis près des lacs dans le Nord. Nous y cultivions la terre et récoltions du riz sauvage, nous pratiquions la pêche. Nous étions sédentaires. Ma mère m'a dit que cette femme avait placé l'oiseau dans le cœur de notre peuple, et que c'était ce qui nous avait poussés à quitter cette région. Je viens de repenser à tout ça parce que tu me donnes des coups de pied, je les sens dans mes côtes comme les battements de mon cœur. C'est pour suivre les bisons que nous sommes partis. Nous avions faim. Et toi aussi, tu donnes des coups de pied parce que tu as faim.

Il faut qu'on continue à avancer, assez loin pour que personne ne sente l'odeur de la fumée, et qu'il fasse assez nuit pour qu'on ne voie pas l'éclat de notre feu. Il faut qu'on mange, aussi. Ça m'étonnerait que le chien trouve autre chose que de quoi se nourrir lui-même. Mais ce ne sont pas les fruits qui manquent, là-haut ; même dans le verger où travaillait ton père, il y avait des fruits partout, et ici au bord de la crique, il y a encore des mûres.

Cholly va et vient en toute liberté, ce qui signifie, je crois, qu'il surveille beaucoup plus loin que mes yeux ne peuvent voir. Notre histoire avec les chiens remonte loin. Nos Dog Soldiers se sont retournés contre nos chefs de la même façon que, devenus trop affamés, nous avons fini par manger nos chiens.

J'ignore où les Haven sont allés chercher ce nom incroyable. Cholly, l'esprit libre. Un de ces bâtards, dont on ignore de quelles races il est issu, ce dont on se fiche pas mal parce qu'il a l'air d'être lui-même quand on voit ses yeux. Enfin, il n'a plus qu'un œil, mais il contient plus de vie que j'en ai vu chez certains qui ont encore les deux. Et j'ai vu des gens bien pires que ceux qui n'ont plus le moindre signe de vie dans le regard. C'est pire quand ils savent ce qu'ils veulent et qu'ils sont prêts à tout pour l'obtenir. Les hommes blancs de ce pays, ils viennent pour tout prendre, y compris eux-mêmes, ils prennent tant de choses qu'ils se perdent en chemin, et que restera-t-il d'une nation pareille une fois qu'ils en auront terminé ? Ma mère m'a dit un jour : « Une nation n'est pas conquise tant que le cœur de ses femmes n'est pas déposé à terre. À partir de là, c'est fini, quels que soient le courage de ses guerriers ou la puissance de leurs armes. » J'ai réfléchi à tout ça, et puis aux Américaines. Des femmes blanches. Où se trouvait-il, leur cœur ? Ça me réconforte de savoir que le mien est toujours niché dans ma poitrine, et le tien aussi, qu'il bat comme un tambour qui attend les danseurs, me permet de rester debout sur mes deux jambes, prête à accueillir un rythme, prête à la suite, parce que celle-ci finit toujours par arriver.

Ça a été plus difficile pour ton père à Carlisle, parce que c'était un garçon mais aussi à cause de ses taches de rousseur, dues au fait qu'il était métis, autrement dit, on lui en faisait baver des deux côtés. Personne ne voulait de lui parce qu'il donnait l'impression de n'appartenir ni à l'un ni à l'autre.

Parfois son visage devenait si sombre qu'il semblait penser qu'il ne s'appartenait pas, ne le souhaitait même pas.

J'ai travaillé tout un été à Oakland, entre Carlisle et Hampton, dans le cadre du premier programme de placements instauré par Pratt, à l'époque de Fort Marion, quand ton grand-père était avec lui en Floride. Ton père s'était encore enfui. Il m'avait dit qu'il trouverait de l'or en Californie. C'était ça, son projet. Trouver de l'or et devenir écrivain, les deux semblaient aussi insensés l'un que l'autre.

Quand je suis partie à Oakland, j'ai cru moi aussi que j'allais gagner beaucoup d'argent. Mais la référente des placements gérait tous les revenus que je percevais chez les Haven. Ils me donnaient le gîte et le couvert, et comme certaines filles avaient filé avec leurs économies, tout ce qu'on gagnait devait être approuvé par la référente des placements, soit guère plus que ce qu'il était possible de dépenser en un après-midi. Elle approuvait l'achat de vêtements neufs, ou de nourriture que nous n'avions pas l'habitude de manger, nous laissait parfois aller au théâtre ou au cinéma dans la journée. Je pensais ne plus jamais avoir l'occasion de revoir cette femme après m'être enfuie avec ton père. J'en suis certaine désormais, mais j'ignore comment on va s'en sortir. La fuite semble être un bon moyen d'en finir lorsqu'on n'est pas encore tiré d'affaire. Et je ne sais même pas où on ira.

Avant même d'évoquer cette possibilité, ton père avait déjà essayé plus d'une fois. Aucun d'entre nous ne le lui avait reproché. On imaginait tous notre départ de l'école, notre retour chez nous, mais pour certains c'était plus difficile de se rappeler comment faire, et même quand on le savait, si nos proches nous avaient déjà envoyés à Carlisle une fois, qu'est-ce qui les empêchait de recommencer ? Ton père n'essayait pas de rentrer chez lui quand il s'enfuyait, mais simplement de quitter l'école.

On faisait tous les deux partie de la fanfare. Moi, je jouais de la grosse caisse, et ton père de la trompette, mais il sonnait aussi le clairon chaque matin pour annoncer nos exercices.

Je n'ai jamais su ce qui lui est arrivé la veille du jour où, à la place, il a joué de la trompette, encore et encore, produisant de longues notes qui appelaient à ce qu'on sorte non pas de notre lit mais de notre corps.

Je n'arrive pas bien à l'expliquer, on n'y parvient jamais avec la musique. Je peux dire que la mélodie se développait comme il l'avait entamée, d'une manière guère différente du clairon, mais ensuite il a introduit une sorte de chaos avec un côté sauvage et peut-être un peu incontrôlé, jusqu'à ce qu'il en revienne au morceau initial, et que les gardes se précipitent sur lui.

Il a couru en rond autour d'eux comme s'il se trouvait sur un terrain de football, et pendant ce temps, bien qu'il ait cessé de jouer, les notes restaient suspendues en l'air, nous rappelant ce que nous savions déjà, que nous ne pouvions pas ne pas savoir, tout ce que nous avions subi depuis notre arrivée, et ce que lui avait subi au cours de la nuit.

Le morceau qu'il jouait n'était pas une chanson, ni même une complainte, et pas non plus un signal d'alerte mais plutôt l'appel d'un oiseau dont la gorge et le bec se seraient allongés sous l'effet d'une épreuve douloureuse destinée à le briser, mais n'ayant réussi au final qu'à le transformer en une chose encore plus étirée, et en un chant plein de notes qui continuaient de s'étirer alors qu'il avait cessé de jouer, exprimant tout ce que nous avions ressenti depuis le début, engoncés dans nos costumes et nos robes, dans cette école, sans notre langue, il faisait en sorte que la musique la retrouve pour lui, sa langue perdue et toutes les nôtres aussi.

Quand ils lui ont couru après comme s'ils savaient que son comportement était une façon de les critiquer, ce garçon sauvage, libre et leste sur le terrain où se déroulaient les matchs et où l'école était célébrée comme toutes ces victoires américaines du passé qui signifiaient que personne parmi eux ne pouvait perdre.

Il s'est servi de sa trompette comme d'une arme quand ils l'ont rattrapé, donnant de grands coups dans le vide ; le pire, c'est qu'avec son embout et ses bords recourbés, son poids, elle a fait des dégâts, c'était ça le plus choquant, quand un coup particulièrement violent a frappé le nez d'un garde, la partie incurvée de l'instrument qui s'ouvre comme une fleur, ça a atteint celui qu'on appelait Dr Fourrure parce qu'il était très poilu, que tout son corps était recouvert de poils frisottants, le coup de trompette lui a arraché le nez, le faisant pendouiller, c'est du moins ce qu'il me semble avoir vu, et il s'est mis à hurler, et alors ton père s'est arrêté, et s'est fait plaquer parce qu'il s'était arrêté, aussi abasourdi que nous par la vue du sang qui jaillissait.

Ton père s'est retrouvé six semaines au cachot, où il a passé la plupart de son temps par la suite, quand il a commencé à s'échapper, et à courir, à courir sans s'arrêter, pour finir par revenir plusieurs jours après, parfois plusieurs semaines, errant dans les forêts de Pennsylvanie, va savoir jusqu'où, mais il finissait toujours par revenir dans cette cellule, et ça n'a rien changé en lui, ça n'en a pas fait une personne différente, parce que ton père a toujours assumé ce qu'il faisait, de l'intérieur, comme s'il était l'unique responsable de tout ce qui lui arrivait de terrible, comme si nous n'avions pas tous été enfermés dans cet endroit, où on nous coupait de tout, y compris de nous-mêmes, et où nous avions perdu jusqu'au souvenir de notre famille.

C'est à ce moment-là que les problèmes de ton père ont commencé, quand il s'est mis à s'échapper, puis qu'il a blessé le Dr Fourrure, ce gorille qui l'a passé à tabac sans qu'on puisse savoir à quel point parce qu'il est resté six semaines au cachot, mais ça ne devait pas être beau à voir parce qu'il n'a plus cessé de s'échapper après ça, jusqu'à ce qu'il disparaisse pour de bon, en Californie, où après plusieurs années son addiction a pris le dessus sur lui. Le laudanum était une punition qui lui procurait du plaisir, qu'il haïssait et adorait à la fois parce qu'il lui prenait tout, l'engloutissait et lui permettait tout, comme le fait de souffler dans sa trompette, le jour où il l'avait fait encore et encore et couru et joué un morceau que je n'oublierai jamais, un air qui m'a changée, et l'a changé lui aussi, de même que la façon dont plus tard je penserais à lui et au temps que nous avions passé à Carlisle.

Je ne saurais pas te dire comment ton papa a fait pour aller jusqu'en Californie, comment il s'est retrouvé à Oakland, mais je savais qu'il était parti dans cette direction après avoir découvert que son propre père y vivait. Ce dernier avait envoyé une longue lettre au mien pour lui raconter ce qu'il avait fait depuis sa disparition. Et mon père me l'avait fait parvenir à Carlisle. Parfois, je me disais que la seule raison pour laquelle ton papa a voulu rester proche de moi, c'est qu'il y avait ce lien entre nos deux familles. Il avait pleuré pendant tout le voyage qui l'avait mené de l'Oklahoma jusqu'à l'école, comme beaucoup d'autres enfants. Non pas parce qu'on l'avait emmené de force loin de chez lui et de ses parents, comme beaucoup d'autres, mais parce que si jamais son père revenait, il ne serait plus là pour lui demander pourquoi il avait disparu.

Quand j'ai reçu une lettre de ton papa en provenance d'Oakland, il n'a pas eu besoin de me demander de le rejoindre là-bas. J'étais amoureuse de lui depuis des années, mais je ne savais pas où il était allé après sa dernière évasion.

Je me suis rendue au bureau où on s'occupait de placer les élèves comme moi chez des Blancs pour y travailler et gagner de l'argent et apprendre à vivre comme eux. Je leur ai demandé s'il y avait ce genre de programme dans d'autres États. Plus particulièrement en Californie. À Oakland, ou dans les environs. La responsable a fini par trouver un bureau là-bas où on m'a proposé une place dans une famille.

Je suis partie en train. L'homme assis en face de moi a palabré pendant tout le trajet après que j'ai commis l'erreur de partager avec lui deux ou trois choses. À propos de Carlisle, de ton père et du travail qu'on m'avait proposé dans une famille de Blancs à Oakland. Je ne crois pas aux coïncidences, mais j'ai aussi des doutes sur le destin. Une jeune squaw comme toi, voilà ce que l'homme m'a dit. J'aurais dû faire semblant de ne pas parler anglais.

« La résurrection n'arrivera que si tu le permets, a-t-il ajouté. Fais place à Dieu et laisse-le entrer. Il s'occupera du reste. Il t'emmènera là où tu dois aller. »

Je ne suis pas quelqu'un de gentil. Mais bon sang, je ne peux m'empêcher de donner aux gens ce qu'ils attendent, alors je lui ai dit que j'étais baptiste. Il m'a parlé de sa vie de péché, m'a dit qu'il avait combattu pendant la guerre de Sécession et avait contracté le mal du soldat, qu'il avait bu et s'était drogué au point de frôler la mort, et que Jésus lui avait rendu ce qui lui avait été arraché. Tout ça m'a rappelé une chose que ton père avait dite avant de quitter Carlisle. À propos de l'emprise. De l'emprise de la drogue. Du peyotl. Ça le mettait mal à l'aise d'en parler, mais le fait qu'il le fasse m'avait tétanisée. Il disait que les substances étaient toutes les mêmes. Que les Indiens se saoulaient ou ingéraient des boutons de cactus sous le tipi de la même façon que dans les fumeries d'opium. Je l'ai averti qu'il ferait mieux de ne pas dire ce qu'il pensait du peyotl. Et ça m'a fait peur de penser à ça, même en secret, de me dire que cette plante pouvait avoir un effet sur lui, lui porter malchance de la même façon qu'on s'attendait à ce que ça nous aide quand on priait sous son influence. Il ne disait pas, m'a-t-il expliqué, que l'emprise de la drogue était nécessairement une mauvaise chose. Seulement que ça reste toujours de l'emprise, voilà ce qu'il a dit exactement.

L'homme à bord du train m'a confié que si quelqu'un entre dans notre vie, c'est toujours pour une raison précise. Que c'est Jésus qui nous a réunis. Ça m'aurait fait rire si un Indien avait dit ça. Mais un Blanc ? Il valait mieux faire bonne figure. Vous ne saurez jamais qui peut s'en prendre à vous, faire soudain une fixation sur vous, vous transformer en objectif à atteindre. J'ai hoché la tête et je me suis avachie comme si j'étais épuisée et gagnée par le sommeil. Il m'a dit qu'une ville était le parfait endroit pour réunir les âmes et les lumières. Le commerce et la communion. Les grands immeubles se dressent tels des arbres en direction des cieux pour louer Dieu, qui nous a donné l'autorité sur la terre, et que nous avons honoré en érigeant ces constructions aussi haut que possible. J'ai fait semblant de dormir avant de sombrer, et j'ai rêvé que ma mère me racontait une histoire sous un saule, au bord de notre étang préféré. Elle parlait des étoiles, malgré un grand ciel bleu. Elle parlait des araignées qui vivent par-delà la voûte céleste. C'est elles qui rendent la nuit obscure, et c'est leur toile qui tient les étoiles ensemble. Depuis toujours je rêvais que celles-ci tombaient toutes sur la Terre, s'effondrant sur nous. Je détestais ces rêves mais ils m'enseignaient quelque chose. À chaque fois, je disais une petite prière en remerciement de mon séjour sur Terre, s'il fallait que je parte, c'était la dernière chose que je voulais pouvoir dire. Merci. Sous cet arbre dont les branches effleuraient la surface de l'eau, ma mère disait : « Les araignées tissent une toile pour que les étoiles restent à leur place, pour que leur lumière nous guide dans l'obscurité. Les étoiles sont nos ancêtres, mais les araignées aussi. Elles sont la trame et la lumière. »

Tu es ma seule compagnie, mis à part Cholly. Les chiens n'aiment pas parler, de toute façon. Ils ont la bougeotte. Fais-les courir, et cours avec eux, et donne-leur quelque chose à faire, un os à ronger, ou un endroit pour se dégourdir les pattes, et ils sont heureux. Moi, il faut que je parle, que je me délie la langue. Ton père repose désormais sur les branches d'un arbre. Nous bivouaquerons ici pendant quatre jours. J'ignore quand tu arriveras. Tu n'es pas aussi grande en moi que ce que j'ai pu voir chez d'autres femmes, mais tu es là depuis assez longtemps pour que je sache que c'est pour bientôt. J'ai attaché en l'air les bras de ton père, puis j'ai lancé la corde par-dessus une branche et j'ai tiré dessus jusqu'à ce que le corps soit fermement suspendu. L'effort que ça m'a demandé aurait pu déclencher l'accouchement, ça aurait été quelque chose de te voir sortir en même temps qu'on lui montrait le chemin. C'est ainsi que nous enterrons les nôtres. Nous les hissons dans le ciel. Personne ne m'a expliqué la bonne façon de mettre un enfant au monde. J'aimerais pouvoir faire davantage. J'ai peur. Et bien que la perte de ton père soit douloureuse, mon cœur est plein d'amour. On passera peut-être notre vie à courir, à bouger. Ça ira. On aura des jambes fortes, un esprit affûté, et un grand cœur, prenant soin de nous-mêmes et l'une de l'autre comme si on faisait partie de ce lointain avenir, de ce jour où on regardera en arrière en disant : voilà comment nous y sommes arrivées, envers et contre tout.

Victoria Bear Shield

*

Automne

12

Victoire !

On dit qu'à notre naissance nous savons déjà tout de notre vie, qu'on nous en a déjà fait le récit, mais qu'au cours de notre existence, une fois que la multitude de personnes, de rêves et d'événements se sont manifestés sous nos yeux, on les perçoit de telle manière que nous ne les reconnaissons pas forcément pour ce qu'ils sont : nos propres souvenirs.

La plupart des vies commencent et s'achèvent dans une grande douleur. Ta naissance signifiera la mort de ta mère. Regarde, même en ce moment ton corps sanguinolent émerge entre des mains qui te seront familières, qui deviendront ta famille, mais qui ne sont pas celles de ta mère.

En grandissant, tu ne sauras rien d'elle. Tu t'appelleras Vicky. Tu détesteras devoir répondre à ce prénom, un petit claquement, une légère tape, comme une brindille qui gratte une vitre, ou ce bruit répugnant que tu entendras quand tu recevras ton premier suçon de la part d'un jeune Indien au fond d'une allée, une marque que tu dissimuleras au travail avec une écharpe empruntée à Jackie, une autre Indienne avec qui tu travailleras à la fabrique de jeans.

Va la voir après le boulot, même si tu es timide. Dis-lui bonjour et demande-lui ce qu'elle fait. Écoute sa façon de répondre : « Tu veux dire là, tout de suite ? » Réponds oui.

Entre dans le bar qu'elle connaît déjà, visiblement. Bois autant qu'elle. Tombe amoureuse de cette femme à qui tu plais, et qui a des choses à t'apprendre même si en rentrant chez toi tu auras oublié tout ce dont vous avez parlé.

Va voir Jackie quand tu penses avoir besoin d'aide et quand tu penses ne pas en avoir besoin, mais laisse-la à l'écart des hommes de ta vie, protège-la. Parce qu'il y aura d'autres marques, faites non par des garçons mais par des hommes, qui ne seront pas aussi faciles à cacher qu'un suçon, et qui n'auront pas été faites avec la bouche. Ces types-là, laisse-les tomber. Trouve un moyen de leur rendre la monnaie de leur pièce.

Crève leurs pneus, appelle-les au beau milieu de la nuit en murmurant des petits riens acerbes, fais sortir leurs chiens du jardin, planque du poisson dans leur voiture, crie leur nom dans la rue quand tu les aperçois et cours te cacher ; ces types qui t'ont fait du mal, qui t'ont fait du tort, qui t'ont frappée, tourmente-les de toutes les façons possibles. Certains appellent ça de la malveillance quand il s'agit d'une femme, ou un désir de revanche ; là où un homme blessé se fait justice et assouvit sa vengeance, une femme, elle, est mesquine et méchante, insensible à l'honneur qu'un tel mot revêt pour un homme. Mais toi, tu y seras sensible. Dans ton for intérieur, tu l'affirmeras. Tu crieras victoire quand tu les auras blessés en retour et que tu te seras éloignée d'eux plus vite qu'une machine ne fait l'ourlet d'un pantalon, tu courras sur un rythme trouvé par hasard au beau milieu d'une interminable journée de travail.

Continue de rechercher l'amitié de Jackie. Pose-lui des questions sur sa vie. Écoute-la te raconter qu'elle est d'ici. Que sa famille est là depuis le tout début. Écoute sa façon de dire qu'elle est une Ohlone. L'expression de son visage avec tout ce béton en arrière-plan, ces immeubles, ces rues et ces voitures qui défilent. Pense à ce qu'elle veut dire par « depuis le tout début ». Ne pose pas de questions, pas encore. Ne parle pas de toi. Écoute.

Jackie deviendra pour toi plus importante qu'un membre de ta famille, parce que l'idée même de famille aura été pervertie en mensonge. Tes parents blancs ne sont pas tes vrais parents, et tu l'apprendras beaucoup trop tard. Cette découverte te poussera à chercher partout ce que ça peut signifier d'être une Indienne élevée par des Blancs, née d'une Indienne qui est morte en couches.

Ton prénom sera Victoria. C'est ta vraie mère qui te le donnera, qui le transmettra à tes parents blancs, ceux qui lui auront prêté main-forte pour ta venue au monde tout en mettant la main sur toi, l'enfant de ta mère, sitôt que l'éclat et la vie auront disparu de ses yeux.

Officiellement ils le conserveront mais t'appelleront toujours Vicky. Qu'ils aient gardé quoi que ce soit venant de ta mère serait une sorte de miracle, comme tout Indien encore vivant, passé le seuil du vingtième siècle, est une sorte de miracle.

Tu t'interrogeras à propos de ce prénom une fois que tu auras découvert que ta vraie mère t'a appelée comme ça pendant qu'elle accouchait et quittait ce monde. Tu te demanderas si elle a crié victoire tout haut comme pour célébrer quelque triomphe inconnu, peut-être le son de tes pleurs quand tu es sortie de son ventre, ou le fait d'avoir mis au monde un être vivant, d'avoir donné naissance à une autre vie indienne dans un pays qui a fait de son mieux pendant des siècles pour faire disparaître les Indiens par tous les moyens.

Un pays où avoir un enfant indien était en soi une victoire.

Tu ne sauras jamais que ton prénom te vient aussi de ton grand-père, Victor Bear Shield.

Ta mère ne pouvait pas se douter qu'il était particulièrement de circonstance. En 1924, l'année de ta naissance, les guerres indiennes, qui ont duré plusieurs siècles, seront officiellement déclarées terminées. Un conflit aussi long devient victorieux du seul fait d'en finir, sans vainqueur ni vaincu, seul ce qui reste, ce qui survit à tant de conflits devient plus fort que la guerre elle-même du seul fait d'y avoir survécu. Et en 1924 la citoyenneté américaine vous sera accordée, même si ça signifiera aussi la dissolution des tribus, dissolution étant synonyme de disparition, sorte de vocabulaire chimique signifiant l'effacement progressif des Indiens, une mort clinique conçue par des psychopathes se faisant appeler hommes politiques.

La citoyenneté sera aussi une forme de victoire, parce que tu n'auras pas succombé aux massacres, tu auras survécu à la famine et au déplacement, à l'endoctrinement et à l'assimilation, tu auras tenu assez longtemps pour qu'on te dise que toi aussi, vieille ennemie jadis mortelle, même toi tu es des leurs, même si les droits que cela revêt ne seront pas effectifs avant plusieurs décennies, c'est à ce moment-là que cette graine aura été plantée, l'année de ta naissance.

Tu grandiras avec des parents blancs qui au début s'occuperont plutôt bien de toi, mais finiront par faire de toi leur petite main, comprenant que ce que ta mère faisait pour eux leur manque, eux qui l'avaient accueillie en échange d'un labeur bon marché, eux qui avaient collaboré avec un centre d'Oakland qui plaçait des jeunes Indiens dans des familles où on les exploitait au prétexte de leur donner une éducation et une chance dans la vie.

Tu grandiras comme domestique, fille loyale d'ivrognes déloyaux, dans un monde blanc qui commence tout juste à donner l'impression qu'il pourrait changer d'une façon dont tu ne rêvais même pas à la fin de ta trop courte vie.

Tu auras alors deux filles presque adultes, après ce qui t'aura fait l'effet d'une existence de lutte et de chagrin. Tu auras l'impression que les possibilités offertes aux tiens ne font que commencer, là-bas sur cette île-prison qu'ils appellent Alcatraz, où tu verras des gens de toutes les tribus se réunir. C'est sur cette île, où l'inscription *Bienvenue dans la patrie de la terre indienne libre* est peinte en rouge sans ponctuation sur le château d'eau, que tu te sentiras le plus Indienne et libre.

La phrase en soi n'a aucun sens, tout comme la décision d'occuper l'île, ce n'est rien de plus qu'une métaphore, mais elle marquera l'histoire, Bienvenue, voilà par quoi le récit originel, celui de la création de ce pays, s'ouvre toujours quand il est raconté par les Blancs, avec des sauvages accueillants et un festin qu'on perpétue encore de nos jours tant ils furent hospitaliers, sur la terre indienne libre que les Blancs auront crue vierge, si vierge qu'ils s'en sont emparés. *Terre de Liberté, Patrie des Braves.*

Ta fille aînée, Jacquie, sera l'une des adolescentes qui grimperont au sommet de ce château d'eau. Elle le fera juste pour le plaisir, pour pouvoir dire qu'elle l'a fait, elle ne sera pas de ceux qui y verront un message, ou qui repasseront un coup de peinture sur le barbouillage indéchiffrable afin que tout le monde puisse le voir, les célébrités de passage comme les curieux d'un jour qui veulent voir par eux-mêmes de quoi John Trudell parlait sur la radio pirate quand il disait que si nous, les Indiens, voulons être libres, il nous faudra gagner cette liberté par nous-mêmes.

Bien plus tard, quand les visiteurs se renseigneront sur l'histoire de la prison, Al Capone et tout le reste, même les nôtres reviendront commémorer la prise d'Alcatraz pour fêter cette période où des Indiens ont choisi de vivre sur une île-prison et exigé d'être considérés comme des êtres humains une bonne fois pour toutes, ils reviendront pour assister à des cérémonies de lever du soleil, pour rendre grâces et prier à l'aube le jour où d'autres penseront à l'arrivée de Christophe Colomb, ou à la dinde de Thanksgiving, ils restaureront les cœurs des gens qui se rassembleront autour du feu ou devant l'écran d'ordinateur qui diffusera l'événement.

Cette période sera triste pour toi parce que tu sauras que tu es en train de mourir, c'est la raison pour laquelle tu t'installeras sur cette île et te remettras à boire, là-bas avec tes deux filles, qui compliqueront tout, détruiront et sauveront tout, et c'est pour cette raison que tu auras tout à perdre.

Sur ta route, bien avant tout cela, il y aura trop de choses que tu ignoreras. Ne pas savoir créera un vide en toi mais te remplira aussi d'émerveillement, de curiosité, de soif de savoir qui tu es, par exemple pourquoi tu es toujours celle qui a la peau la plus sombre, où que tu sois.

On te dira que ta mère était italienne et ton père irlandais. Des photos de tes ancêtres maternels seront accrochées aux murs de la maison où tu grandiras, de vieilles personnes à la peau mate originaires d'un ancien monde, ton pays, comme te le dira ta mère blanche, ce sont tes grands-parents et arrière-grands-parents, voilà pourquoi tu as ce teint-là, c'est ce qu'elle te répondra quand tu lui poseras la question. Personne ne te dira la vérité avant sa disparition.

Elle se brisera le cou en faisant une chute de cheval. Elle était éméchée, aussi sûrement qu'elle était une alcoolique. Les gens qui t'élèveront le seront également. Ils te laisseront même boire très jeune, et ça te plaira. Ce sera normal. Tout le monde s'y met très jeune. Tant d'Américains feront de même, une telle quantité d'alcool qu'ils finiront par rendre sa consommation illégale. Tu auras neuf ans au moment où la Prohibition s'achèvera, et tu te soûleras pour la première fois au vin rosé avec ta mère dans le jardin, parmi les rosiers qu'elle aimait tant. L'expérience te semblera « charmante » parce que ta mère n'aura de cesse d'employer ce mot au cours des semaines précédentes. Tu auras été au cinéma avec elle voir un de ces films parlants où l'une des actrices prononce le mot « charmant » à tout bout de champ, après quoi ta mère décidera de se l'approprier, pour ses rosiers, son vin rosé, et pour toi, son enfant aux joues roses, ivre pour la première fois, courant dans tous les sens.

Ce n'est qu'après la mort de ta mère que ton père se décidera à te raconter l'histoire dans son intégralité. Tout ce que tu aurais dû savoir.

Ce soir-là, il sera ivre. Ce sera après la veillée funèbre. Tout le monde aura bu. Il y aura des gens que tu reconnaîtras sans les connaître. Des gens que tu voyais depuis toujours en présence de tes parents et que tu avais parfois appelés tante ou oncle, grand-mère ou grand-père, mais avec qui tu n'avais jamais eu la moindre conversation. Ils auront fait en sorte de ne pas te connaître. Ils seront au courant de ce que ton père s'apprête à te raconter. Regarde-les te regarder, effrayés à l'idée que tu puisses t'approcher d'eux.

Vois ton père qui s'assied par terre, les jambes étalées comme un enfant.

« Il est temps que tu saches de qui tu descends, quelqu'un dont tu dois connaître l'existence avant de devenir celle que tu vas devenir… » Voilà comment ton père commence son récit, visiblement perdu, laissant en suspens une phrase qu'il est incapable de terminer, bredouillant, mais déterminé à dire ce qu'il s'apprête à dire.

« Ta vraie mère était indienne », dit-il, et il lève l'index au-dessus de son crâne, pointé vers le haut comme pour imiter une plume. « Ta vraie mère était une *véritable* Indienne », ajoute-t-il en levant les sourcils comme si tu devais être impressionnée. Ne dis rien. Réagir ne fait que les distraire de leur intention, ne sert qu'à les détourner de ce qu'ils veulent dire, ce qui les agace, ce qui les détourne encore davantage. Hoche la tête pour indiquer que tu attends la suite, que tu es tout ouïe, ce qui lui permettra de contenir sa colère.

« Ta mère s'appelait Opal Viola Bear Shield. Nous avons encore un carton qui contient ses affaires quelque part, des choses qu'elle possédait avant de… », dit-il en se levant, puis retombant par terre quand ses yeux indiquent qu'il a la tête qui tourne. « C'était une Cheyenne de l'Oklahoma. Tu as entendu parler d'eux. Les Cheyennes, pas vrai ? » Il t'interroge sur ta tribu mais sans te regarder, pris d'un léger balancement, les yeux perdus dans un coin à la recherche d'autres souvenirs. Ne réponds pas. Tu ne connais aucune tribu, pour toi les Indiens ce sont seulement ces sauvages qui autrefois tuaient les Blancs imprudents, ceux que les cow-boys gardaient sous leur protection.

Il se met alors à pleurer et tu le détestes pour ça. Ce n'est pas à lui de pleurer. Demande-lui ce qui l'a décidé à tout te raconter maintenant. Écoute-le te dire entre deux reniflements que désormais, comme ta mère est morte et que tu quittes la maison pour commencer un nouveau travail, que tu deviens une femme, il pense que tu dois le savoir avant de partir. Demande-lui quoi d'autre, qu'est-ce qu'il peut te dire d'autre à propos de ta mère, ta vraie mère indienne. Dis-lui qu'il y a forcément autre chose. Regarde-le qui n'a rien d'autre à dire. Regarde-le sortir de ta vie, commencer à s'effacer, presque s'effondrer.

Va-t'en. Ignore-le quand il t'appelle en criant. Il ment. Tu ne sais pas à propos de quoi il ment, ou s'il a fini par avouer une grande vérité qu'il te cachait, pourquoi raconterait-il des bobards après avoir enfin décidé de te dire la vérité ? Tu n'en sais rien, mais tu as la conviction qu'il ne t'a pas tout dit, et qu'il te ment assez pour que tu le saches. Tu as depuis longtemps appris à flairer leurs mensonges. Ils ont bu et menti, et menti sur le fait qu'ils boivent, et ça aussi tu l'as senti.

Ton boulot à la fabrique de jeans te rapportera assez pour louer une chambre dans une maison victorienne non loin du centre d'Oakland. Abandonne le nom de Haven et deviens Victoria Bear Shield. Fais-en le nom qui apparaît sur ta fiche de paie. Continue de détester ton incapacité à te débarrasser du surnom de Vicky. Mais sache que Victoria est trop long à dire, trop formel, trop majestueux pour une petite chose comme toi, doublement orpheline. Tu découvriras que tu aimes bien quand Jackie t'appelle Vicky, parce que tu l'aimes bien, Jackie, tu voudras même lui ressembler, tu aimeras le fait que, d'une certaine façon, ton nom rime avec le sien.

Tu choisiras même d'appeler ta fille comme ça, mais tu l'écriras *Jacquie* pour qu'elle ait un prénom bien à elle, ne serait-ce que par son orthographe.

Sors avec Jackie et d'autres jeunes Indiennes. Lie-toi avec elles en buvant à l'excès, après le travail. Découvre que tu adores la froide obscurité des bars, et le genre de clarté que les lumières de la ville donnent aux nuages pendant la nuit, quand le bourdonnement qui survient au-delà du quatrième verre te fait tourner la tête, et que vient le moment où tu as l'impression que ça – et tout ton être, finalement – suffit.

Tu ne sauras pas ce que signifie être indienne parce que tu n'auras jamais fréquenté tes semblables avant ces années passées aux côtés de tes collègues à la fabrique. Une fois appris tout ce qu'elles savent sur le fait d'être indien, tu te demanderas si tu as ça en toi. Ce ne sera pas compliqué de trouver ce qu'il y a d'indien en elles, et de quelle façon ça correspond à ce qu'il y a d'indien en toi. Tu le devineras à leur rire, à leur besoin de rire, au fait qu'elles adorent te taquiner, te provoquer, se moquer de toi, et te parler de leur contrée d'origine. Cette partie-là ne te correspondra pas, on n'a pas le mal du pays quand l'endroit où l'on rentre dormir n'a pas d'importance, et il n'en a pas.

Tu les entendras parler du sentiment de perte. Tu éprouveras la chose et en parleras avec elles, encore et encore, riant tout au long de la soirée dans les bars où tu sais que les Indiens sont les bienvenus.

Jackie est une Ohlone, donc une Indienne originaire de la terre où tu es née et d'où tu dis venir – celle de son peuple. Tu voudras sans cesse lui demander ce que ça signifie, de vivre et de devoir continuer à vivre là, sur cette terre qui a été confisquée et continue de l'être.

Mais tu ne demanderas jamais à Jackie ce que ça fait, parce que tu auras peur que son silence te fasse encore plus mal, ou que sa réponse te donne l'impression de vouloir lui prendre quelque chose censé rester secret, ses sentiments douloureux à propos d'une terre volée que tu voulais t'approprier afin de te sentir mieux, sachant que, même si ce n'est pas de ta faute, même si tu es indienne, tu ne viens pas de là. Ta place n'est pas ici.

Toutes les conversations que tu n'as jamais avec Jackie seront un sujet de conversation.

Pendant des années, une décennie entière, tu ne feras rien d'autre que travailler à la fabrique et picoler. Tu rendras visite à ton père dès que possible. Tu le plaindras, puis tu auras honte de le plaindre, et c'est cette honte qui te poussera à retourner le voir. À chaque fois il sera ivre et fera comme si tu n'étais pas venue la fois précédente, car dans son esprit tu ne lui auras jamais rendu visite et il n'y aura jamais eu rien d'autre que l'hébétude et l'ivresse de l'instant présent où il est voué à patauger et à trébucher.

Finalement, après qu'il t'a fait assez de reproches, tu cesses pour de bon de lui rendre visite.

Tout te semblera impossible dans la vie. Et le fait d'être ou de devenir indienne te fera le même effet. Tu seras pourtant bien une Indienne, mais aussi une Américaine, une femme et un être humain qui veut s'identifier à ce que cela signifie d'être humain.

Un jour que tu es avec d'autres Indiennes dans un bar, un homme s'approche de vous par-derrière et vous tapote la tête en chantonnant *une petite, deux petites, trois petites Indiennes*. Tu es à deux doigts de te battre avec ce type qui te traite comme une gamine. Tu es la première à te lever, furieuse et prête à lui gueuler dessus, mais tu découvres son visage, sa façon de sourire, déjà en train de s'excuser pour l'idiotie de sa blague, de lever les mains comme pour dire, pardon, c'était pas méchant. Il te dit que ça lui a tellement fait plaisir de voir autant d'Indiennes en rang qu'il n'a pas pu s'empêcher de les compter. Il s'appelle Melvin Red Feather. De Bakersfield. Il dit c'est ma tournée comme s'il s'agissait d'un tour de magie.

Et un matin, voilà que tu as la nausée. Tu vas aux toilettes. Tu vomis. Tu bois un peu d'eau, essaies de manger quelque chose, puis retournes aux toilettes. Ça recommence le lendemain matin. Et le suivant, jusqu'à ce que tu comprennes ce qui se passe. Tu pleures dans ton lit, tu somnoles, ne vas pas au travail et te fais engueuler par ton chef qui t'avertit que si ça se reproduit ce sera la porte. Retiens tes larmes, mets-toi au boulot et ravale la peur de ce que tu sais que ça signifie.

Tu vomiras pendant la moitié de ta grossesse. Tu trouveras bizarre et gênant que ton ventre grossisse à ce point. Certains jours, les odeurs l'emporteront sur tout le reste. Toutes les odeurs. Et tu auras les pieds qui enflent. Il te sera impossible de travailler, mais aussi de ne pas travailler. Ignore cette impression qu'il faut que tu arrêtes ce qui grossit en toi. Souviens-toi que tu portes quelqu'un issu de l'autre monde.

Demande-toi ce qu'est cette vie qui remue dans ton ventre à mesure que celui-ci grandit, cette petite Indienne, tu sais qu'il s'agit d'une fille, demande-toi ce qu'il faudra qu'elle sache, ce que ça signifie d'être une fille indienne.

Elle naîtra en juin 1954. Un dimanche matin. Jacquie Red Feather. Tu lui donneras son nom de famille à lui sur l'acte de naissance, bien que Melvin soit parti depuis longtemps. Un jour, alors que tu en es à quelques mois de grossesse, il s'en va pour ne jamais revenir. Tu sens le froid dans la pièce le lendemain soir, quand tu comprends que tu ne le reverras jamais. Le vent qui s'engouffre par la fenêtre ouverte, toi qui guettes le bruit de sa voiture. Accède à cet état d'esprit où tout ça t'est complètement égal, ce qu'il te faisait ressentir et ce qu'être la mère d'une fille sans père représente. Souviens-toi de ton propre père, l'ivrogne. Les haut-le-cœur à la seule pensée de l'alcool. À l'intense odeur d'humidité quand, le lendemain matin, tu retournes au boulot, cachant le renflement de ton ventre sous plusieurs couches de vêtements.

Jacquie et toi vivrez seules dans le studio de la maison victorienne.

Tu emmèneras partout son petit corps emmailloté dans une couverture ou serré contre toi dans une cotonnade que la femme de l'Indian Health Service t'aura donnée après avoir découvert qu'il n'y avait pas de père ni beaucoup d'argent. Elle t'aidera à trouver de l'aide pour prendre soin de l'enfant.

Tu commenceras à fréquenter la bibliothèque, tu liras le plus possible sur les Indiens. Surtout sur les Cheyennes. Il n'y aura pas grand-chose, mais tu liras tout ce qui te tombe sous la main. Des ouvrages sur l'histoire des États-Unis, aussi. Et même du monde entier. Tu liras Mark Twain, qui te déplaira. Jack London suscitera ton intérêt pendant un moment, puis une employée t'expliquera que c'est dans les bibliothèques municipales d'Oakland qu'il est devenu lecteur. Mais tu détesteras ce qu'il a écrit sur ton peuple une fois que tu te plongeras dans ses livres. Tu demanderas à la bibliothécaire s'il existe des romans écrits par des Indiens, et elle te répondra que c'est assez rare. Ça te fera penser au carton que ton père t'a donné le soir où il t'a mise au courant pour ta mère. Tu l'as pris avec toi quand tu as déménagé et tu as été déçue quand tu as fini par y mettre le nez et par constater qu'il n'y avait rien de plus que des pages écrites par quelqu'un d'autre, un certain Charles Star.

Ouvre ta penderie et sors le carton. Sur le tapis à côté de toi, ta fille rampe à reculons – la seule façon dont elle sait se déplacer pour le moment. Va un peu plus loin dans la lecture de ces feuilles que tu ne l'as fait précédemment. C'est comme ça que tu feras la connaissance de ton véritable père.

Les écrits sur lesquels tu tombes sont pour la plupart des lettres, mais il y en a d'autres que tu ne sauras pas dans quelle catégorie ranger. En partie histoire familiale, en partie poésie, en partie tout autre chose. Tu tireras quelque chose de ces textes que tu vas chérir.

Tu verras que les phrases te resteront en tête. Qu'elles vivront avec toi. Ou existeront en toi comme si elles avaient toujours été là.

La phrase suivante est tirée d'une lettre que ton père a envoyée à ta mère : *Nous appartenons à ce que nous sommes comme un chant appartient au chanteur, mon cœur est un cheval et mon âme une rivière glaciale.* Dans sa lettre il parle du sentiment d'appartenance. De ce à quoi nous appartenons. Et dans l'ensemble, tu crois qu'il veut dire que tes parents s'appartiennent l'un l'autre. Mais à un autre endroit il explique que nous n'appartenons pas à la Terre, mais que nous sommes la Terre. Tu ne comprends pas ce qu'il entend par là. Et tu veux savoir ce que ta mère a répondu, mais il n'y a aucune lettre d'elle.

Il y a aussi de longs passages à propos de ton grand-père, détaillant son existence après qu'il a échappé au massacre de Sand Creek quand il était petit. Tu retourneras à la bibliothèque pour en savoir plus sur cette tragédie. Imprègne-toi de ce que ça implique d'être l'enfant et le petit-enfant du massacre. Tu comprendras alors qu'il s'agit d'une autre forme d'héritage. Éprouve-la.

Assure-toi que ta fille connaisse l'existence de ce carton, de ces pages. Transmets-les-lui, demande-lui de les léguer à ses enfants pour qu'en comprenant qui ils sont, ils comprennent que ça doit inclure aussi ceux qui les ont précédés, voilà ce que tu apprendras sur ta famille et tes ancêtres, non qu'il faille les remercier ou leur offrir notre reconnaissance parce qu'ils sont par nature sacrés, mais parce que leur histoire permet de comprendre de quoi tu es faite.

L'année où ta fille fêtera son premier anniversaire, emmène-la voir celui qui t'a élevée. Il ne sera pas là. Frappe à sa porte avec Jacquie dans tes bras. Écoute la femme qui vient à la porte te dire qu'elle ne sait pas de qui tu parles. Cette Blanche n'aime pas que tu sois là. Regarde-la flairer ta présence et s'assurer qu'il n'y en a pas d'autres comme toi qui rappliquent. Dis-lui que tu as grandi là. Que c'est la maison de ton enfance. Elle va dire que ça l'étonne, comme si tu pouvais te tromper.

Va-t'en et demande-toi si tu n'as pas monté de toutes pièces cette histoire à propos de ta vie avec tes parents blancs, avant l'usine, avant les bars, et avant ta fille, qui est tout contre toi. Le fait qu'elle soit là, dans tes bras, et que tu aies les idées claires, ça te ramène au fait de savoir. Crache dans la direction de cette femme, et de ton ancienne maison. Frotte ton nez contre celui de ta fille et fais vrombir tes lèvres. Elle fera le même bruit en retour, et tout ton corps se changera en fredonnement qui te poussera à lui chantonner une jolie petite comptine, tandis que tu t'éloigneras de cette maison pour la dernière fois.

Tu retourneras travailler à la fabrique de jeans pour faire la même tâche, toujours la même mais avec un sentiment de nouveauté. Jackie s'occupera de Jacquie à ta place quand elle le pourra. Parfois tu devras laisser ta fille toute seule pendant plusieurs heures d'affilée.

Ne touche pas à l'alcool.

Le travail, le travail, et encore le travail. Tu auras l'impression d'attendre, mais quoi, tu n'en sauras rien.

Et ensuite, comme s'il était celui que tu attendais, viendra Junis. Employé du bureau de poste, il apporte le courrier. Tu penses alors qu'il est blanc ou à moitié, mais lui voit que tu es indienne et te demande d'où tu viens. La question te désarçonne dans un premier temps parce que tu viens d'Oakland, tu veux donc dire que tu es d'ici, mais l'espace d'un instant tu ne sais pas ce qu'il faut comprendre par *ici*, faut-il comprendre les temps modernes, Oakland, les États-Unis ? Et d'où viendrais-tu si tu es une vraie Indienne ? De l'Oklahoma ? Tu sais que ce n'est pas vrai, que les Indiens viennent des quatre coins du pays – et de plus loin encore que le pays. Tu as entendu parler de centaines de tribus, chacune dotée de sa propre langue, de ses propres coutumes et récits de création. Tu veux lui dire que tu es une Cheyenne, qu'autrefois, autour des Grands Lacs, les tiens étaient des agriculteurs, et qu'ils suivaient les troupeaux de bisons avant de s'enfuir pour sauver leur peau, tout comme les bisons, et qu'au sein de ton peuple, on était cheyenne où que l'on aille, mais à la place tu prononces seulement le nom de ton peuple, la main sur le cœur, à quoi il répond en donnant celui du sien, Lakota, la main posée au même endroit. Vous vous moquez mutuellement de ce geste.

Le jour où Junis et toi emménagez dans votre appartement, vous assistez à une bagarre près d'un arrêt de bus. Un père et son fils se tiennent par le col. Une scène qui semble spontanée et pourtant répétée. Ce sont des Indiens. Une gamine apparaît, elle s'interpose et les sépare. Elle porte les cheveux nattés et de grandes lunettes à monture noire. Après les avoir séparés, elle s'installe sur un banc, les yeux rivés au sol. Le père et le fils s'écartent l'un de l'autre. Le garçon lisse sa chemise. L'homme s'éloigne pour fumer une cigarette. Assis à côté de la fillette se trouve un ours en peluche marron auquel il manque une chaussure. Elle lui caresse la tête et lui dit quelque chose. Le bus arrive et puis ils s'en vont, mais la petite a oublié son ours.

Va le chercher. Attends de voir si elle revient. Souviens-toi que les bus ne repassent pas avant longtemps, et toujours avec d'autres passagers, parfois même d'autres chauffeurs, voire pas avant le lendemain. Garde la peluche. Regarde comme elle a l'air neuve. C'est de fait un ours de belle facture, remarque les coutures faites main, la chaussure manquante et celle qui lui reste.

Tu penses à Jacquie, mais d'abord tu le mets de côté. Choisis le bon moment pour le lui offrir.

L'endroit où tu te retrouves avec Junis avant qu'il te quitte est équipé d'une radio, et de beaucoup plus que ce à quoi tu t'attendais au moment d'emménager, il s'agit d'un appartement entièrement meublé. Le Bureau des affaires indiennes se sera si bien occupé de vous que ça semble presque trop beau pour être vrai. Mais tu te demanderas à qui appartiennent toutes ces choses. Où les occupants précédents sont-ils passés ? Sont-ils morts ? Cela vous portera-t-il malheur ? Ce genre de questions te viendront à l'esprit et persisteront, comme l'odeur de cet endroit auquel tu ne t'habitueras jamais vraiment, celle de vieux vêtements poussiéreux, d'ail et de citron. Celle des autres. Pendant plusieurs mois, tu auras l'impression de passer la nuit chez quelqu'un d'autre dans des circonstances douteuses. Comme si tu n'y avais pas ta place.

Dis-toi que tu y as bien ta place. Dis-le à ces quatre murs.

Le soir où vous emménagez, Junis et toi, tu fais une prière, brûles de l'écorce de cèdre et prépares des steaks hachés avec des pommes de terre sautées. Votre repas est trop salé. Vous vous asseyez dans votre nouvelle cuisine. Vous vous regardez et échangez un sourire qui signifie on l'a fait, le genre de sourire qui vient seulement après beaucoup d'attente et de volonté.

Tu sauras alors déjà qu'il y a une nouvelle vie en toi. Tu le sauras depuis un certain temps. Annonce-le-lui ce soir-là.

Oublie la tête qu'il a faite. Retourne l'oreiller sous ta tête. Profite de cette nouvelle fraîcheur et imagine-toi continuer de faire des enfants pour le restant de tes jours, remplir le monde avec autant de petits Indiens que possible, repeupler l'Amérique de son peuple originel. Joue avec cette idée. Tu ne sais pas encore à quel point il sera dur d'avoir ne serait-ce que deux filles, tu ne sais pas encore que la nouvelle de cette nouvelle vie sera la cause du départ de Junis, pas immédiatement, pas comme Melvin, mais finalement, avec le temps, même après l'arrivée de ta précieuse Opal, il sera là mais déjà presque parti.

Sa présence s'effacera comme la nouvelle couche de peinture de l'appartement, jusqu'à ce que vous ne remarquiez même plus la couleur, quelque chose de vaguement blanc ou gris ou jaune, et un jour, comme la couleur de la peinture, Juris lui-même ne sera plus qu'une chose oubliée.

C'est à la fin de cette année-là que tu découvriras l'existence du Centre d'amitié, un endroit où les Indiens se réunissent. Retournes-y. Gagne à la tombola et va récupérer la télé que tu as gagnée. Achète un sapin de Noël pour la première fois. Sache que ce sera l'un des moments les plus paisibles de ta vie, ce Noël-là, avec ta télé et ton arbre décoré.

Réveille Jacquie et offre-lui les cadeaux que tu as emballés. Regarde ses yeux étonnés pendant qu'elle les ouvre. Regarde, ce ne sont que des tasses et des assiettes fournies avec l'appartement, ou de petites choses dénichées dans les recoins comme un dé à coudre, une souricière désarmée et un sac d'élastiques, mais Jacquie reçoit chaque présent avec un tel émerveillement et une telle sollicitude que tu voudrais que cette journée ne finisse jamais. Elle nommera tout ce que tu lui as offert comme s'il s'agissait de vraies personnes, de véritables amis. Elle fera une balle avec les élastiques et la fera rebondir dans la cuisine. Et elle prendra des repas imaginaires avec les assiettes et les tasses, en compagnie de l'ours auquel il manque une chaussure, le cadeau que tu as gardé pour la fin. C'est lui qu'elle préfère. Et aussitôt elle se mettra à lui parler. Elle l'emmènera partout avec elle. Tu lui annonceras que tu t'apprêtes à mettre au monde un nouvel enfant, et tu commenceras à rêver de l'existence que vous mènerez tous ensemble après sa naissance, comme si cet enfant amenait avec lui un avenir radieux en provenance d'une vie antérieure.

Quand la cadette sera assez grande pour avoir son propre ours en peluche, tu lui en achèteras un et Jacquie apprendra à sa petite sœur à lui parler, et à aimer et respecter les objets inanimés, attribuant à chacune de leurs possessions un surnom, des traits de caractère, voilà la leçon qu'elle aura apprise à elle-même et à sa famille ce Noël-là, voilà comment elles seront l'une et l'autre au cours de leur enfance. C'est la seule façon d'être que tu leur connaîtras, en tant que petites filles, te suivant partout où tu les emmènes, heureuses que tu ne les laisses pas seules à la maison, chose qui leur plaira dans un premier temps, mais qui leur donnera le sentiment d'être livrées à elles-mêmes quand cela se répétera trop souvent, d'être oubliées, un sentiment qu'elles n'auront même pas idée de nommer mais qu'elles éprouveront, qui leur donnera envie de te suivre dès que l'occasion se présentera, même sur une île-prison, même s'il faut dormir par terre dans une ancienne cellule, et ça arrivera, et c'est sur l'île d'Alcatraz que tu leur annonceras que tu es condamnée, alors même que tu l'es depuis un moment, et à votre retour tu ne les laisseras pas t'accompagner dans le Nord où tu tenteras de guérir seule, dans un lieu où tu es déjà allée quand tu étais beaucoup plus jeune mais que tu auras presque oublié, avec Jackie, le temps d'un week-end, pour une cérémonie, c'était pour son père, il était mourant, et le remède était intense, le peyotl, comme la façon dont tout le monde priait pour lui avec ce désespoir singulier que seule la mort peut apporter.

Lors de la cérémonie tu éprouveras quelque chose qui t'échappera. Tu ne sais pas que ton grand-père Jude Star a été le premier à apporter les boutons de cactus et à allumer un feu dans ce lieu, et que tout est resté là, de même que lui était resté là, jusqu'à sa mort en 1924, avec des Indiens et des Blancs, poursuivant les mêmes rituels. Tu ne sauras jamais rien de tout ça, sinon que tu sentiras la présence de ton peuple et que ça te fera peur, de vivre cette expérience, mais ça te changera. Ça changera aussi Jackie, au point qu'elle restera là-bas.

Tu ne la reverras pas avant d'y retourner bien des années plus tard, prête à tout pour continuer de vivre, trouver le moyen de prier pour rester en vie.

Tu tireras quelque chose de la cérémonie, mais pas la guérison, ce sera une paix silencieuse et dévastatrice, une paix qui te réduira au silence avant de t'anéantir, une paix à laquelle tu n'auras accès que quelques heures avant de partir, après avoir passé des mois sur un canapé à regarder tes filles te regarder partir, sans un mot pour elles, tu feras de ton mieux pour penser et sentir avec le cœur, les aimer tandis que tu t'étioles, et tu penseras qu'elles voient la paix sur ton visage juste avant ton dernier souffle, c'est ce qui t'apportera la paix au cours de tes derniers instants, voilà ce que tu as appris de la cérémonie dans le Nord : les apaiser en leur montrant que tu l'es toi-même.

La veille de ta mort, tu en viendras soudain à te méfier de tout quant à la situation dans laquelle tu te trouves.

Vite, rassemble tes affaires. À qui est cette maison ? Tu ne t'en souviendras pas. Tu verras que tout ce qu'il te reste dans ce monde pourrait tenir dans un coin et, tout bien considéré, dans un carton. Ris toute seule. Sois légère. Il ne te reste plus beaucoup de temps. Tu es presque libre.

Sors. Descends ton carton au Centre d'amitié. Demande à ton amie Maxine de le mettre quelque part. De l'archiver. Tu ne sauras pas ce que tu entends par là quand tu répéteras ce mot entendu à la bibliothèque. Maxine est la seule à qui tu puisses faire confiance. Rentre chez toi. Tu es lasse. Si lasse quand tu t'allonges sur le canapé qu'au moment de fermer les yeux pour dormir, tu te dis : c'est la fin.

Réveille-toi. Prépare-toi une tasse de café. Regarde le soleil se lever. Tu as l'impression d'être la seule personne au monde à le voir. Sache qu'il a toujours été vrai que tu as été la seule à voir le monde de cette façon. Dis merci au soleil levant. Dis merci à ce jour semblable aux autres, semblable au soleil qui permet à toute chose d'être vue, et qui a reçu le nom de jour pour cette lumière éclatante que l'astre envoie au monde avant de la lui reprendre.

Tu ne sauras pas qu'à ta mort, ta cadette, Opal, sortira de la maison, pieds nus, et courra dans la rue comme pour se sauver, ou semer la vie dont elle a hérité, dont elle croira un bref instant se rappeler quand elle apprendra ta fin, et qui lui fera si peur qu'elle ne saura pas quoi faire d'autre que courir encore et encore pieds nus dans les rues d'Oakland comme si sa tête était en feu.

On raconte beaucoup d'histoires sur ce qui se passe après la mort. On devient lumière, la lumière morte des étoiles, ou bien on nage dans la rivière du ciel ou on devient le sol de la Terre. Les anges, les démons et les fantômes. Tout devient une histoire que l'on se raconte à propos du silence.

Mais les histoires se racontent après coup. Et le seul fait avéré sur la vie après la mort, c'est que rien ne vient de là-bas. Tout va là-bas.

Quand tu partiras, il restera tant de choses que tu ne sais pas sur la façon dont tu es arrivée ici.

Tu descends d'un peuple qui a survécu en faisant davantage que survivre, qui a fait de son mieux pour rester uni. Mais tu ne sais pas si ceux qui viendront après toi seront capables d'en faire autant. Et eux ne sauront pas s'ils seront capables de prodiguer ce type d'amour qui survit à la survie, qui retient des éclats de balle dans un corps, les empêche d'empoisonner le sang, ce type d'amour qui choisit la voie la plus ardue, celle qui inclut le plus et non le moins, celle qui s'écarte de l'égoïsme. Personne ne saura si quelqu'un a la capacité de faire de cet endroit davantage que la somme de ses douleurs.

Que tu ne le saches pas, que tu ne puisses pas le savoir, que la seule chose que tu retiennes est qu'il faut croire si tu veux avoir une chance de faire davantage que survivre, et cette croyance est la raison pour laquelle l'histoire doit être vécue pour être racontée, c'est le chant que l'on entonne, et le danseur en suspension dans l'air. C'est l'enfant, avec des kilomètres et des années de dur chemin devant elle, qui court pieds nus dans la rue à toute vitesse, qui sent qu'elle doit échapper à la course elle-même, qu'elle a déjà vaincu la pesanteur, qui sent avec ses pieds le genre de victoire que seule le fait de croire peut revendiquer, qu'elle est donc sur le point de décoller du sol, de prendre son envol.

DEUXIÈME PARTIE

*

RÉPERCUSSIONS

2018

« Raconte-moi tes diamants. »

Toni Morrison

13

Comment voler

Orvil était allongé sur son lit depuis plus longtemps que jamais auparavant, sans même réfléchir, dormir ou rêver mais bloqué sur ce qui lui était arrivé, le soupesant sans trop savoir quoi en penser, ni même s'il fallait qu'il y pense, quand lui vint l'idée de regarder sur Internet ce que d'autres jeunes avaient à dire sur le fait de survivre à une fusillade, et après ça il n'arriva pas à croire qu'il n'y avait pas pensé plus tôt. Ça ressemblait à ça, la vie à l'ère du numérique. Quand on avait trop de choses au bout des doigts, la plupart du temps on était condamné à scroller frénétiquement ou à ouvrir des onglets auxquels on ne revenait jamais, sans jamais parvenir à trouver quoi que ce soit d'assez long pour y accorder davantage qu'un rapide coup d'œil, et puis soudain on trouvait une idée de recherche dont on avait du mal à croire qu'elle ne nous soit pas venue plus tôt.

Le fait d'écouter des récits de rescapés lui donna tellement l'impression d'être compris qu'il éprouva de nouveau un sentiment de complétude, puis une sensation de déjà-vu, comme si tout ça lui était déjà arrivé, ou comme s'il l'avait rêvé longtemps auparavant et venait à peine de s'en souvenir. C'était peut-être là ce que toute personne pouvait espérer de mieux dans la vie, mais il y avait quand même un vide en lui à cause de la balle qui avait pénétré sa chair, et qui n'avait pas pu être intégralement retirée. Il fallait qu'il regarde d'autres vidéos.

Il y avait un pan entier de YouTube constitué de témoignages de jeunes qui avaient survécu à des fusillades. Certains d'entre eux étaient si bouleversants qu'il n'arrivait pas à les écouter jusqu'à la fin, d'autres semblaient surexcités à l'idée de faire partager leur expérience, pour diverses raisons embarrassantes. Certaines vidéos, trop léchées, manquaient de sincérité ou d'honnêteté, quand elles n'étaient pas scénarisées, voire manipulatrices. Ce qu'il recherchait, c'étaient les confessions de garçons et de filles qui ne savaient toujours pas quoi ressentir, qui racontaient ce qui leur était arrivé avec détachement et essayaient de retrouver un équilibre, en d'autres termes des jeunes qui ressentaient la même chose que lui.

Un mec qui était toujours coiffé d'un bonnet de lutin affirmait que les Indiens avaient été à l'origine de la première tuerie en milieu scolaire. Ce qui mit d'abord Orvil en colère, mais après quelques recherches il s'aperçut que c'était la vérité. En 1764, des guerriers de la tribu des Lenapes entrèrent dans une école et firent feu sur les élèves et le maître. La raison pour laquelle ils les tuèrent n'est mentionnée nulle part. Il était indiqué que les anciens de la tribu les avaient par la suite traités de lâches, et que la loi de Pennsylvanie venait de rétablir une prime pour chaque scalp d'Indien – ce qui avait peut-être motivé la colère des guerriers.

Orvil trouva une longue liste de jeunes ayant ouvert le feu sur leurs semblables tout au long de l'histoire des États-Unis, bien avant le drame de Columbine. Aucune de ces fusillades ne se distinguait particulièrement des autres, en dehors d'un incident bizarre en 1856 : un professeur avait dit alors à ses élèves que s'ils faisaient du mal à son moineau apprivoisé il les tuerait, puis, lorsqu'un garçon avait écrasé l'oiseau avec son pied, l'enseignant l'avait emmené dans une autre salle pour l'étrangler, après quoi le père du garçon avait abattu le professeur d'une balle dans la tête.

Orvil lut que les écoles avaient d'abord été conçues pour mieux contrôler les individus, pour prolonger leur adolescence et former des citoyens plus conciliants en ayant recours aux principes de la domestication des animaux. Il voulut en savoir plus sur cette théorie, mais ne retrouva pas le bon onglet.

Il voulait redevenir normal. Comme avant la fusillade, avant le séjour à l'hôpital. Retrouver le temps où sa grand-mère les avait accueillis chez elle. Il y avait si longtemps. De si belles années. On parlait comme ça des années qu'on ne retrouvait jamais, on cherchait la normalité quand elle nous avait été retirée, même si cette normalité ne nous avait jamais semblé si belle que ça.

Tout était devenu sérieux, si sérieux, parce qu'il avait pris cette balle perdue. Elle ne lui était même pas destinée. C'était le fruit du hasard. L'un des médecins, coiffé d'une casquette délavée ornée d'un poisson qu'il n'aurait jamais dû porter au travail, lui avait confié que l'éclat de balle logé en lui avait la forme d'une étoile, comme si c'était un truc cool. Puis qu'il devait se réjouir qu'elle se soit arrêtée là, qu'il ne serait peut-être plus de ce monde si la balle était ressortie. Il dit qu'ils allaient garder un œil sur l'éclat en forme d'étoile, parce que ces trucs-là sont connus pour se balader, et que des fragments pénètrent dans le système sanguin et vous empoisonnent. Et puis le médecin, qui apparemment tâchait toujours de le réconforter, déclara que ce ne sont pas les balles qui tuent mais la trajectoire qu'elles empruntent. Ça lui fit penser à ces préceptes stupides qu'on trouve sur des autocollants, genre : *Ce ne sont pas les armes à feu qui tuent, ce sont les gens*, ou bien *Ce n'est pas la destination qui compte, c'est le voyage.*

Il avait honte d'avouer qu'il n'y a pas si longtemps, il imprimait de belles citations à la bibliothèque du collège, puis les collait sur le mur de son lit pour trouver l'inspiration. Certaines d'entre elles venaient de rappeurs, d'autres de philosophes dont il n'avait jamais entendu parler, mais le plus gênant était que la plupart de celles qui lui plaisaient venaient d'Indiens, soi-disant, des citations qu'on appelait parfois « proverbes autochtones », qu'il avait trouvées sur Internet et qui étaient encore pires que les autocollants et leurs préceptes de sagesse.

Il regardait le plafond tandis que la douleur aiguë qu'il avait ressentie ce matin-là s'atténuait, et que la montée progressive d'un sentiment positif commençait à couler dans ses veines, d'une lenteur suave mais vive, voire hypnotique, comme le liquide des lampes à lave ou la vraie lave, qu'il avait vue dans des documentaires – son activité de dernier recours –, la tranquillité après l'éruption, la coulée engloutissant lentement tout ce qui se dresse sur son passage pour le transformer en une roche noire et brûlante.

Les taches de couleur changeaient, semblaient davantage que des formes aléatoires, évoquant de plus en plus des contours distincts, puis des fantômes issus d'une vie qu'il avait jadis vécue mais dont il n'arrivait pas à se souvenir, ou l'imminence d'une vie, d'un avenir qui dépassait ses espoirs s'il en avait encore, ou, si espoir était le bon terme pour décrire l'effet d'un médicament quand il commence vraiment à agir.

Sa grand-mère entra dans sa chambre avec une guitare acoustique esquintée, l'agitant devant lui pour attirer son attention.

« Tu la veux ?

– Je m'en fiche », dit-il, sachant qu'elle détestait qu'il réponde de cette façon à ses questions. Elle pinça les cordes, ça sonna faux, ce qui les fit rire.

« Tu as l'intention d'en jouer ? Ou je la donne à ton petit frère, qui a l'air de s'intéresser à la musique plus que…

– Il s'intéresse à la musique pas plus que n'importe qui d'autre, il aime le classique, c'est tout, ce qu'il appelle d'ailleurs les vieux tubes, et si tu crois que ça fait de lui une personne *plus qu'intelligente…* » Il s'entendit prononcer ces derniers mots et s'en voulut.

« Personne n'est plus intelligent que toi. » Elle posa la guitare dans un coin de la pièce avec un bruit métallique.

Elle lui dit qu'elle l'avait dénichée dans une licitation. Quand il lui demanda de quoi il s'agissait, elle répondit que lorsqu'un riche vieillard décède, ses héritiers organisent une journée portes ouvertes pour vendre ses biens. Il ne comprenait toujours pas, mais l'idée de jouer sur la guitare d'un type mort lui plut.

Pendant des semaines, l'instrument resta au même endroit, à sa périphérie, comme un animal errant qu'ils auraient hébergé et dont il savait qu'il pouvait se mettre à gémir s'il s'en approchait trop.

Et puis un jour le voilà défoncé, comme chaque jour, sa façon habituelle de lutter contre la douleur, pas défoncé jusqu'aux yeux, pas autant qu'il finirait par le devenir. C'étaient les premiers jours, les plus joyeux. Ceux qui se succédaient et ne menaient nulle part. Longtemps avant que le médecin ne cesse de lui faire une ordonnance.

La réalité était différente de ce qu'il ressentait. Il était en convalescence après avoir été blessé par balle, mais ce qu'il ressentait depuis, c'est qu'il y avait quelque chose d'autre qui était entré en lui, comme en provenance d'une autre époque, d'une autre dimension, ou encore d'un autre univers.

Orvil avait toujours fait beaucoup de rêves. Ça incluait les cauchemars. Mais passé un certain âge on ne veut plus les appeler comme ça. Ce mot-là, c'est bon pour les enfants. Il ne voulait avouer à personne qu'il avait peur de s'endormir, et qu'il était réveillé par des scènes de violence si longues et réalistes qu'il n'arrivait plus à fermer l'œil de la nuit. Alors il cessa d'en parler. Il s'habitua.

Dans la plupart de ses rêves, il y avait une fusillade d'un genre ou d'un autre. Le vacarme, la fuite, la profonde impression d'effondrement quand on se fait tirer dessus. Une fois il rêva qu'il mangeait les entrailles d'un cheval avant de se glisser dans sa carcasse vide, et ce qu'il prenait d'abord pour des tambours se transformait en fusillade, et il comprit que le corps de l'animal le protégeait des balles, et puis les bruits redevenaient des tambours, et juste avant de se réveiller il s'aperçut qu'il s'agissait des battements de cœur de l'animal. En y repensant, il fut effrayé par le bon goût de la viande et par le sentiment de sécurité qu'il avait éprouvé à l'intérieur, et par la force des battements de cœur du cheval.

Il finit par remarquer que s'il prenait plus de cachets que la quantité prescrite, il se sentait encore mieux, et faisait moins de rêves, ou ne s'en souvenait pas, ce qui revenait au même. Et puis le fait de prendre plus de cachets lui avait donné l'impression qu'il était condamné à en prendre toujours davantage pour qu'ils continuent à faire effet. Comme si on ne cessait jamais d'en prendre toujours plus. Comme si l'accumulation et l'effondrement allaient de pair, ou que l'un était provoqué par l'autre.

Il finit par comprendre que c'était une question de cycles. S'il dépassait la quantité prescrite, il y avait des jours où les effets étaient décuplés, mais ça voulait dire que les jours suivants il se retrouvait à court, qu'il était obligé d'attendre, et ces jours-là les rêves revenaient se venger de plus belle. Il serait bien revenu à sa situation de départ, aux quantités prescrites, mais chaque fois qu'il recevait une nouvelle ordonnance, le bruit des comprimés dans le flacon le rendait trop heureux pour qu'il ne s'en verse pas davantage au creux de la main, et qu'ils atterrissent sur sa langue, puis qu'il les fasse descendre avec un verre d'eau, le transportant dans des profondeurs où ce n'était plus le bonheur qu'il recherchait mais quelque nouveauté dépourvue d'air ou de lumière, une sorte de secret qu'il aurait préféré ne pas garder mais qu'il choyait néanmoins.

L'idée qu'il devenait accro lui traversa l'esprit. Le mot n'avait rien de nouveau. Il l'avait utilisé pour désigner son rapport aux jeux vidéo ou au téléphone, aux écrans de façon générale. Et il savait qu'on avait ça dans le sang, au sein de sa famille. Les fils étaient mal raccordés dans le cerveau de sa mère, et dans celui des parents de sa mère, et de leurs parents, une longue lignée de têtes d'Indiens qui avaient fait de leur mieux pour s'en sortir. Ses ancêtres lui envoyaient constamment leur bénédiction et leur malédiction à travers le temps, depuis cet au-delà, donnant à son présent sa courbure particulière, sa pénombre, son bruit perçant, mais aussi parfois son silence mortel.

Dans son cas, sa mère avait abîmé son cerveau, qui était déjà abîmé avant même qu'il prenne sa première respiration. Avant même sa naissance, le manque avait été ancré en lui. Avec une aiguille et de l'héro. À mesure qu'il s'enfonçait toujours plus profondément, il comprenait que la défonce le rapprochait de sa défunte mère, comme s'ils pouvaient communier en dépit de la mort et du temps, parce qu'elle apparaissait parfois dans un coin, à la périphérie, cherchant un jeu de clés, ou à moitié affaissée contre le mur – marmonnant quelque chose à quelqu'un de l'autre monde.

Puis il se souvint d'une chose. Il ignorait s'il s'agissait d'un souvenir, d'un rêve, ou du souvenir d'un rêve.

Ça s'était passé de la façon suivante : avant la mort de sa mère, quand il était petit, mais pas aussi jeune que ses frères – qui n'arrêtaient pas de pleurer –, il s'était sanglé le bras, avait trouvé une veine comme il avait vu sa mère le faire, et s'était injecté une partie de ce qui restait dans une seringue qu'elle n'avait pas complètement vidée. Ça ne fit rien de plus que l'endormir. Mais il l'avait fait. Dans son souvenir, ou son rêve, ou le souvenir de son rêve. Sa mère avait toujours appelé ça son remède. Il se souvient d'avoir pensé que c'était naturel de prendre le remède de sa mère, et qu'ils étaient tous un peu malades. Il ne se souvient de rien d'autre, sinon de s'être endormi avec l'impression que le liquide doré vibrait jusque dans ses yeux et le remplissait de la tête aux pieds, une sorte de chant qui donnait l'impression que tout lévitait à trente centimètres du sol, que chaque molécule de son corps savait voler.

Après ça, chaque fois qu'il entendait parler de défonce, il l'associait au fait de voler, et non aux personnes qui se foutaient en l'air, au fait de s'élever au-dessus des choses, de sentir et de voir d'en haut, en tout cas de ne pas se sentir si pesant que ça ; avant de se défoncer, il tentait de ne pas penser à sa mère mais aux oiseaux ou aux plumes, pas au poids mais à la légèreté.

Des années plus tard, une fois que la came aurait perdu l'attrait de la nouveauté et se rapprocherait de l'obligation plutôt que du plaisir, il s'assiérait aux toilettes et se demanderait comment s'en débarrasser, d'abord sans même savoir ce que ça pouvait bien signifier, comment est-ce que je peux me débarrasser de ce truc, tandis que la faible lumière au-dessus de lui clignoterait à cause d'une ampoule défectueuse. Il regarderait fixement une ligne de poudre et s'en servirait bientôt pour s'extraire de son corps, et, qu'il s'agisse d'un rêve ou d'un souvenir, cette première fois n'aurait plus aucune importance parce qu'il aurait de nouveau le pouvoir secret de voler, et qu'il ne saurait pas, sur le moment, si c'était la dernière chose qu'il saurait jamais.

Il prenait des antalgiques, s'il lui en restait, puis il regardait des conneries, des mangas sur Internet et de la téléréalité sur le câble, des émissions de merde qui en devenaient drôles tant elles étaient nulles. Ou bien il jouait à des jeux vidéo : *Red Dead Redemption 2*, *NBA 2K*, où il dominait avec les Warriors, et *GTA V*, où il se livrait à des tueries et fuyait les scènes de crime dans d'épiques courses-poursuites en voiture. Il prenait des cachets et s'endormait. Ou bien il surfait sur Internet jusqu'à ce qu'il ait l'impression de ne plus pouvoir lire, penser ou même regarder. Ou bien il jouait de la guitare. Ou bien il faisait de courtes promenades autour du pâté de maisons – pour éviter la phlébite, comme le médecin le lui avait recommandé, ainsi que sa grand-mère et tout le monde avant lui. Il repensait au pow-wow. Puis essayait de ne pas y penser. Il s'inquiétait du fait de perdre son temps à mesure que celui-ci fuyait, comme l'air dans une pièce lorsqu'une porte s'ouvre et qu'une autre se ferme – comme une occasion manquée.

Il avait entendu dire que les antalgiques peuvent provoquer des engourdissements, mais ses sensations à lui étaient décuplées. Et il se sentait mieux parce qu'il éprouvait des choses qu'il ne s'était jamais autorisé à ressentir auparavant. Les cachets lui donnaient courage et confiance, comme s'il pouvait ressentir ce qu'il avait dissimulé jusqu'alors sans même le vouloir.

Il revenait sans cesse à la guitare, d'abord en pinçant les cordes sans poser les doigts sur le manche, écoutant simplement ce qui sortait de la rosace. C'était un son agréable, un chant qu'il se sentait capable de produire, issu des tréfonds de lui-même. C'est ainsi que, peu à peu, ses longues journées passées à jouer aux jeux vidéo et à surfer sur Internet cédèrent la place à la musique – une langue qui pourrait bien le sauver s'il apprenait à la parler.

14

Ce qu'étaient les médicaments

Sean Price ne s'était jamais senti aussi bien accepté par son père et son frère que lors de la brève période ayant suivi la mort de sa mère, Grace. La maladie lui avait rapidement rongé le cerveau. Et il avait fallu attendre bien trop longtemps pour savoir ce qu'elle avait. La maladie de Pick, une forme de démence. Sean avait été le premier à remarquer que quelque chose ne tournait pas rond. Elle s'était mise à jurer, elle qui ne le faisait pratiquement jamais. Son père, Tom, avait minimisé la chose, n'y voyant qu'une conséquence du surmenage et du stress. Quand elle oublia à quel endroit elle avait garé sa voiture, qu'elle se débrouilla on ne sait comment pour rentrer à la maison, et que plusieurs semaines après la déclaration de vol les flics la retrouvèrent à un kilomètre de là, à proximité d'un sentier de randonnée, Tom se décida à la faire examiner. Convaincre un médecin qu'elle avait besoin de l'assistance d'un professionnel fut plus difficile qu'on ne pourrait l'imaginer.

Elle répétait en boucle que tout allait bien.

Et puis la maladie progressa, au point qu'au moment du diagnostic elle pensait n'avoir jamais été mariée, et prenait Sean pour son petit frère mort dans un incendie quand elle avait neuf ans – Sean portait le même prénom, en souvenir de lui. Elle donna à son autre fils, Mike, le surnom de « Docteur Nazi », un sobriquet qui correspondait bien à cette espèce de psychopathe d'extrême droite comme seules les collines d'Oakland peuvent en produire. Il ne fumait de l'herbe que roulée dans une feuille de cigare, ne faisait référence à Oakland que par l'expression « la Ville », mais écoutait Joe Rogan à la radio en faisant son jogging matinal – une habitude qu'il avait prise à l'école militaire. Grace ne savait rien de tout ça quand elle avait commencé à l'appeler comme ça. Qu'il n'y ait aucun fondement dans ce choix était l'une des caractéristiques de la maladie dévorant la zone de son cerveau qui semblait contenir son essence même, ce qui faisait d'elle ce qu'elle était, et ça effrayait Sean, le fait que notre personnalité puisse se résumer à un contenu effaçable.

Quand elle finit par mourir, il eut donc l'impression de perdre quelqu'un d'autre, une personne qui lui était inconnue.

Vers la fin elle n'était même plus capable de parler ni de comprendre ce qu'on lui disait. Voir sa mère devenir en moins d'un an rien de plus qu'un corps inerte, c'était, pour le moins qu'on puisse dire, dévastateur. Et non seulement pour Sean mais aussi pour son père et son frère. Cette expérience les métamorphosa.

Sean fit son deuil à leurs côtés, tous trois unis dans une sorte de sincérité pathétique dont il aurait dû savoir qu'elle ne durerait pas, mais tant que ce fut le cas, l'absence de sa mère leur appartint. Ils priaient avant le repas, en silence. Ce moment lui était dédié, ils le faisaient pour elle, parce que aucun d'eux n'était vraiment croyant comme elle l'était, et de temps à autre leurs mots s'adressaient même directement à elle – sans passer par Dieu.

Peut-être était-elle encore présente dans les interstices, les fissures ou les grilles de ventilation d'une taille incommensurable, enfoncée profondément dans la poussière ou suspendue à une toile d'araignée dans un coin de la cuisine où Sean voyait parfois son frère les observer pendant qu'ils priaient.

Ils furent gentils l'un envers l'autre durant toute cette période, qui dura plusieurs mois, presque six. Mais tout finit par disparaître. Et leur réaction initiale au chagrin, sinon leur chagrin lui-même, fit place au régime habituel, et bientôt Sean descendit au rez-de-chaussée, se prépara un sandwich, puis s'assit devant la télé avec son frère, qui lui fit remarquer qu'il avait déjà dû passer à autre chose vu qu'il était adopté. Mike dit un truc à propos du sang que Sean dut lui demander de répéter, parce qu'il crut d'abord avoir mal entendu.

« C'est pas comme si on était du même sang, expliqua Mike. C'est tout.

– C'est tout ?

– C'est forcément pas la même chose pour toi.

– Papa non plus, il est pas du même sang qu'elle…

– Oui, mais il l'a mélangé avec celui de maman pour me faire, alors c'est plus proche.

– Plus proche de quoi ? » demanda Sean, avec de la colère dans la voix, un tremblement même, le menton secoué par un petit frémissement de chagrin, qu'il fit cesser en ouvrant grand la bouche afin de mordre dans son sandwich, repensant au mot *mélangé* pour parler de leur sang, comme s'ils avaient fait un gâteau.

« Tu sais de quoi c'est plus proche », dit Mike, et il reporta ostensiblement son attention sur la télé en tournant les jambes dans sa direction.

« J'arrive pas à croire que tu veuilles en faire une espèce de compétition », rétorqua Sean en s'écartant. Ils étaient installés sur l'immense canapé d'angle en cuir marron. À l'écran, des présentateurs muets commentaient des résumés de matchs de basket.

« Pas une compétition, non, dit Mike. Le sang, c'est un fait. »

Sean se leva d'un bond. Le sang, c'est un fait : une phrase qui l'anéantissait pour plusieurs raisons. Il se rendit à la cuisine, plaça un verre sous le robinet et le remplit à ras jusqu'à ce qu'il déborde, puis en but une petite gorgée avant de vider le reste dans l'évier. Il agissait sans réfléchir.

« C'est sans doute la chose la plus stupide que tu aies jamais dite. Ça n'a aucun rapport avec le deuil, lança Sean, debout à côté de la télé. Le sang, ça compte pas quand on parle de sentiments.

– Ah, les sentiments. En fait, t'es qu'une mauviette », dit Mike en ricanant.

Sean eut soudain pitié de lui. Ce mec qui avait cinq ans de plus, qui était un adulte, en gros, et qui se moquait de son petit frère à quel sujet, au fait ? Mike s'était fait virer de l'école militaire et ne s'en était jamais remis. Il était devenu immature, incapable de garder le moindre boulot ou de savoir ce qu'il voulait faire de sa vie, et il passait tout son temps dans sa chambre. C'est là qu'il s'était radicalisé avec toute une série de vidéos qui avaient ancré dans sa tête la certitude que c'étaient les Blancs, les victimes, et que c'était de ça que le pays souffrait. Mais tout aussi vite que la pitié le gagna, sa rage réapparut, et Sean ouvrit son sandwich en deux, se glissa derrière son frère et, sachant que celui-ci détestait l'odeur de la moutarde, le lui écrasa de toutes ses forces sur le crâne, après quoi il monta dans sa chambre à toutes jambes et ferma la porte à clé.

Parfois, Sean aurait presque préféré ne pas appartenir à cette catégorie qui le rapprochait de tout ce que représentait son frère. Cette bestialité américaine à mâchoires carrées, ce crétinisme bourru.

Sean s'était toujours senti mal à l'aise quand on le qualifiait de garçon, ou de jeune homme. Mais, et il savait que ce *mais* était de taille, le fait qu'il se sente non-binaire ne signifiait pas qu'il n'était pas un mec disposant des attributs masculins. Ses semblables constituaient une confrérie secrète. Être un garçon qu'on forme à devenir un homme, c'était adhérer à une lutte contre les femmes, et contre tout ce qui n'est pas complètement mâle – une âme virile dans un corps viril. Pas tous les garçons. Pas tous les hommes. Pas Sean. Mais il savait qu'il en faisait partie, et ne pouvait pleinement se récuser de participer à tout ce que ça impliquait.

Dans un monde idéal, les gens utiliseraient le pronom *iel* pour le désigner sans que personne n'ait besoin de demander ou d'expliquer quoi que ce soit. Dans un monde idéal, on parlerait une langue supérieure, plus inclusive, plus tolérante. Mais il ne vivait pas dans un tel monde. Au lycée, la langue parlée était bruyante et creuse, muette et désespérée entre ses camarades et lui, et presque toujours condescendante de la part de ses profs. Mais il y avait moyen de créer les conditions idéales à l'intérieur, de cultiver sa vie privée. Sean était un lecteur de fantasy et de romans graphiques, de livres portant sur des univers alternatifs, il pouvait lire ou jouer seul pendant des heures avec ses figurines, ses *guys*, comme il les appelait, avant de se rendre compte que l'emploi de ce terme pour désigner un groupe mixte était sexiste, et de commencer à les appeler ses semblables, et d'avoir honte à son entrée au collège de prendre toujours autant de plaisir à jouer avec eux alors que plus personne n'avait l'air d'en faire autant. C'est à ce moment-là qu'il entendit pour la première fois l'expression *trouver ses semblables.* Mr G., son prof de sciences sociales, était le seul à leur donner vraiment l'impression de s'intéresser à eux. Les autres enseignants n'avaient plus trop la tête à ça depuis des années, voire des décennies. Mr G., lui, donnait l'impression de voir Sean, et de se voir à travers lui, il avait aussi passé du temps à se demander qui il était, comment il était devenu celui qu'il était, et il tentait de le transmettre à ses élèves par le biais de messages tels que *trouvez vos semblables*, et *Un jour, tout ça donnera l'impression de ne pas être si important.* Sean aurait voulu lui demander ce qu'il entendait par *tout ça*, mais n'eut jamais le courage de le faire. Cette année-là, il cessa de jouer avec ses figurines et ne trouva jamais d'équivalents humains au bahut.

Il doutait trop de pouvoir se faire accepter dans les cercles, groupes, clubs ou cliques LGBTQIA+ pour tenter d'entrer où que ce soit, comme de devenir ami avec des gens qui selon lui pouvaient se réclamer de cet acronyme. *Se réclamer de cet acronyme* relevait pour lui d'une société secrète dont il ignorait comment devenir membre. À moins que le « + » à la fin ne signifie, et toi aussi, sous une égide toujours plus large, censée protéger le plus possible des inévitables précipitations vouées à noyer les esprits de ceux qui se perdaient dans un système de définitions qui les incluaient de moins en moins ?

Il savait depuis longtemps qu'il pouvait être attiré par les garçons comme par les filles, mais pour la première fois, l'été suivant son entrée au collège, quelque chose avait changé en lui. Il écoutait dans sa chambre « Your Best American Girl » de Mitski et se livrait à une danse qui consistait essentiellement à tourner sur lui-même. Il y avait quelque chose, dans le son distordu de la guitare et sa voix ouvertement rageuse, de beau, de laid et de bon, mais plein de colère contre une chose qui lui avait régulièrement fait honte tout au long de sa vie. À la fin de la chanson, cette chose disparut, comme s'il s'en était séparé ou que le fait de tourner sur lui-même l'avait fait s'élever pour ne plus jamais redescendre.

Juste avant sa première année de lycée, Sean porta une attelle pendant trois mois à cause de ce que tout le monde finit par appeler « l'accident ».

L'accident et l'action qui en résulta au cours de la transition destructrice entre un avant et un après eurent lieu pendant un match de roller hockey.

Son père en avait fait avant lui. Il était doué. Donc ses fils aussi en faisaient depuis qu'ils savaient marcher, ils avaient pratiquement grandi sur le terrain. Pour Tom, les patins étaient davantage un moyen qu'une fin en soi, ce qui comptait, c'était de faire du hockey. Il avait insisté là-dessus quand Mike et Sean avaient dit que c'était ringard. Pour Sean, c'était même pire que ça, il avait toujours détesté la dégaine nonchalante des gens qui font du roller.

L'accident fut provoqué par un joueur qui l'avait peut-être intentionnellement poussé dans le dos avec sa crosse, ce qui était interdit et aurait dû lui valoir une exclusion, mais il était difficile de savoir si la faute était délibérée ou non, le coup l'ayant violemment envoyé contre la rambarde et manqué lui briser le dos, comme on dit, bien que techniquement il s'agisse d'une fracture par compression d'une vertèbre lombaire, et non de la totalité du dos, même si ce fut l'impression qu'il eut, pas sur le moment, mais par la suite. C'est comme ça que Sean Price, qui se fit prescrire des antalgiques sur une durée suffisamment longue, commença à apprécier l'état second que lui procuraient les cachets – le début des vrais problèmes. Et même s'il ne ferait plus jamais de roller hockey ni aucun autre sport à haut niveau, il allait remarcher, et ça, il sut d'emblée, sans même entretenir la moindre relation avec Dieu ou la religion, que c'était une forme de grâce.

Sa mère s'appelait Grace, mais on l'avait toujours appelée Gracie – mièvre variation, ou atténuation de la grâce vaguement grâcieuse. Or Sean avait l'impression qu'il n'y avait pas de demi-mesure à ce sujet, et à sa mort, sa mère l'avait abandonné sans grâce. Elle ne pouvait pas savoir qu'elle l'abandonnait aux loups. Après avoir décidé que leur deuil était terminé, son père et son frère avaient développé une relation fraternelle de façon simultanée, conspiratrice même, tels les instigateurs d'une grande machination dont Sean ne pouvait comprendre les objectifs.

Quand ils lui rendaient visite à l'hôpital, tout en eux disait qu'ils se sentaient obligés d'être là, comme s'ils ne venaient que pour feindre leur inquiétude, sans même comprendre à quel point il était évident que celle-ci était feinte. L'amour était toujours contraint et brouillé par le sentiment d'obligation. Sean voulait croire dans la vague description qu'ils lui avaient faite de l'accident, qu'un enfoiré l'avait poussé dans le dos avec sa crosse, comme un sale tricheur. Mais ensuite ils commencèrent à lui poser des questions du genre, est-ce qu'il ne l'avait pas cherché en essayant de récupérer le palet dans un coin, ou est-ce qu'il cherchait des noises au gardien adverse ? En d'autres termes, était-ce sa faute ? L'avait-il mérité ? Au final, il devint clair qu'à leurs yeux il avait simplement perdu une bagarre, et qu'il ferait mieux de s'estimer heureux d'être encore en vie. Sa mère était morte. Lui était vivant et s'en faisait pour son dos, ses jambes, sa capacité à remarcher.

Tu guériras, entendit-il Grace lui dire à travers les murs de sa chambre d'hôpital. Ce fut juste après avoir reçu de la morphine qu'il sentit le plus fortement sa présence. Sur le moment, il ne s'en était même pas aperçu. Elle était là, tout simplement. Elle lui parlait à travers les murs. Elle lui disait, nous guérirons. Tout ira bien pour nous. Elle n'arrêtait pas de dire *nous*, comme si sa guérison à lui signifiait leur rétablissement à tous les deux. Sean la crut, et finit par se convaincre qu'il ne parviendrait à guérir que s'il y croyait.

Les médecins aussi lui dirent presque tous que son dos allait guérir. Mais l'un d'eux, qui avait un début de calvitie – seulement visible quand il se penchait pour ramasser le stylo qu'il faisait constamment tomber – lui dit « Vous devriez pouvoir remarcher si... », puis il s'interrompit et sortit aussitôt de sa chambre. Sean sentit alors une odeur de fumée, et une chaleur qui ne pouvait signifier qu'une seule chose : il y avait le feu. Le plafond s'effondrait au-dessus de sa tête. Tout semblait déjà trop tard, mais à ce moment-là quelqu'un entra et poussa son fauteuil roulant dans le couloir puis dans une espèce de tunnel à rayures carnavalesques jusqu'au parking extérieur. C'était comme s'il se réveillait d'un rêve – peut-être induit par la morphine. Il toussait tellement qu'on lui apporta une machine pour l'aider à respirer.

Quand le père et le frère de Sean vinrent le chercher à l'hôpital pour le ramener à la maison, il était dans un état de confusion totale, mais il y avait deux choses dont il était certain : (1) Il aimait les médocs. (2) Il ne resterait pas coincé dans un fauteuil roulant pour le restant de ses jours.

Cette expérience lui laissait une impression douce-amère – amère à cause de la douleur et de tous ces moments où il craignit de ne jamais pouvoir remarcher, et douce parce qu'il avait découvert les antalgiques, de la morphine aux opioïdes. Mais il tentait encore de comprendre la nature de la douleur et du soulagement, des rêves et des produits.

Grâce à ce qu'on lui prescrivait, il planait. Il savait que c'était tordu d'aimer la défonce, que c'était maladif, son état de dépendance, mais il voulait quand même l'assouvir. Ce n'était pas pour rien qu'il éprouvait ce manque. Était-ce si terrible de vouloir une telle chose, de soulager son inconfort, de ne pas avoir à trop s'en faire ? Peut-être pas, mais quand il se disait qu'il pourrait continuer à l'avenir, se fichant de savoir si c'était mal, il savait que ça restait problématique, et ça aussi, c'était un problème dont il se fichait pas mal.

D'aussi loin qu'il s'en souvienne, Sean Price avait toujours eu ce côté *rien-à-foutre*. Il pensait que c'était de naissance, que les gens comme lui pouvaient se dire rien à foutre et se lancer dans un truc de dingue, une chose que la plupart d'entre eux auraient le bon sens de ne jamais faire, parce que oui, on n'a qu'une vie et tout ça, mais le côté rien-à-foutre, c'était différent. Ce n'était même pas forcément une mauvaise chose. Ça pouvait servir. Sean croyait qu'il était comme ça parce qu'il avait été adopté, parce que quelqu'un s'était dit « rien à foutre » à son sujet.

Ayant été retiré à sa mère dès sa sortie de la maternité, il n'avait aucun souvenir d'elle. Grace et Tom étaient ses parents, non pas d'un point de vue biologique, ça, il l'avait toujours su, mais ils étaient ses parents parce qu'il n'avait personne d'autre. Dès le début il sut qu'il était différent du reste de sa famille, à cause de son teint mat. Les voisins et les parents de ses camarades de classe commençaient par demander de quelle origine était son père, et finissaient par dire qu'il avait une beauté exotique. Parler de Sean comme s'il n'était pas là devint aussi normal que les réponses laconiques et sèches de sa mère : c'est mon enfant, ce qui faisait toujours du bien à Sean, lui donnait l'impression d'être aimé, mais aussi étouffé.

À Oakland, peu importe votre couleur de peau, on n'en parle pas, c'est même normal, mais la ville a de multiples facettes. Il y a les collines, comme on les appelle, comprendre pas la plaine, pas à l'est, comprendre il y a de l'argent là-haut, de belles maisons, des panoramas qui valent plusieurs millions de dollars. C'est là qu'il avait grandi, Sean Price, avec sa famille adoptive, dans un endroit qui s'appelle Montclair, niché de l'autre côté de la Highway 13, et où tout le monde faisait comme s'il s'agissait d'une lointaine localité montagneuse, indépendante d'Oakland, alors que non, il s'agit d'une simple banlieue, à peine plus qu'un quartier avec une jolie pancarte, pas comme Piedmont, qui avait payé pour avoir le droit de revendiquer le statut de ville, de s'affranchir officiellement de l'agglomération.

De tout temps, les Blancs ont soit ignoré les gens comme Sean, soit leur ont donné une visibilité douloureuse. L'un comme l'autre pouvait arriver, en fonction de l'interlocuteur. C'était presque toujours un mec. Un pote. Les petits Blancs pensaient que le monde leur ressemblait, qu'il était à leur image, et que tout le reste n'était pas à sa place et devait être montré du doigt ou ignoré. Mais Sean ne pouvait pas faire comme s'il n'avait jamais voulu être des leurs. Il faisait attention à ne pas trop s'exposer au soleil. Il tirait sur le bord de ses yeux pour qu'ils restent grands ouverts, ou bien il relevait le bout de son nez pour qu'il paraisse moins aplati, ou bien il rentrait les lèvres pour qu'elles paraissent plus fines.

Dans son lycée privé catholique, la plupart des élèves appartenaient à la bourgeoisie blanche. Et c'était déjà le cas dans l'école primaire et le collège qu'il avait fréquentés auparavant.

Ce ne fut qu'après être sorti de l'hôpital qu'il comprit qu'il lui faudrait davantage que ce qu'on lui avait prescrit. Une défonce quotidienne, un besoin jamais satisfait de se sentir comme les autres, voilà à quoi ressemblait son retour à la vie normale, quand il y réfléchissait. Il avait encore un été de rééducation devant lui pour marcher à nouveau, et aussi pour trouver un moyen de faire renouveler ses ordonnances.

C'est là que son père entra en jeu. Lorsque le roller hockey ne lui rapporta plus assez, et que Tom ne fut plus obligé de s'entraîner constamment, mais aussi qu'il éprouva le besoin d'avoir une deuxième source de revenus dont il avait bien besoin pour rembourser leur prêt immobilier et couvrir les dépenses mensuelles, il commença à bosser pour un concessionnaire Toyota tout en reprenant ses études pour devenir pharmacien. Il fut un temps représentant pour un laboratoire avant de se mettre à son compte, sa façon à lui de qualifier ce que n'importe qui d'autre aurait appelé dealer à plein temps. Et Tom, désormais aussi chimiste amateur, aménagea un labo au sous-sol de leur maison. Il s'était constitué ce qu'il appelait un arsenal de « mats » contre la douleur – diminutif superflu de « matériaux » qu'il tirait de l'été où il avait développé une passion pour *World of War-*

craft – grâce à un vaste stock de fentanyl, d'OxyContin et d'autres produits génériques et dérivés, plus de la kétamine, du LSD, de l'extrait de psilocybine, de la mescaline, de la MDMA, et allez savoir quoi d'autre, putain, imaginez quand Sean y entra pour la première fois et découvrit tous ces petits flacons, fioles, tubes et placards fermés à clé. De fait, son père s'était fait virer juste avant que la santé de sa femme ne se détériore au point qu'elle ait besoin de quelqu'un pour s'occuper d'elle. La fabrication de came, ainsi que sa distribution, avait pour but de soulager la douleur de Grace et de rembourser leur prêt immobilier, mais Tom eut vraiment le sentiment d'avoir trouvé sa vocation.

Vers la fin de l'été, Sean lui demanda ce qu'il avait, quels autres types de substances, genre, ce que prenait sa mère avant de mourir, et Tom lui avait filé des cachets. Après les avoir essayés et appréciés, il en voulut davantage. Son père lui demanda si ça pouvait intéresser des gens au lycée, et c'est comme ça qu'il trouva le moyen de rester approvisionné.

Le test ADN était un cadeau d'anniversaire que Tom avait offert à toute la famille. « En quoi c'est un cadeau si tout le monde en profite », lui avait demandé Sean. Il soupçonnait que ça avait un rapport avec le fait d'avoir été adopté, le but étant de se trouver un point commun sans être du même sang. C'était une idée stupide, mais que se passerait-il s'ils n'avaient aucun gène en commun, ne serait-ce pas pire encore ? En guise de réponse, Tom lui tendit une liasse de billets.

Les résultats de son prélèvement de salive furent envoyés par mail. Il avait des origines caucasiennes d'Europe occidentale, indigènes d'Amérique du Nord et d'Afrique subsaharienne. Il se doutait déjà qu'il était en partie noir vu qu'il savait de quoi il avait l'air. Comme tout le monde. Il savait aussi comment on l'avait toujours regardé au sein de la communauté où il avait grandi ; ces regards qu'on vous lance quand on vous considère comme noir ou métis ne laissent aucune place au doute. Mais tout ce qui touche à la race ou au passé se complexifie quand on est adopté. Sean ne se sentait pas le droit de revendiquer ce que ça signifiait d'être noir à Oakland. Il partait du principe qu'il avait des origines caucasiennes. Même s'il n'en avait pas, tout le monde grandit dans un monde où la blancheur est la norme : on a donc ça en nous, même sans le vouloir. C'est un fond sonore auquel personne ne fait attention quand il disparaît, dans les rares moments où les normes changent.

Avant que Sean Price sache qui il était en termes génétiques, il avait achevé une dissertation de sciences sociales intitulée : *Je suis Oakland*. L'un de ses camarades de classe s'appelait vraiment ainsi. Oakland Lee. Comme Sean, il avait été adopté. Ils étaient copains depuis le primaire. Ils prenaient le bus ensemble et sillonnaient les quartiers pauvres, où la population était majoritairement racisée, afin de se prouver quelque chose, à eux-mêmes et mutuellement. Oakland avait la peau plus claire, ce qui, d'après lui, lui rendait la tâche plus difficile. Mais le plus souvent, ils gardaient le silence. Et en un clin d'œil, ce qui avait commencé sous forme de test, de rite de passage, voire de compétition, devint pour eux un moyen de ne pas se faire remarquer, de ne pas faire partie des seules personnes de couleur dans les espaces où ils se trouvaient, de ne pas attirer les regards ; c'était une façon de disparaître complètement. Ils écoutaient de la musique sur leur téléphone, observaient la ville non pas depuis les hauteurs mais d'en bas, là où vivaient les vraies gens, où les enjeux étaient plus importants et où ce qu'on disait et ressentait avait cette authenticité et cette urgence qui avaient toujours donné à Sean la sensation d'être pleinement vivant.

Au collège, Oakland s'était mis à fréquenter les petits Blancs populaires. Il jouait au lacrosse et au football et devint lui aussi populaire tandis que Sean ne parvenait pas à nouer de véritables liens et commençait à éprouver du ressentiment et de la haine à l'égard de son ami.

Les parents d'Oakland, qui étaient des hipsters blancs, l'avaient visiblement beaucoup aidé dans la rédaction de sa dissertation, voire l'avaient carrément faite à sa place. Il y avait de l'ironie, beaucoup trop d'esprit pour quelqu'un de son âge, si bien que personne ne sut vraiment si et quand il fallait rire. Il expliquait que le chêne était l'un des symboles des États-Unis, et que leur ville incarnait l'avenir du pays, qu'elle était à celui-ci ce qu'un gland est à un futur chêne puissant. Un diagramme montrait que son ADN était presque identique à celui de la démographie raciale de la ville, qui en gros était constituée pour vingt-huit pour cent de Blancs, vingt-sept pour cent d'Hispaniques et vingt-trois pour cent de Noirs. Ce qui déprima le plus Sean pendant la présentation, ce fut le regard des parents de son copain – ils semblaient si fiers, si aimants. Il se mordit l'intérieur de la joue et sentit le goût du sang. Quand vint son tour, il compara le fait d'être une personne de couleur avec des parents adoptifs à celui d'être une personne de couleur sous la supervision d'un gouvernement colonial et patriarcal composé de vieux Blancs. Un sentiment de grande tristesse s'abattit sur la classe car Sean donnait l'impression de juger un système qui faisait simplement de son mieux, surtout dans une ville comme celle-ci, bon sang, ne pouvait-on pas, pour une fois, prendre le temps d'apprécier un léger progrès sans se plaindre encore et toujours des divergences dans notre façon problématique de faire les choses, voilà ce que Sean crut percevoir à cet instant-là, et pourquoi il se sentit mal d'être passé juste après son ami.

Il s'avéra que, d'après le test génétique, le point commun qu'il avait avec son père et son frère, en plus d'être blanc, était leur héritage amérindien. Sean l'était pour un quart, et eux avaient découvert qu'ils l'étaient à hauteur de 12,25 pour cent.

« Ce qu'il faut vraiment que tu fasses, lui avait dit Tom, c'est renouer avec tes origines ethniques, te former une identité pour que le moment venu, quand tu rédigeras ta lettre de motivation pour l'université, tu donnes l'impression de savoir de quoi tu parles. » Voilà la véritable raison pour laquelle il voulait que Sean passe le test. Parce qu'il avait beau ne pas voir le moindre inconvénient à ce que son fils touche à ses produits, il n'insistait jamais assez sur ce point : il ferait des études, dans une fac respectable et d'un bon niveau, et certainement pas dans une académie militaire comme son frère.

Ne finis pas comme Mike, c'était leur mantra quand ils parlaient de l'avenir et que l'intéressé n'était pas là.

« Je ne saurai jamais mieux de quoi je parle qu'à présent, répondit Sean. Ce test, c'est pas un cours d'histoire. C'est pas non plus un projet d'éducation culturelle, si c'est ce que tu entends par "renouer avec mes origines ethniques". D'ailleurs, l'origine ethnique et la race sont des choses complètement différentes.

– Je veux simplement que tu aies tous les atouts en main le moment venu.

– Je croyais que le fait d'avoir été adopté était mon principal atout. Que la mort de maman en était aussi un. Ne pas être blanc et grandir dans une communauté majoritairement blanche d'Oakland, c'est pas un atout ?

– Ta définition est beaucoup trop vague ! Quelle est ton histoire ? Quel rapport avec l'Amérique ? Par contre, qu'est-ce qui t'empêche de mettre en avant ton côté indigène ? Tu es mieux loti que moi de ce côté-là.

– Arrête de parler comme ça.

– Comme quoi ? »

Ils étaient au téléphone, chacun dans une pièce différente : Sean dans sa chambre, les coudes posés sur les genoux, tenant le portable à deux mains devant lui, ses écouteurs enfoncés dans les oreilles, faisant défiler les dernières infos, pendant qu'il entendait son père faire les cent pas au rez-de-chaussée – c'est là que le parquet craquait le plus.

« Que je mette en avant le fait d'être un quart indigène d'après un test ADN, c'est ça que tu veux ? fit Sean. J'appelle pas ça une histoire.

– Bon, peut-être pas. Mais moi aussi j'ai un côté indien. On a ça en commun, tu vois ?

– Ne dis pas indien.

– J'ai dit un côté.

– Arrête de parler de côté !

– Ce n'est pas un pourcentage insignifiant.

– C'est vulgaire.

– Il y a peut-être eu un chef dans notre lignée.

– On n'appartient pas à la même lignée juste parce que…

– Il n'y a pas de mal à ça, Sean. Ça fait partie de notre héritage, désormais.

– Tu vois pas ce qui cloche ? C'est pas le genre de truc qui vous tombe dessus, ça n'arrive pas dans la boîte aux lettres.

– Ça nous appartient, c'est ce qu'on est. C'est de la science, fiston.

– Non. Pas vraiment.

– Comment ça ?

– J'en sais rien, mais c'est pas de la science.

– La généalogie est une science. L'étude des gènes. C'est dans le nom, tout ce qui se termine par *-logie* est une science.

– Pas la cosmétologie.

– Tu as compris ce que je voulais dire.

– Bon, mais ça prend pas en compte l'expérience, c'est une information abstraite tirée de ton ADN. J'ai entendu dire que c'est biaisé parce que les bases de données appartiennent à des Blancs. J'ai entendu dire qu'ils ont volé les données des Autochtones.

– Personne ne peut nous prendre ce que nous sommes.

– C'est débile.

– Je t'assure, je sens en moi une énergie de chef. »

Sean entendit Mike hurler « Go, Chiefs ! » en arrière-plan. C'était le club de football qu'on soutenait le plus dans la famille, après les Raiders, parce que Tom avait grandi à Kansas City.

« Si les résultats du test sont exacts, le plus probable c'est qu'on descend d'une Indienne qui s'est fait violer, pas d'un grand chef.

– Merde, Sean. Faut te détendre. Tout ce que je dis, c'est qu'il y a de quoi être fier.

– On devrait créer un site nommé 23MeToo, les gens pourraient s'en servir pour savoir combien de violeurs célèbres compte leur famille », dit Sean, pensant que ça pourrait détendre l'atmosphère, comme son père l'avait suggéré.

« La génétique ne permet pas de savoir qui est un violeur.

– Bon, d'abord c'est possible, et ça se fait souvent d'avoir recours à la génétique pour juger des violeurs, mais aussi, du point de vue historique, certains de tes ancêtres, Thomas Jefferson, par exemple, étaient des violeurs, donc si tu apprends que tu es son descendant…

– Thomas Jefferson n'était pas un violeur notoire. On peut arrêter de parler de ça ? Tout ce que je dis, c'est que c'est une bonne chose de savoir qu'il y a du sang indien dans notre famille. Ça peut nous être utile.

– Non. Et tu fais semblant. Tu seras jamais obligé de porter le fardeau de ces gens-là. »

– Des gens comme toi, alors ? Ah mais non, tu as grandi avec nous, donc tu n'es pas obligé de porter ce fardeau, toi non plus, pas vrai ?

– Vivre sa vie en étant traité différemment parce qu'on est différent, ou qu'on a l'air différent, je dirais que ça rentre dedans. Pas en totalité, je peux pas me réclamer de…

– Les gens moches sont traités différemment, et les handicapés aussi. »

Sean détestait quand son père mettait ce sujet sur la table. Parler des gens laids l'amenait toujours à parler du malheur d'être beau. Une fois, il s'était même plaint que de ce fait on le traitait superficiellement, comme s'il ne pouvait comprendre ce que vivent les gens à l'allure quelconque, alors que tous étaient victimes du même problème lié à la superficialité. C'était tellement stupide. Sean n'était pas totalement en désaccord, mais c'était l'une de ces fausses équivalences que faisait son père, persuadé qu'il était que ses opinions étaient irréfutables. Tom était indéniablement beau, il possédait cette beauté traditionnelle de l'homme américain, mâchoire carrée et larges épaules, il avait assez confiance en lui pour pouvoir vendre de l'eau à une baleine, et des dents parfaites, quoique trop grandes. Sean pensait même que sa mère ne l'avait pas épousé pour sa seule personnalité, que son physique était une part non négligeable de ce qu'elle aimait chez lui, car qu'y avait-il d'autre à aimer, franchement ?

« Fais pas des comparaisons comme ça, Tom, s'il te plaît. Pour ensuite nous mettre sur le même plan que toi. C'est même pas drôle. Personne n'appartient naturellement à un groupe, encore moins les moches et les beaux, tout ça est trop subjectif.

– La vérité est une forme de beauté, et la beauté une forme de vérité.

– Les Blancs peuvent être médiocres en tout, ils sont quand même considérés comme exceptionnels.

– Pas dans le sport.

– Plus maintenant.

– C'est vrai », dit Tom en riant. Puis il ajouta : « À part Tom Cruise.

– Bon, ça suffit.

– Avant, on se marrait beaucoup plus, toi et moi. Pardon, mais ça me manque.

– Oui, pardon, la vie était beaucoup plus marrante avant que maman ne meure et que je perde l'usage de mes jambes.

– On ne va pas éternellement se laisser abattre à cause de ça. Il faut se relever et être forts. C'est ce que ta mère aurait voulu, non ? C'est ce que maman voudrait, non ?

– On se parle pas. On s'écoute pas.

– Je suis tout ouïe, Sean. Je fais de mon mieux pour aller de l'avant, pas en arrière, mais de l'avant, vers un avenir où nous n'avons pas d'autre choix que de cheminer ensemble, avec nos semblables, ceux dont nous savons désormais qu'ils ont toujours été nos semblables, les véritables Indiens d'Amérique, on ne peut pas ignorer ça, hein ? Pas maintenant, hein ?

– Faut que j'y aille », dit Sean avant de raccrocher.

Il fut décidé qu'il passerait son premier semestre de seconde à la maison, et s'inscrirait à des cours en ligne avec d'autres élèves qui pour diverses raisons ne pouvaient pas se déplacer. Tiraillé par des sentiments ambivalents, il était angoissé à l'idée de ne pas faire de nouvelles rencontres et excité par la possibilité de se faire des amis. Et il avait été accepté dans un bon établissement. S'il avait de bonnes notes, il pourrait entrer dans une bonne université. Les prochaines années seraient importantes pour son avenir. Il avait vu ce qui était arrivé à son frère. Quand on chute aussi tôt, il est très difficile de se relever, et quand on y parvient, on repart de si bas qu'on ne s'en remet jamais complètement. Et ses études coûtaient cher à son père. Il ne voulait pas se mettre trop de pression, mais elle était déjà là avant même qu'il sache ce qu'il voulait faire plus tard. Sean n'avait jamais trouvé de réponse à cette question, avait toujours dit qu'il ne savait pas, ce qui semblait attrister les gens, mais il trouvait encore plus triste d'avoir un rêve inaccessible, comme devenir un rappeur ou un sportif célèbre, ou encore un influenceur. C'était sa première année de lycée, se disait-il. Et il serait sans doute plus facile d'avoir de bonnes notes en distanciel. Et puis il s'était habitué à rester à la maison. À se défoncer chaque jour. Et il commençait à avoir un bon niveau à la guitare.

La guitare électrique et l'ampli étaient un cadeau de sa mère pour Noël, l'année avant que la maladie ne commence à l'emporter. Comme il n'avait pas envie d'être avec son père ou son frère, ni même de les entendre à travers la cloison, il jouait en permanence – par culpabilité de ne pas avoir joué suffisamment quand sa mère était encore là pour l'entendre. Cette routine lui permit de progresser, de noyer son chagrin sous une masse anarchique de riffs métalliques, utilisant les pédales de distorsion branchées à des câbles en guirlande pour jouer du grunge des années 90 et parfois du death metal pour réchauffer son cœur tendre, comme pour lui donner un coup de jus, le sortir de sa torpeur et de sa tristesse complaisante.

Il y avait un forum de discussion sur le site du lycée, que presque personne ne fréquentait en même temps que lui. Mais un jour, Sean échangea avec un certain Oredfeather après que celui-ci lui eut envoyé un message pour lui demander ce que signifiait son pseudo, Sprice, à quoi Sean avait répondu en demandant ce que signifiait le sien, « Minerai Plume », ce qui les entraîna dans une brève conversation à propos de *Minecraft*, le fait qu'ils n'y jouent plus n'étant qu'une autre façon de dire qu'ils n'étaient plus des mômes, et enfin ils expliquèrent chacun son tour pourquoi ils suivaient des cours à distance au lieu d'aller au lycée.

SPRICE : Comment t'en es arrivé là ?

OREDFEATHER : Ma grand-mère m'a forcé.

SPRICE : Oui, mais c'est pas facile d'entrer dans ce bahut, donc tu dois avoir de bonnes notes, mais c'est pas ce que je voulais dire. Je parle des cours en ligne.

OREDFEATHER : Je me suis fait tirer dessus.

SPRICE : Quoi ?

OREDFEATHER : Je me suis fait tirer dessus. Avec un flingue.

SPRICE : Tu déconnes.

OREDFEATHER : J'ai encore des éclats de métal dans le corps.

SPRICE : Ah, parce que t'as reçu plusieurs balles ?

OREDFEATHER : lol non, une seule, mais pas en un seul morceau.

SPRICE : Moi, j'ai été adopté.

OREDFEATHER : Ah bon.

SPRICE : Je sais pas pourquoi je te dis ça, pardon.

OREDFEATHER : Pas de souci, je comprends, je t'ai dit un truc bizarre.

SPRICE : lol bizarre. Ma mère est morte l'an dernier.

OREDFEATHER : Ma grand-mère n'est pas ma vraie grand-mère, mon autre grand-mère est ma vraie grand-mère, mais on commence tout juste à la connaître. Ah, et ma mère aussi est morte, mais ça fait un bail.

SPRICE : Il paraît qu'on s'en remet jamais.

OREDFEATHER : Moi si, je crois. J'étais très jeune quand elle est partie, alors c'est peut-être différent quand on est plus grand.

SPRICE : Comment tu t'es fait tirer dessus ?

OREDFEATHER : J'étais à un pow-wow. Je dansais. Il y a eu une tentative de braquage. Il se trouve que j'étais là. Je n'étais même pas visé.

SPRICE : T'as souffert ?

OREDFEATHER : À ton avis ?

SPRICE : Je me suis bousillé le dos en faisant du roller hockey. Ça fait mal. C'est aussi pour ça que je prends des cours en ligne.

OREDFEATHER : Du roller hockey ? C'est quoi, ce truc ?

SPRICE : Un vieux sport que plus personne ne pratique.

OREDFEATHER : Qu'est-ce qui s'est passé ?

SPRICE : Tu veux dire pourquoi personne n'y joue ?

OREDFEATHER : Non, comment tu t'es bousillé le dos ?

SPRICE : On m'a poussé avec une crosse. C'est comme si on te projetait à l'horizontale. Le gars allait très vite mais c'est surtout à cause de la façon dont j'ai percuté la rambarde, mon dos s'est plié en deux. Je suis resté à l'hôpital méga longtemps.

OREDFEATHER : Combien de temps ? Plus personne ne dit méga.

SPRICE : lol. Trois mois. Et toi ?

OREDFEATHER : Pas si longtemps, mais comme je reste chez moi, que je passe mon temps à prendre des médocs et à me reposer, j'ai l'impression d'en être jamais sorti.

SPRICE : Qu'est-ce que tu prends comme médocs ?

OREDFEATHER : Désolé, faut que j'y aille, content d'avoir fait ta connaissance.

15

L'autre Fruitvale

Opal Viola Victoria Bear Shield et ses garçons, et désormais Jacquie Red Feather, habitent tous Fruitvale Avenue. Un quartier situé dans une petite vallée, entre les rivières Sausal et Peralta, où des arbres fruitiers – le plus souvent des citronniers – poussent dans tous les jardins. Un propriétaire itinérant de vergers nommé Henderson Luelling y planta jadis des graines et baptisa l'endroit « la vallée des fruits ».

Les garçons cueillaient rarement les citrons pour les consommer, s'en servant surtout pour un jeu de guerre de leur invention, à l'époque où ils étaient encore assez petits pour se moquer de savoir si lancer un tel projectile de toutes ses forces sur quelqu'un faisait mal, ou à quel point c'était dur – physiquement et émotionnellement – une fois que la partie était engagée. Il fallait presser le fruit pour l'amorcer comme une grenade, mais on pouvait aussi s'en servir pour atténuer l'explosion, et le désamorcer en marchant dessus. La base, c'était la maison, mais on ne pouvait rien lancer dans cette direction parce qu'on risquait d'abîmer la peinture et de casser une vitre, notamment celle au-dessus de l'évier, d'où Opal les regardait parfois jouer tout en faisant la vaisselle.

Opal n'avait jamais été propriétaire, ni même envisagé cette possibilité, jusqu'à ce qu'elle ait économisé suffisamment pour imaginer autre chose qu'une chambre meublée. Elle partit avec les petits-enfants de Jacquie, qui eux non plus n'avaient jamais connu la différence entre être propriétaire et locataire, mais ils savaient tous que la stabilité était une bonne chose, que l'immobilité était préférable après tout ce que leur mère, Jamie, leur avait fait endurer avant sa mort, même avant leur naissance, quand ils étaient encore en elle. Nés accros à l'héroïne, ils avaient passé le peu de temps qu'ils avaient eu auprès d'elle à tourner dans son orbite, traînés tout du long tandis qu'elle se piquait, en achetait à nouveau, puis arrêtait d'en prendre, chaque tentative de sevrage étant vouée à l'échec tant que la dope la porterait. Elle n'y arriverait pas. Le voyage n'en avait valu la peine qu'à deux reprises. La première fut quand elle sombra dans cette vaste félicité qu'elle poursuivit sans relâche comme si elle lui avait dérobé une part d'elle-même, et la suivante fut la dernière, quand la dose d'héroïne l'emporta trop loin et la fit tomber dans l'insatiable gouffre de l'oubli, lorsque, juste avant d'être engloutie, elle se ressaisit suffisamment pour pouvoir pointer une arme entre ses yeux, et presser la détente.

Techniquement, Opal était leur grand-tante, mais surtout leur grand-mère au sens indien du terme. Et elle les aimait. Les avait déjà recueillis avant qu'ils lui soient confiés.

Elle acheta sa maison peu de temps après l'adoption officielle, et devint propriétaire, même si elle avait l'impression que cela équivalait à verser un loyer encore plus important à la banque – la véritable propriétaire – jusqu'à ce que la dernière traite soit payée, mais il s'agissait aussi d'une assurance sur l'avenir.

Quand la maison fut à eux, ils déferlèrent à l'intérieur, traversant les pièces comme un torrent, ou comme des courants d'air qui s'engouffrent par toutes les ouvertures, se poussant les uns les autres, passant par les fenêtres et les combles qui menaient à un vide sanitaire – ils ignoraient ce qu'était un vide sanitaire. C'est pour les rats, avait dit Opal. Il faut les garder là-haut et les nourrir afin qu'ils ne descendent pas chiper de la nourriture dans la cuisine. Non, c'est pas ça, à quoi ça sert en vrai ? demanda Lony. C'est pour faire le vide, avait dit Orvil, comme s'il s'agissait d'une vérité irréfutable.

Quelle était donc cette maison s'ils n'avaient jamais l'impression d'y être chez eux, où les murs paraissaient s'effondrer, quelle était donc cette maison qu'ils avaient honte d'appeler ainsi de peur de trahir leur mère ? Et quelles étaient donc ces sentiments quand ils voulaient les étouffer ? Que devenaient-ils ? D'autres murs. Les frères Red Feather trouvèrent leur chemin entre ces murs, grâce à la main ferme d'Opal qui les logea, les nourrit, les éduqua et les réprimanda, et ce jusqu'au pow-wow – où tout s'effondra, tout ce sur quoi ils avaient appris à s'appuyer, se tenir, tout s'effondra comme si un séisme les avait engloutis dans des failles aussi larges que des abîmes.

Il y avait une légèreté dans la charge que représentaient les garçons pour Opal. Après leur emménagement, tous n'avaient pas eu l'impression d'être en paix, mais avec le recul c'est ce qu'ils ressentirent, chacun à sa façon, à son rythme, c'est ce qu'ils avaient fini par se dire avant la fusillade. Le passé leur manquait, donc, et ils se sentaient coupables, comme s'ils en voulaient à Orvil de s'être fait tirer dessus.

Le souhait de retrouver leur ancienne vie, ils le regrettaient chaque fois qu'il se manifestait, car ils se sentaient liés par ce nœud compliqué, ou bien totalement défaits. Il fallait qu'ils trouvent un moyen de vivre à l'intérieur de chaque fragment d'eux-mêmes, de segmenter pour se protéger du piège. Ce fut d'abord Orvil grimaçant, ou changeant son pansement. Lui encore qui cessa d'aller en cours et passa autant de temps qu'il voulait devant les écrans, et Opal disant amen à tout, ce qui ramena Loother et Lony – quand ils s'en aperçurent – au moment où Orvil s'était fait tirer dessus, et ce fut comme si sa blessure avait fait jaillir de son corps un nouveau monde, et que chacun d'entre eux le voyait changer, et Opal consciente d'être en train de le gâter, mais incapable de faire autrement.

Après une catastrophe, on a tendance à embellir les choses quand on regarde en arrière, vers la normalité du passé. La maison avait été construite bien avant de leur appartenir, mais le chez-soi, lui, allait et venait. C'était la table de la cuisine contre laquelle on passait son temps à se cogner – plus on arrivait lancé, plus ça faisait mal –, le jardin avec ses citronniers et le coin où ils rangeaient les poubelles et les bacs de tri, d'où ils regardaient parfois au coucher du soleil la lumière disparaître derrière les grands chênes, bien plus hauts que le toit.

À cet instant, dans la cuisine, Opal est en train de signer le contrat de prêt pour les frais de scolarité d'Orvil. Après avoir passé le premier semestre à la maison, suivi les cours à domicile pendant qu'il se rétablissait, il commencera à aller au lycée en janvier. Elle est contente de pouvoir débloquer cet argent qui facilitera l'avenir du garçon, mais c'est la paperasse qu'elle ne supporte pas. Elle reportera sans cesse à plus tard jusqu'à ce que ça ne soit plus possible. Elle finit par signer toutes les lignes indiquées par des languettes adhésives jaunes, roses et bleues collées par le directeur de la banque. Elle n'arrive pas à croire qu'Orvil soit devenu un adolescent. Les années passent, quoi qu'on fasse. Elle a l'impression de renoncer officiellement à ses droits sur lui. De rendre la chose officielle, de signer pour l'autoriser à entrer dans cette phase de la vie où de vrais problèmes peuvent survenir. De toute façon, il s'agit d'un établissement catholique rempli de petits Blancs. Elle ne se demande pas dans quel pétrin ils vont se fourrer. Elle se contente de signer encore et encore, comme pour dire me voici et tout ça est à vous, mon temps, mon travail, mon argent, n'importe quoi pourvu qu'il soit en sécurité, elle fait presque une prière en tournant chaque page, qu'il soit en sécurité, qu'il soit en sécurité, qu'il soit en sécurité.

16

La seule chose vivante

On continue de subir un malheur même quand il cesse. En psychiatrie, on appelle ça un traumatisme. Opal me faisait suivre deux séances de thérapie par semaine, en individuel et en groupe. Pour s'assurer que j'aie le soutien nécessaire quand je l'estimais nécessaire. C'est comme ça qu'Opal m'a présenté les choses. Elle prenait toutes les précautions pour ne pas dire que j'en avais besoin. Bien sûr que j'en avais besoin, mais c'était plutôt une obligation, comme quand j'étais obligé d'aller au collège et d'avoir de bonnes notes. Vas-y. Travaille bien. Ne donne à personne une raison de te laisser tomber, de ne pas te voir, d'oublier que tu es là. Opal parcourait quinze kilomètres par jour pour livrer le courrier, alors s'il y avait quelqu'un qui pouvait me conseiller en la matière, c'était bien elle. On allait pas laisser ce qui s'était passé me faire prendre du retard dans ma scolarité, même si les cours avaient pas encore commencé. Opal a dit qu'on allait surmonter tout ça parce que les malheurs qui nous arrivent sont autant d'opportunités pour apprendre à se connaître, savoir ce qui ne pouvait pas nous empêcher de grandir, et la seule façon de savoir si on était vraiment fort. Elle était devenue trop positive après le pow-wow. Ça lui ressemblait pas. Elle qui avait toujours été si sincère. La pensée positive est une idiotie. Mais je comprends. Je détestais simplement le fait que ce qui m'était arrivé l'ait changée, ait tout changé, je détestais tellement ça que certains jours je regrettais que cette balle m'ait pas tué.

Donc j'avais besoin de faire une thérapie. De toute évidence. Je m'étais fait tirer dessus alors que je dansais. Tu parles d'une dinguerie. Mais avant ça il y avait autre chose : toute mon enfance avec ma mère.

Mais personne veut savoir qu'il a besoin de suivre une thérapie, de même que personne veut savoir qu'il ou elle a des problèmes. Le fait de payer me semblait mieux que de suivre des séances gratuites ou imposées par une décision de justice. Et puis le psy était soi-disant un Indien. Opal l'avait trouvé sur Internet. Il lui avait dit que sa grand-mère était une Arapaho de sang pur. Mais il m'avait tout l'air d'être blanc. Et parfois non, parfois il ressemblait sacrément à un Indien, par ce qu'il disait et sa façon de le dire, comme quand Opal balançait des trucs qui semblaient provenir de la nuit des temps, et qu'on devinait là une forme de sagesse durement acquise qui lui avait été transmise, quelque chose de simple et d'intemporel, qu'on pouvait appliquer dans la vraie vie.

J'avais déjà entendu le mot *traumatisme*, que tout le monde connaît. Mais quand je l'ai entendu à propos de moi, ça m'a pas plu.

« Tout le travail que nous ferons ensemble sera consacré à votre réaction au traumatisme, avait dit le Dr Hoffman lors de notre première séance. Il y a quatre types de réactions, deux dont vous avez sans doute entendu parler, le combat et la fuite, mais les deux autres sont moins connues, il s'agit de la sidération et du réflexe automatique.

– Automatique ? Comme un robot ? » j'ai demandé, et le Dr Hoffman a laissé échapper un bâillement, cherchant visiblement à le réprimer en mettant son poing contre son nez et en plissant le visage, après quoi il a fait une grimace qui ressemblait à un haut-le-cœur.

« C'est lié à la répétition de gestes automatiques qui échappent à la conscience. Nous aborderons toutes les formes de traumatisme dans notre travail de guérison. »

Je pensais pas que guérison et travail allaient de pair comme télé et travail, mais il s'est avéré que si : il s'agit d'une thérapie par les arts, comme le dessin, la peinture, les percussions et l'écriture – apprendre à redonner un cadre à mon histoire au moyen de l'écriture. Le Dr Hoffman voulait que j'écrive ce qu'il appelait une autobiographie, ce à quoi j'ai répondu non. On a aussi fait des exercices physiques, censés exprimer ou contrôler ma douleur et mes émotions. Une fois on a fait une marche méditative autour du lac Merritt qui m'a paru interminable. Une autre fois on est allés en haut des collines et on a tiré à l'arc sur des cibles en carton collées au tronc d'un séquoia. Appeler ça du tir à l'arc n'a pas suffi à me faire trouver ça normal, mais je dois admettre que c'était plutôt marrant, et je tenais à faire les choses comme il faut, comme s'il s'agissait d'un test que je devais réussir, comme si j'étais censé savoir tirer, comme si ce talent était censé faire partie de mon ADN.

Le truc le plus fou qu'on ait fait, ça été ce qu'on appelle la « thérapie de la parole inversée ». Le Dr Hoffman m'enregistrait pendant nos séances, puis il passait ce que je disais à l'envers. D'après lui, cette version inversée était mon discours inconscient, concomitant de ce que je disais consciemment.

« Vous dites que... attendez, qu'est-ce que vous dites ? » j'ai demandé, et le Dr Hoffman a éclaté de rire, puis toussé comme si c'était le fait de rire qui avait déclenché sa quinte de toux. « Vous voulez dire que quoi que je dise, il y a une autre partie de moi qui dit autre chose, mais qu'on ne peut l'entendre que si on l'écoute à l'envers ?

– Votre inconscient est une partie puissante, très puissante, de votre personnalité. » Ça me plaisait pas, cette façon dont il avait répété le mot « puissante », mais j'ai aussi eu l'impression que c'était son inconscient qui était derrière tout ça. « Tous les êtres humains ont cette capacité. » Il s'est éclairci la voix, puis a montré sa gorge du doigt et dit : « Le double discours est naturel pour nos cordes vocales, et fidèle à la nature duelle de la réalité. Pensez à toutes les façons dont le monde se divise en deux, le jour et la nuit, le sommeil et la veille, la vie et la mort, le bien et le mal, le bruit et le silence, l'obscurité et la lumière. » Pendant qu'il énonçait cette litanie d'oppositions pour illustrer son propos, il faisait pivoter sa main dans un sens puis dans l'autre. « Notre discours inconscient se rapproche de la poésie, et le discours conscient de la prose.

– Oui, mais c'est comme de dire que quelqu'un a une double personnalité.

– Si on ne tient pas compte de l'inconscient, et c'est précisément ce qu'il veut, alors nous le laissons prendre les choses en main, comme dans les rêves ou, pire, les cauchemars, et nous ne donnons jamais la parole à celui que nous sommes vraiment.

– Vous voulez dire qu'on ne devient jamais woke ? j'ai lancé pour tenter un trait d'humour.

– Je parle de voir dans l'esprit bien plus que ce que nous croyons possible. »

Dans un passage enregistré, je disais *Je crois vraiment pas que j'aille si mal que ça*, et à l'envers, ça ressemblait à *Je hoche la tête, je hoche en proie au délire.* Sur le moment, j'ai pensé que ça voulait rien dire, mais plus tard, bien plus tard, quand je hocherais vraiment la tête après avoir pris trop de cachets, cette phrase finirait par me rendre fou, comme si une part de moi savait ce qui allait m'arriver.

La thérapie de groupe consistait simplement à parler avec d'autres jeunes sans doute obligés d'être là, c'est du moins ce que l'expression de leur visage semblait signifier, genre, quand est-ce qu'on en aura fini avec ces conneries, mais peut-être que mon expression signifiait la même chose.

En début de séance, le Dr Hoffman monopolisait toujours la parole pour expliquer la pertinence de la démarche, comme s'il suffisait de chanter « Kumbaya, My Lord » pour s'accommoder de son traumatisme.

« Il est important de nommer les choses, de les énoncer, comme quand nous apprenons à épeler un mot en le prononçant lentement, nous devons verbaliser nos histoires, et peut-être qu'elles sortiront avec lenteur et maladresse, et peut-être que nous les épellerons mal, pour ainsi dire, dans un premier temps, quand nous tenterons le coup, autrement dit, peut-être que nous nous méprendrons sur leur sens. Mais à mesure que nous les formulons et reformulons, nos propres histoires, celles que nous nous racontons, à nous-mêmes et aux autres, à propos de ce qui nous est arrivé, et de ce que cela signifie dans le contexte de notre vie, et de cette vie plus vaste dont nous faisons partie, mieux nous en comprenons le sens, plus nos pas vers l'avant gagneront en assurance et en détermination, et plus nous prendrons nos décisions en connaissance de cause. Il est tout aussi important pour vous de raconter votre histoire que pour les autres de l'entendre, afin que vous sachiez que vous n'êtes pas seul, et que vous avez davantage de points communs avec la personne assise à vos côtés que de différences, ce que vous n'auriez jamais cru possible si elle n'avait pas ouvert la bouche. S'il y a une chose que je veux que vous compreniez, c'est que votre souffrance ne fait pas de vous quelqu'un d'exceptionnel. Il y a une voix à l'intérieur de chacun de nous qui dit, personne d'autre ne vit ce que je vis, et ceux qui écoutent cette voix se comportent avec égoïsme. Vous n'êtes pas seul, vous n'êtes pas une exception, et on vous soutient. Nous sommes là les uns pour les autres. »

Le Dr Hoffman m'a engueulé pour avoir dit que tout ça c'était des conneries, dans l'une de nos séances individuelles. Je m'étais plaint du fait que les trucs indiens pourraient être ringards et bidon.

« Mais ça n'a rien de ringard d'appeler à l'aide une puissance supérieure quand on en a le plus besoin. À moins que ça aussi, ce soit ringard ?

– Vous me demandez ça pour de vrai ?

– Mettons-nous d'accord sur le fait que je ne te demanderai jamais rien qui le soit pendant nos séances, d'accord ? Alors, oui, réponds-moi pour de vrai, s'il te plaît.

– Oui, je pense que cette idée de puissance supérieure est ringarde. Et pareil pour le cercle de parole. Et que réclamer de l'aide quand on en a le plus besoin, pour être franc, c'est aussi un peu ringard, genre, qui va vraiment nous aider quand on en a le plus besoin, Dieu ? Comme si cette espèce de géant qui a tout créé allait venir en aide à une petite vie humaine, comme si nos petites existences comptaient. Et tous les braves gens qui meurent chaque jour en implorant Dieu et pour qui Dieu fait que dalle, ils le méritent pas, eux ?

– J'apprécie ta franchise, Orvil. Ce que tu ressens à ce sujet est vrai, comme tu dis. Et tout peut être utile. Même ce qui est ringard », a dit le Dr Hoffman. Puis : « Ta conception de la ringardise a un rapport avec la confiance, le fait que tu ne croies pas que les gens soient authentiques, ce qui signifie sans doute pour toi qu'ils mentent pour obtenir gain de cause, en d'autres termes qu'ils te manipulent, donc quand tu vois ou que tu entends quelque chose de ringard tu réagis à un sentiment très vrai et fondé que t'inspire la confiance. Quand on commence à comprendre à quel point notre comportement est une réaction au traumatisme… » Mais j'ai décroché. Derrière lui y avait une fenêtre où il arrivait qu'un petit oiseau à tête rousse se pose sur le rebord et nous observe. Parfois j'avais l'impression qu'il n'existait que dans mon imagination. Et quand je me disais ça, il semblait prendre des allures plus fantastiques, comme tourner la tête pour coller l'oreille au carreau. Et parfois je l'imaginais qui s'écrasait contre la vitre dans un bruit sourd au milieu d'une de nos séances, et il continuait à nous regarder, ses yeux éteints grands ouverts, depuis le rebord de la fenêtre.

À mon réveil, mes frères étaient assis au pied de mon lit d'hôpital et jouaient à la bataille avec un vieux jeu de cartes. Notre grand-mère Jacquie observait Loother et Lony, me lançant des regards de temps à autre, et moi aussi j'en lançais. Une larme coula lentement sur ma joue. Sentir son écoulement, sa chaleur, et voir mes frères, connaître Jacquie – notre vraie grand-mère, qui avait jamais vraiment fait partie de nos vies – aurait suffi à me faire pleurer, mais c'était juste une larme de sommeil, comme la rosée du matin sur l'herbe. Lony a été le premier à remarquer que j'étais réveillé, et quand il m'a vu il s'est approché de moi pour me serrer dans ses bras du mieux qu'il pouvait, par-dessus la barrière de lit en métal. J'ai toussé, je me suis éclairci la gorge, puis je lui ai demandé où était Opal. Il a répondu qu'elle était allée nous chercher à manger, pendant que Loother rassemblait les cartes au pied du lit pour les ranger dans leur boîte. La bataille, a dit ce dernier. Ce mot a résonné fort dans ma tête, comme une boîte en métal remplie de clous qui dévalerait une cage d'escalier.

Des tacos de la cafétéria de l'hôpital, a dit Lony en tirant la langue. J'espère que t'as faim, a ajouté Loother avec un de ses sourires de traviole.

Plus jamais je voulais manger. Pour dire à quel point j'avais pas faim.

Jacquie semblait sur le point de dire quelque chose, puis elle s'est caché le visage dans les mains, s'est levée avant de sortir dans le couloir. J'ai dit à mes frères, du coup vous avez joué aux cartes pendant que j'étais en train de crever ou quoi ? Ils ont esquissé un grand sourire et se sont mis à se bidonner comme s'il était rien arrivé de grave à personne. Le rire avait vraiment ce pouvoir. Puis ça m'a fait mal au ventre de trop rigoler, et j'ai aspiré l'air entre mes dents. On s'est calmés en attendant le retour de Jacquie. J'ai demandé ce qu'elle fabriquait quand on a compris qu'elle allait pas revenir. Loother a dit qu'il en savait rien, et Lony a dit si, on sait, alors j'ai demandé à Loother ce que Lony voulait dire. D'après celui-ci, c'est Jacquie qui m'avait porté quand je m'étais fait tirer dessus. T'as perdu une de tes godasses, il a dit. Qu'est-ce que tu racontes ? j'ai demandé. Loother et Lony ont pas su quoi répondre, et un silence s'est brièvement installé entre nous, comme les cloches d'une église au loin, avant que Loother y tienne plus et me répète que Jacquie m'avait porté, que j'avais perdu une godasse, et il m'a mimé comment elle m'avait porté jusqu'à la voiture pour m'emmener à l'hôpital. Lony a levé les bras comme Loother pour me faire comprendre qu'il l'avait vue, lui aussi. J'ai eu honte d'avoir failli mourir, je croyais que c'était un signe de faiblesse, et je me suis senti mal d'avoir honte, mais j'étais trop faible pour réprimer ce sentiment.

Le voilà, le problème. On sait jamais ce qui va nous arriver. Tout va dans le même sens, et on croit savoir ce que ça signifie, et puis un jour on découvre que non : voilà à quoi ressemble la vie, désormais. Dans mon cas, un jour j'apprenais à danser dans ma chambre grâce à YouTube, et le lendemain je me faisais tirer dessus à un pow-wow sur un terrain de base-ball. La vie doit être douce comme un oiseau dont le chant nous réveille au matin, et puis en voilà un qui gît sur le rebord de la fenêtre, la nuque brisée, parce qu'il aurait juré que le ciel était sans limite.

J'ai entendu la plupart des gens s'enfuir en courant quand les coups de feu ont éclaté. J'ai cru que notre danse traditionnelle avait fait tomber la pluie. Je savais que c'étaient des conneries, et quand j'étais plus jeune, j'avais même fait des blagues à ce sujet pour faire rire les copains, et j'avais même singé une danse indienne et hululé en me tapotant la bouche, mais il avait pas plu le jour du pow-wow, et la seule chose mouillée était ma main quand je l'avais écartée de l'endroit par où la balle était entrée.

J'ai même pas eu mal, au début. Ça a tapé fort, mais ç'a été comme une sorte de grand bruit sourd, un peu comme quand on frappe à une porte. Et puis j'ai eu si mal que je suis tombé dans les pommes. Je suis allé là où on va quand on meurt pas mais qu'on peut pas rester conscient. C'était pas bien différent d'un rêve, tout ce temps que j'ai passé à l'hôpital, et puis celui passé à la maison à mon retour, puis encore à l'hôpital quand j'y suis retourné pour la seconde opération. La morphine était un piège. Cette substance donnait à la réalité l'apparence d'un rêve, et au rêve l'apparence de la réalité, au point qu'il devenait impossible de les distinguer. Mais elle faisait aussi disparaître la douleur.

Je disposais apparemment d'une ordonnance illimitée d'hydromorphone toute-puissante. Rien que son nom donnait une idée de sa puissance, semblable à celle d'un monstre marin, ou d'une catastrophe naturelle.

J'avais fait des recherches sur ce traitement et vu que c'était du Dilaudid et que dans la rue on l'appelait « poussière ». Ce surnom me plaisait parce qu'il me donnait l'impression d'être en état d'apesanteur, comme la poussière hyperlente qui flotte quand un rayon de soleil entre par la fenêtre.

Ce médoc battait la morphine à plate couture, c'est sûr. Ça soulageait pareil mais sans que je dérive dans des rêves qui semblaient réels. Les cauchemars, c'était autre chose. Ma grand-mère disait que j'avais une imagination débordante, comme si ses compliments sur le trop-plein d'activité de mon cerveau pouvaient m'éviter le pire.

Mais après ce qui m'était arrivé au pow-wow, tout ce qui m'apparaissait dans mon sommeil était qu'une variante de ce jour-là. Et pire encore. Parfois je me réveillais dans un état de panique qui semblait jamais devoir finir, comme si un hurlement résonnait sans cesse dans mes oreilles, ou que la mort surgissait pour m'emporter dans son étreinte. Parfois je rêvais d'insectes agressifs qui me rappelaient des coups de feu.

La peur de dormir et la panique qui s'emparait de moi quoi que je fasse sont la raison pour laquelle je suis devenu accro à l'hydromorphone. Pas la peine d'aller chercher plus loin. J'étais brisé, mais avec une plaie ouverte. La balle avait fait un trou dont je sentais qu'il restait ouvert même s'il avait été recousu, et je sentais vraiment que quelque chose en sortait, exigeant quelque chose de moi en retour, comme s'il avait besoin d'être rebouché, voilà à quoi servaient ces cachetons.

Je détestais que les jours raccourcissent parce que les nuits rallongeaient, je détestais qu'il fasse déjà nuit quand Opal rentrait du travail et que tout le monde était réuni à la maison.

Je prenais un comprimé juste avant que mes frères rentrent du bahut, puis un autre avant le retour d'Opal et Jacquie – l'une du travail et l'autre de son activité du jour, quelle qu'elle soit –, si bien qu'à l'heure du dîner j'éprouvais une sensation de soulagement, et mon angoisse disparaissait.

Je m'étais plaint du lycée à Opal, du fait que ça me semblait pas réel, que je voyais pas du tout l'intérêt d'y aller à moins de vouloir finir par mourir derrière un pupitre. Personne ne meurt derrière un pupitre, m'avait dit Opal. C'est un investissement sur l'avenir. Je n'avais qu'à tenter le coup. Une meilleure éducation donne plus de chances. Personne ne sait ce que l'avenir réserve. C'est vrai, j'ai pensé quand elle a dit ça. Mais je savais aussi que le passé jouait souvent au con avec l'avenir. On appelait ça un élément prédictif. C'est le Dr Hoffman qui me l'avait appris. Par ailleurs, tout se résume pas à ce qui nous est arrivé. Les gens peuvent changer. Avoir un avenir signifie qu'il y a de l'espoir. Ça me donnait vraiment pas l'impression que l'avenir m'appartenait. Plutôt qu'il appartenait à ce qui m'était arrivé. Malgré tous les efforts du Dr Hoffman pour me convaincre que le passé ne dictait pas mon avenir, le passé récent comme celui qui incluait ma mère – puis cette période lointaine qui avait fini par ne plus l'inclure. Le passé, c'est le passé, voilà comment le Dr Hoffman présentait la chose. Je ne pouvais réagir qu'à ce qui m'arrivait sur le moment. « La seule chose qui existe, c'est l'instant présent. » Je détestais ça, comme le fait que la seule possibilité de réagir à l'instant présent soit la méditation et la respiration, ou de parler avec le Dr Hoffman, ou de m'exprimer par le dessin, l'écriture ou l'exercice. Être dans le présent ne fait pas du bien simplement parce qu'on y est attentif. À vrai dire c'est parfois pire. Il vaut mieux être distrait. Ou alors défoncé.

J'avais pas parlé des comprimés au Dr Hoffman, de ce qu'ils m'apportaient. Tout dans la thérapie reposait sur ce que je décidais de raconter à mon thérapeute. Et il y avait une nouvelle voix en moi qui m'encourageait à dire des choses qui me ressemblaient pas. J'ignorais si c'était à cause du traitement ou parce que j'avais beaucoup changé. Je me disais de plus en plus que c'était à cause de la balle.

On m'avait tiré dessus et elle était restée dans mon corps, en partie, un éclat ou je sais pas quoi, parce qu'il était plus dangereux de le retirer que de le laisser. Ce truc était donc resté dans mon corps, et moi je restais à la maison pour me rétablir, guérir et suivre mes cours, ne pas prendre de retard et perdre une année. Opal avait tout fait pour qu'il soit clair à mes yeux qu'elle se laisserait pas – qu'on se laisserait pas – submerger par ce qui était arrivé ce jour-là.

« Ça n'empiétera pas sur la prochaine partie de notre vie, elle m'avait dit.

– Quelle prochaine partie ?

– Celle où on vivra comme si on nous avait donné une deuxième chance, et pas comme si on nous avait pris quelque chose. » Elle était sortie de la pièce en posant une main sur son front, comme pour vérifier si elle avait de la fièvre.

Jacquie nous a dit que vendredi soir, pendant qu'Opal irait à un événement organisé au Centre intertribal sur International Boulevard, nous allions tous jouer aux dominos et manger des hot-dogs. Elle se fichait de savoir si on était d'accord ou pas. Elle avait un air sérieux et méchant que je lui avais encore jamais vu. Mais je me sentais très bien après avoir pris mes cachets. J'en prenais trois d'un coup en fin d'aprem, c'était nouveau. J'étais défoncé mais bien réveillé, et j'avais l'impression d'être capable de m'asseoir pour jouer. J'étais assez accoutumé au produit pour savoir que ça se remarquerait pas. Mais j'aimais pas mes yeux quand je me regardais dans le miroir, les paupières lourdes. Si on me posait la question, je dirais que j'étais fatigué, que j'avais pas dormi, que je faisais des cauchemars.

Jacquie a acheté les hot-dogs chez Kasper, notre fast-food préféré. J'ignorais comment elle était au courant. C'était peut-être le sien aussi. Depuis qu'elle était petite.

Ou bien Opal lui avait dit. Les sandwichs étaient croustillants à souhait, voilà pourquoi on les adorait. J'en ai pris un avec du fromage et de la moutarde. Mais j'avais pas encore faim et j'ai dit que j'avais oublié de faire mes devoirs, et quand Jacquie a demandé « Un vendredi soir ? », j'ai fait semblant de me concentrer sur mon écran de téléphone et de lire quelque chose comme pour savoir précisément en quoi l'exercice consistait.

Jacquie a lâché les dominos sur la table, et en les entendant claquer j'ai bondi comme si je me réveillais en sursaut après avoir piqué du nez en classe. J'ai tendu les bras pour les mélanger, et mes frères et moi on s'est accidentellement touché les mains. Je voyais que ça plaisait à Jacquie. Elle a pas souri, mais je l'ai vu à ses yeux, et elle a vu que j'avais vu.

« Tu commences fort », elle a dit quand Lony a posé le double six. Loother a fait claquer le six-trois et dit quinze. Jacquie a inscrit quinze points sur la table de marque. J'ai gardé mon six-deux pour plus tard, sachant qu'il fallait marquer dix points pour ouvrir le score. J'ai posé un trois-un et Jacquie a marqué dix points en posant le un-quatre après moi.

« Dix, elle a dit avant de consigner son score.

– Pourquoi vous faites tous cette tête, comme si vous saviez déjà que je vais gagner ? » a fait Lony. Il a pris une bouchée de son hot-dog, puis posé un six-un contre son six-six et marqué cinq points.

« Ça suffit pas pour marquer, a dit Loother.

– Je vois pas comment le fait de marquer des points pourrait signifier qu'on en marque pas.

– C'est comme quand on est bébé, qu'on fait ses premiers pas, il faut en faire plus d'un pour que ça compte, donc cinq points, ça équivaut à un pas, pas assez pour que ça compte », a dit Jacquie. J'ai bien aimé son explication.

« Je suis pas un bébé, a répliqué Lony.

– Dans ce jeu on est tous des bébés jusqu'à ce qu'on marque des points, c'est ça que Grand-mère veut dire », j'ai expliqué. J'ai mordu dans mon sandwich. « À toi, Looth, j'ai dit la bouche pleine.

– D'accord, Orvy », a répondu Loother.

Opal et moi, on allait régulièrement se promener dans les collines quand elle rentrait du travail. La première fois, je lui ai demandé comment elle pouvait encore avoir envie de marcher après toute une journée de boulot. Elle m'a dit que c'était pas la même chose. Elle m'a dit qu'elle avait aucune obligation, c'était ça la différence. Là-haut parmi les séquoias, personne n'attendait rien.

« Les arbres ne reçoivent pas de lettres, elle a dit.

– Des lettres, y en aurait pas sans les arbres.

– C'est vrai, elle a dit avec un petit éclat de rire.

– Y a toujours les mails. » Elle a rien répondu à ça.

Opal m'avait dit qu'il fallait que je sorte de la maison, que je prenne l'air, fasse de l'exercice. La première fois qu'elle m'a parlé des promenades, j'ai eu peur qu'elle soit au courant pour les médocs. Qu'elle sache que j'étais accro. *Dis-lui qu'on a peur de sortir*, me disait la balle. J'imaginais sa méchante bouche métallique tenter de me ronger davantage. Je repensais au trou qu'elle avait ouvert en moi – à ce que ça avait peut-être laissé entrer. *Dis-lui qu'on veut se rapprocher de notre vraie grand-mère.* Je sentais que c'était pas moi, mais ça venait de ma tête, alors ça devait bien être moi, d'une certaine façon. À moins que ce soit mon inconscient. *Dis-lui que ça fait très mal quand on marche trop longtemps.*

« On n'est pas obligés si tu ne veux pas, mon petit », m'a dit Opal. Elle m'appelait presque jamais comme ça.

« Non, j'en ai envie », j'ai répondu, et j'étais sincère.

« Alors je passerai te prendre demain, vers six heures, ça nous laissera un peu de temps avant la tombée de la nuit. »

Va te faire foutre, m'a dit la voix dans ma tête. Et je savais pas si ça s'adressait à moi ou à elle.

Après avoir parlé avec Opal, je suis allé à Dimond Park en passant par le tunnel de la crique, où je voyais toujours des bouteilles vides mais jamais personne en train de picoler. J'ai regardé mon reflet dans l'eau et vu mes cheveux. Je les avais pas attachés avant de quitter la maison, et j'ai cru un instant qu'il y avait une fille derrière moi.

J'ai mis la main à la poche, senti le comprimé et serré le poing autour, puis j'ai ouvert la main et renversé la tête en arrière, et je l'ai avalé avec un peu de salive que j'avais accumulée en me demandant si j'allais le prendre tout de suite – l'accumulation de salive étant une façon d'admettre que c'était ce qui allait se passer. La seule chose vivante, à ce moment-là.

De retour à la maison, j'ai joué de la guitare jusqu'à ce que j'aie trop mal aux doigts pour continuer. Je savais que si ça faisait assez mal chaque jour, la douleur initiale finirait par effacer toute douleur future, un phénomène que certains internautes appellent des callosités. Une fois que mes doigts n'en ont plus pu, j'ai joué à *Red Dead Redemption 2*, la version en ligne où on peut définir le physique de son personnage à sa guise. Je lui ai choisi la peau brune et les cheveux longs, et j'ai volé des chevaux qui ressemblaient parfois à des mustangs, mais les marques qu'on pouvait prendre pour de la peinture étaient en fait des taches naturelles. Je me suis attaqué à tous les cow-boys avec férocité, comme un psychopathe. J'avais une telle soif de vengeance contre les cow-boys et les shérifs. Le jeu vous gratifie de cinématiques au ralenti quand votre tir est fatal. Je privilégiais la quantité plutôt que la qualité. En gros, comme tout le monde était un cow-boy, j'envoyais des rafales qui faisaient parfois une centaine de morts, voire plus, des corps entassés tout autour de moi, c'est sans doute pour ça que j'avais l'impression de me conduire comme un taré, même si bizarrement, ça avait aussi un effet thérapeutique. C'était un soulagement de reprendre la main sur les événements après avoir eu l'impression que le monde s'était écroulé sur moi. Je reprenais la main avec une manette.

J'ai légèrement ouvert le robinet du lavabo, fait d'abord couler un filet d'eau, puis penché la tête pour boire. Parfois je prenais un comprimé avec moi, dans la main ou dans ma poche. Pas seulement parce que je m'étais aperçu que j'aimais bien me défoncer. Mais parce qu'il y avait aussi la douleur. Certains soirs, elle se déployait en moi comme une paire d'ailes. Même avant que les médocs se dissolvent dans mon système sanguin, il suffisait que je les avale pour me sentir mieux. Ils émoussaient l'acuité de la douleur, limaient ses griffes, libéraient mon corps de cette tension constante face à la douleur. Ça m'aidait. J'en savais assez sur l'addiction pour pas tomber dans le piège trop facilement. Mais avec ces trucs-là, on sait jamais si on se fait piéger, pendant que ça nous arrive, c'est ça le piège. Quand j'ai compris pour la première fois que je les prenais plus pour la douleur mais que j'en avais toujours besoin, j'ai commencé à me piéger tout seul. Je me suis dit que c'était pas les cachetons, le problème. Mais le fait que j'aie besoin de les prendre. Et c'était devenu un problème. D'augmenter la dose. Les médecins avaient déjà évoqué la possibilité de me sevrer, disaient qu'il était temps de prendre des trucs plus légers qui nécessitaient pas d'ordonnance.

« Comment ça va, la douleur ? m'a demandé Opal.

– J'ai toujours très mal. Enfin, pas autant qu'avant, mais ces médocs me font du bien », j'ai dit pour pas en rajouter quant à mon besoin d'une nouvelle ordonnance.

Lors d'une promenade, j'avais été franc avec elle et je lui avais dit que j'aimais bien les cachetons. Sa réaction m'avait convaincu qu'elle ferait rien pour que j'en prenne davantage.

« Tu n'es pas censé aimer ça, avait-elle répliqué.

– Et si ça me plaît », j'avais dit, regrettant immédiatement ma franchise, mais aussi le fait que j'aie été défoncé, la défonce étant la raison pour laquelle j'avais dit ça.

« Ils sont simplement censés faire passer la douleur. Bientôt, tu n'auras plus à en prendre. Bientôt tu retourneras au lycée », avait poursuivi Opal avant de changer de sujet et de me demander si je voulais aller acheter des vêtements.

Dis-lui qu'elle aussi est accro. À la bouffe, elle mange trop, c'est comme ça qu'elle se défonce, et qui va la forcer à s'arrêter ? Dis-le-lui devant le comptoir de la cuisine. Dis-le, m'ordonnait la voix.

J'avais peur de passer une journée entière sans prendre de cachets. J'arrivais pas à m'imaginer ce que ça donnerait. Surtout le premier jour où j'irais au lycée. J'aimais pas me dire qu'à un moment j'en aurais plus. Mais j'allais bientôt être à sec.

17

Super-sang

Lony a rêvé de dominos. Il a rêvé qu'il était un domino, et qu'il y en avait des rangées aussi loin que portait son regard, qui tombaient en cascade, comme s'ils se rapprochaient de lui. Dans le rêve il ne sait pas quand il se fera renverser. Mais il sait ce que ça signifie, qu'un jour sa vie prendra fin, et que la rangée en question est sa lignée familiale, et que ce qui s'apprête à le renverser vient de loin, de bien avant sa naissance, mais que c'est vrai de tout le monde, chaque lignée familiale tombe sur les vivants au moment de leur mort, sur tout ce qu'ils ne peuvent pas porter, ni résoudre, ni comprendre, elle tombe de tout son poids.

Lony est assis au milieu des rosiers devant la maison. Une grosse épine s'est plantée dans son épaule quand il s'est avancé au milieu des arbrisseaux. Elle a déchiré sa chemise comme si elle ne voulait pas de lui. Il lève le bras, pince l'endroit où l'épine s'est enfoncée le plus profondément, et regarde le sang apparaître.

Il était le seul à avoir le même groupe sanguin qu'Orvil quand ce dernier a eu besoin d'une transfusion à l'hôpital. Il déteste la vue des aiguilles, la douleur atrocement aiguë de leur pointe acérée, mais le fait d'avoir donné son sang à Orvil lui plaît. Son frère a fini par s'en sortir, et Lony s'est demandé si c'était grâce à ça.

La première fois qu'il a eu l'idée d'aller creuser dehors, c'était en jouant à *Minecraft*, l'une de ses activités préférées. Dans ce jeu vidéo il aime partir à la recherche de diamants et esquiver les zombies, les araignées et les squelettes armés d'arcs et de flèches, construire un abri pour la nuit, l'éclairer avec des torches et y faire rôtir de la viande. Il aime jouer en mode survie hardcore, ce qui veut dire que quand on meurt, on meurt vraiment. En tout cas, il aimait bien, avant. Maintenant, il ne joue pratiquement plus du tout, et quand il le fait, c'est en mode créatif, ce qui lui permet de s'envoler et d'être invincible.

Dans les rosiers, il tient le canif que lui a donné Orvil quand il avait dix ans, prêt à l'emploi. Il le plante dans la terre pour la ramollir et tester la solidité de sa lame. Orvil lui avait dit de n'en parler à personne. C'est ce qu'il a fait. Lony sait qu'il n'est pas comme ces gamins dont parle Loother, des camarades de classe qui se scarifient. « Pour ressentir un autre genre de douleur, celle qu'ils pouvaient pas ressentir sans se scarifier », a dit son frère. Lony s'est posé des questions à propos de cette douleur d'un autre genre. Mais il sait qu'il n'est pas comme eux, il le sait parce qu'il ressent des choses, la douleur mais aussi un autre genre de douleur.

Il se scarifie pour faire sortir le sang, pas pour le plaisir. S'il y avait un petit robinet ou une valve ou un autre moyen comme cracher, pisser ou transpirer, de même qu'on évacue l'eau de son corps, il le ferait, mais il n'y en a pas, alors il se scarifie.

Il appuie sur son doigt, verse quelques gouttes de sang dans le trou, puis le rebouche.

Récemment, Lony a tapé sur Google les mots *sang*, *Indiens d'Amérique* et *magie*, et les a combinés pour voir ce qui en sortait. Il a appris sur un site que le mot *Cheyenne* signifie « scarifié ». Ça a suffi à le convaincre que ce qu'il fait est normal, en accord avec ce qu'il est, et non une chose qu'il fait pour fuir ce qu'il éprouve, ou pour éprouver une douleur d'un autre genre qu'il ignore jusqu'au moment de sentir la douleur de s'être coupé. Il a aussi appris des trucs sur les sacrifices et les rituels, sur la période précédant l'arrivée des Européens. Certaines tribus vénéraient le soleil, dont Lony vient d'apprendre en cours qu'il s'agit d'une étoile. Une étoile.

Il lui semble plus logique de vénérer une chose comme le soleil qu'un type mort sur une croix qui a ressuscité comme un zombie, et toutes ces histoires sur le corps et le sang du Christ, ou le pain et le vin censés être son corps et son sang. Le christianisme est très bizarre, mais tout le monde fait comme si.

La lumière et la chaleur du jour déclinent quand un nuage passe devant le soleil. L'année dernière, après avoir trouvé un sachet d'élastiques multicolores dans le vieux bureau de la chambre d'Opal, Lony a commencé à les attacher ensemble de façon compliquée. Il n'a cessé d'en ajouter, à toute vitesse, jusqu'à ce qu'ils forment une balle rebondissante, et elle a de l'allure, avec ses couleurs arc-en-ciel mais toutes mélangées au hasard. Il pense qu'elle lui donne un pouvoir spécial.

Quand Lony avait commencé à l'assembler, il avait repensé à une scène de *Donnie Darko* où une espèce d'énergie sous forme de vers sortait des entrailles de tout le monde, entre le cœur et le ventre, ils appelaient ça le thorax. Lony pense toujours à ce film et à cet endroit dans son corps, parce que dans ses rêves, quand il sait qu'il rêve et qu'il veut faire advenir quelque chose, il sent cette partie se contracter comme un muscle, et ensuite ce qu'il veut voir se produire se produit.

Un jour qu'ils regardaient tous ensemble un film de la saga *Avengers*, Lony s'est désintéressé de l'action parce qu'il avait déjà vu ça trop souvent, et s'est demandé pourquoi il n'y avait aucun super-héros, méchant, acteur ou actrice qui soit amérindien, et s'est demandé de quel genre de pouvoir il ou elle disposerait. Il s'est dit qu'ils devraient en avoir plusieurs, mais lesquels ? En y réfléchissant, Lony s'est aperçu qu'il adorait faire des listes – elles peuvent générer des histoires tout en laissant place à l'imagination, un peu comme les pièces d'un puzzle. Dans la première, baptisée « super-Indiens », il énumérait les pouvoirs dont devrait disposer un super-Indien en s'appuyant sur des stéréotypes mais aussi sur d'authentiques traits de personnalité, pour autant qu'il le sache. La voici :

1. Sait voler (grâce aux plumes)
2. Maîtrise le tonnerre et la pluie (grâce à la Danse de la pluie ?)
3. Vise à la perfection (grâce aux yeux d'aigle ?)
4. Mute sous la forme de n'importe quel animal

5. Utilise ses cheveux comme des cordes robustes
6. Résiste aux médicaments et à l'alcool (et aussi au poison)
7. Fait des battles de danse
8. Fait obéir les chiens (grâce aux Dog Soldiers cheyennes, pour les attaques ou les dresser)
9. Invisibilité (parce que personne ne sait que nous sommes toujours là)
10. Super-sang (libéré par l'automutilation ?)

Dans la plupart des listes, il aime énoncer dix points, parce que l'établissement de règles ou de limites l'aide à mieux organiser ses pensées, mais la suivante en compte trois. Les faits lui paraissent si importants qu'il les considère comme des super-faits. Il y a en eux quelque chose d'étrange et il ne sait pas quoi en penser, mais ne peut pas non plus s'empêcher d'y penser. Les voici :

1. Au centre de la Voie lactée, il y a un trou noir géant aussi grand que quatre millions de soleils. (Y a-t-il un trou au milieu comme dans un donut ?)
2. La vitesse d'expansion de l'univers est de 250 000 km/h. (Expansion vers quoi, là est la question que je me pose.)
3. Tout ce qui n'est pas matière noire ou énergie noire, dans tout ce que nous avons observé et connaissons, représente moins de 5 % de l'univers. (Donc la plupart des choses existantes seraient secrètes ?)

Il voulait dresser une liste qui inclurait davantage de super-faits mais n'a rien trouvé qui soit assez grand pour être considéré comme super et, disons, novateur, qui puisse lui donner l'impression de le transpercer.

Il ignorait ce que permettrait le super-sang, et voulait que les plumes fassent quelque chose de super, sans que ce soit lié au seul fait de voler. Puis il a pensé à leur nom de famille, Red Feather, et s'est demandé pour la première fois quelle en était l'origine, et s'ils parlaient de plumes sanglantes, mais il était bien en peine de savoir qui était derrière ce *ils*.

Lony pense que le super-pouvoir d'Orvil est d'être insensible aux balles, mais ce n'en est pas vraiment un vu le nombre de super-héros qui sont dotés de cette capacité.

Lony a commencé à croire qu'il y avait entre son cœur et son ventre une boule de lumière en expansion, en même temps qu'il a cru ça de sa boule d'élastiques. Il veut concentrer son pouvoir, peut-être même l'utiliser pour voler ou disparaître. S'il y avait la moindre chance qu'il soit un super-héros, voilà comment il ferait, il enterrerait donc sa boule d'élastiques à côté de l'endroit où il verse du sang, ce qu'il fait en quantité de plus en plus grande sans s'en apercevoir, ce qui signifie qu'il se coupe de plus en plus souvent.

Ces derniers temps, on aurait dit qu'Orvil en avait ras le bol d'être un Indien. Parce qu'ils étaient mal éduqués, et qu'il avait dû filer en douce pour participer à un événement durant lequel il s'était fait tirer dessus. Lony a l'impression de savoir ce que son frère pense à propos de leurs origines, mais lui le vit encore plus mal. Il s'en veut d'éprouver ça vu que la situation d'Orvil est beaucoup plus grave que la sienne. Mais c'est lui qui en sait le moins et se sent le plus éloigné de l'identité non pas cheyenne ou autre mais indienne, comme il entend parfois Opal le dire, cette vieille façon de parler que seuls les vrais de vrais peuvent encore employer. Il se sent mal parce qu'il se fiche d'être autochtone et qu'il préférerait mener une vie normale et ne pas avoir à sentir ce poids en permanence, ne pas avoir à porter plus que ce qu'il est censé porter. Sa tristesse lui donne l'impression d'être trop gentil mais aussi de se sentir à nouveau normal. Et puis il y arrive. Il retourne aux joies simples des trous creusés dans la terre, même s'il enterre l'équivalent d'un objet magique en utilisant son sang pour acquérir des super-pouvoirs et combattre son impuissance ainsi que d'autres malheurs du monde qui restent à identifier.

Il ignore au bout de combien de temps, après avoir enfoui la balle, ajouté du sang, tapoté le sol, il sent la terre bouger et entend un grondement sourd, comme un mouvement puissant venu des profondeurs, il pense que c'est son imagination, ou le fait qu'il ne cesse de faire couler son sang et qu'il a besoin de manger quelque chose, mais il entend un tremblement dans la maison et sait tout de suite de quoi il s'agit, il entend son frère prononcer les mots comme s'il posait une question, sans s'adresser à personne puisqu'il n'y a personne à la maison à part lui, et qu'il n'est même pas à l'intérieur, ce qui lui donne envie de rigoler mais le rend triste aussi pour Orvil, triste parce que personne ne répond à sa question sauf peut-être la terre qui tremble. Il rentre en courant et va à l'endroit où il croit avoir entendu son frère, à savoir dans la chambre d'Opal, et il voit qu'Orvil s'est levé, qu'il s'aide de ses mains pour garder l'équilibre comme sur une poutre de gym. Il tient une paire de ciseaux. Il vient de couper sa queue-de-cheval, et Lony, à présent, comme quand il ne savait pas si c'était son sang qui avait sauvé Orvil, ou s'il était devenu insensible aux balles, est incapable de dire si c'est son sang dans la terre ou le fait que son frère se soit coupé les cheveux qui a déclenché le tremblement de terre.

« Tu l'as senti ? demande Lony.

– Un pouvoir-médecine puissant, dit Orvil en serrant du poing les cheveux qu'il vient de couper.

– C'était même pas si fort. » Puis : « Pourquoi t'as fait ça ? » demande-t-il, et il va fouiller dans le bureau.

« C'était vraiment un tremblement de terre ?

– Tu t'es vraiment coupé les cheveux à ras ?

– À ras ? Non. On s'en fout des cheveux, de toute façon, dit Orvil en secouant la tête pour faire tomber ceux qui sont restés emmêlés. Les cheveux longs, c'est débile.

– Pas du tout », fait Lony, puis il sort la dégrafeuse qu'il a trouvée dans le bureau, la porte à sa bouche et fait mine de mordre dedans comme s'il voulait la manger.

« Pourquoi j'aurais envie d'avoir sur la tête ce qu'un poulain a sur la croupe ?

– Quoi ?

– Une queue-de-cheval. Si j'en ai une, c'est que j'ai une croupe à la place de la caboche.

– Les chevaux indiens, c'est pas des poulains. » Lony actionne la dégrafeuse comme si c'était elle qui venait de répondre.

– Bien sûr que si.

– Moi aussi je vais couper la mienne », dit Lony, et il rouvre les tiroirs, à la recherche de ciseaux. « Je peux prendre ceux-là ? demande-t-il en montrant la lourde paire en métal.

– Quand j'aurai fini. Mais à ta place, je me couperais pas les cheveux.

– Tu le fais bien, toi.

– Oui, et personne dira rien, mais si c'est toi… », dit Orvil, qui semble avoir oublié la fin de sa phrase. Il regarde Lony dans le miroir qui ramasse sa queue-de-cheval par terre.

« C'est un truc indien, ce que tu fais ? demande ce dernier. À moins que… je sais pas, tu tentes de faire comme si t'étais pas indien ?

– Je fais comme si c'était mes cheveux, qu'est-ce que tu veux que ce soit d'autre ?

– Je veux rien du tout, mais c'est super-long à repousser, alors j'ai l'impression que le temps joue contre toi, que tu as pris la mauvaise décision avec ces gros ciseaux.

– Le temps joue contre moi. Hmm. C'est exactement pour ça que tu vas pas te couper les cheveux. Pas aujourd'hui. »

18

Restauration

Opal Viola Victoria Bear Shield et Jacquie Red Feather marchent côte à côte dans la réserve ornithologique et observent les oiseaux voleter, se poser sur des poteaux de clôture et des branches, chantant et piaillant mais surtout à l'affût de nourriture et de mouvements brusques.

Sur le lac, les canards et les mouettes flottent à la surface de l'eau verte et sombre. Elles longent une cage en forme de dôme, où n'y a pas d'oiseaux. L'unique arbre à l'intérieur pousse à travers les ouvertures octogonales.

« J'ai entendu dire qu'autrefois il y avait des singes dans cette cage, dit Jacquie.

– Ça m'étonnerait, répond Opal en cherchant un écriteau des yeux. C'est comme une miniature de cette grande boule de verre construite en Floride.

– Ça s'appelle l'Epcot Center.

– Qu'est-ce qu'ils mettent là-dedans ?

– Où ça ?

– Je parle de cette cage, mais, oui, si tu veux, l'Epcot Center, qu'est-ce qu'il y a dedans ?

– Un jour je suis allée à Disney World, en Floride, dit Jacquie, un week-end avec un type dont je me souviens à peine.

– Et alors, qu'est-ce qu'il y a ?

– Ils appellent ça Spaceship Earth. Et à l'intérieur, il y a toute l'histoire du développement humain. Depuis les dessins sur les grottes jusqu'à la télévision.

– Est-ce qu'il y a des Indiens ?

– À ton avis, ils sont de qui, les dessins sur les grottes ?

– Ils les ont faits *dans* les grottes, les dessins, *sur* les parois, et ce n'étaient pas des Indiens.

– Des sauvages. Des hommes préhistoriques. Des Indiens. C'est la même chose.

– Tu n'es qu'une idiote », dit Opal, et elle jette des miettes de pain aux pieds de Jacquie, de sorte que les mouettes les plus téméraires l'encerclent, ce qui les fait rire toutes les deux.

« Et ça, alors ? demande Opal en montrant la cage.

– On dirait bien qu'à part cet arbre, il n'y a rien d'autre. Je pense qu'il cherche à s'évader, dit Jacquie, agrippée aux barreaux. Tu te souviens quand maman nous disait que le temple mormon, c'était Disneyland ?

– On savait qu'il ne fallait pas croire tout ce qu'elle nous racontait.

– Tu ne l'as pas crue ? Moi, si. J'ai fait des recherches, plus tard. Sais-tu que Walt Disney s'est inspiré du Children's Fairyland, le parc d'attractions voisin ? Et que Frank Oz, l'un des créateurs du *Muppet Show*, y est allé, lui aussi ? Toute la magie du monde vient d'Oakland.

– C'est pour ça que tu es partie, alors ? Trop de magie par ici.

– Ah, tu vas jouer la méchante, si je comprends bien.

– Je n'ai jamais emmené les garçons à Disneyland. Alors qu'ils auraient adoré. Enfin, j'imagine. Peut-être que tout ça, c'est pas notre truc », dit Opal, et elle s'éloigne de la cage, comme si elle voulait changer de sujet, peut-être parce qu'elles ont parlé de leur mère, ou parce que ça lui a fait penser aux garçons, ou au fait que le monde merveilleux de Disney n'avait jamais été leur truc.

Jacquie a sorti son téléphone pour prendre des photos – qu'elle ne regardera jamais – de grues au loin, ainsi que d'oies et d'un rare couple de cygnes, et de ces petits oiseaux chanteurs et querelleurs à la recherche des dernières miettes oubliées par les mouettes. Consciencieuse, Jacquie garde une trace, mais n'ouvre jamais son appli de photos – chose qui ne lui vient jamais à l'idée ; de fait, quand on la presse de s'expliquer, elle va jusqu'à dire que c'est une sorte de crime contre la mémoire, une façon de voler le passé, de s'attarder plus longtemps que la vie ne le permet, et elle ne sait que trop bien qu'elle ferait mieux de profiter des moments perdus grâce aux photos, elle en a déjà tellement perdu à cause de l'alcool, mais même le vocabulaire la dérange, *prendre une photo*, le fait de *prendre* quelque chose, voilà ce qu'elle ressent chaque fois qu'elle les regarde. Et pourtant elle ne peut s'empêcher d'en prendre, elle le fait tout le temps.

Opal, de son côté, adore les regarder, se souvenir d'une journée, elle adore le fait qu'on puisse conserver ces moments-là, ne pas les perdre pour toujours, armés de nos seuls souvenirs, mais les capturer et les conserver dans une réalité concrète, dans son téléphone, dans sa poche, tout contre sa hanche, du côté gauche, au sujet de quoi elle a – enfin – consulté un médecin pour lui parler de cette douleur qui avait migré dans tout son corps avant de se fixer là. Elle a mal aux articulations et dans les os. Elle n'a jamais ressenti ça, juste éprouvé une sensibilité qu'elle attribuait à l'âge, et à l'usure de la marche à répétition. Le médecin l'a appelée après les résultats de la prise de sang.

Elle a tout de suite su qu'elle ne pouvait pas en parler. Elle trouverait un moyen de se soigner sans que personne n'en sache rien.

Jacquie prend en photo une volée d'oiseaux dans le ciel puis se tourne pour en prendre une d'Opal, à quoi cette dernière réagit en plaçant une main devant son visage et en disant : « Envoie-les-moi, celles-là. »

Jacquie ignore si elle dit ça par gentillesse, ou si elle veut vraiment revoir tous ces oiseaux, se souvenir de cette promenade, avoir des souvenirs à montrer aux garçons, au cas où Jacquie reparte, pour leur dire qu'autrefois leur grand-mère aimait regarder des mouettes manger du pain, ce qui n'est pas vrai mais est suffisamment drôle pour sembler vrai si Jacquie venait à repartir, si elle se remettait à boire, autrement dit ce qu'elle a fait avec le plus d'assiduité tout au long de sa vie.

Elles passent devant un grand totem. Dans un premier temps, elles s'abstiennent de tout commentaire, puis l'observent longuement, semblent avoir des choses à dire sur sa présence mais ne pas souhaiter les formuler.

« C'était là, ça, avant ? » demande Jacquie, et elle fixe les formes rouge et jaune vif sur fond de ciel bleu, cette majestueuse superposition d'animaux sculptés.

Opal regarde Jacquie et se demande si c'est de leur vie qu'elle parle, d'elles se promenant autour du lac ensemble, s'occupant des garçons, est-ce que c'était déjà là, toutes ces années où Jacquie avait disparu, perdue dans son addiction ?

« Je crois qu'ils l'ont restauré, dit Opal sans s'arrêter.

– Encore une façon savante de dire que ça a été repeint, réplique Jacquie en la rattrapant.

– C'est plus qu'une simple couche de peinture.

– Je ne crois pas que c'était là, avant.

– Comme si tu faisais le tour du lac depuis des années, c'est pratiquement la première fois que tu viens.

– Je pense qu'on s'en souviendrait…

– Mais je m'en souviens, moi, la peinture était écaillée et défraîchie. Là, ils l'ont restauré, insiste Opal.

– Ça dépasse clairement le sujet du totem.

– La ville essaie toujours de s'améliorer. Même si elle n'y parvient pas. Et les gens passent leur temps à la dégrader.

– Ça fait vraiment plaisir d'être de retour ici. Ne serait-ce que pour le temps qu'il fait.

– Ne serait-ce que pour ça. »

Elles marchent en silence, un instant.

Ce qu'on peut faire quand on a la sensation qu'il n'y a rien d'autre à faire, qu'on est dans un état d'agitation, c'est marcher, se mouvoir dans l'espace et accueillir la sagesse de l'instant présent pour la laisser nous guider. Le genre de propos un peu perchés que Jacquie entend dans ses podcasts, ceux qu'elle écoute en marchant, et qu'elle répète à Opal comme s'il s'agissait de ses propres préceptes.

Jacquie observe le jeune homme à queue-de-cheval devant elles, qui lui fait penser à Orvil. Il marche vite, ses cheveux se balancent d'un côté puis de l'autre. Opal se demande si elle doit parler à sa sœur de ce que le médecin lui a appris, et à cet instant même elle sait qu'elle ne le fera pas.

« À ton avis, qu'est-ce que les garçons sont en train de faire ? dit Jacquie.

– On est samedi, il n'y a pas cours, et comme on n'est pas là, à mon avis ils sont en train de regarder la télé, ou de jouer aux jeux vidéo, ou de regarder d'autres personnes jouer.

– C'est possible, ça ?

– Et toi, vivre à Oakland et y rester, ça te semble possible ? » Opal esquisse un sourire rassurant pour adoucir ce qui pourrait donner l'impression d'être une pique.

Jacquie Red Feather fait entièrement partie de leur vie, désormais, elle habite avec eux, mais personne ne sait ce que ça va donner. Elle n'était pas prête à penser à Orvil en continu, à le voir tous les jours, à être avec eux après avoir vécu seule si longtemps, à ne plus boire d'alcool, plus du tout. Mais ce n'était pas à elle de sauver le garçon, et ce qui lui était arrivé n'était pas de sa faute, il est autonome, la seule personne qui peut le sauver c'est lui-même, ce qui vaut pour tout un chacun. Ça lui fait penser à la prière de la sérénité, l'idée de sagesse, un mot qu'elle déteste, parce qu'il baigne dans le New Age, ou qu'il sonne tellement indien qu'on l'entend automatiquement accompagné d'une flûte traditionnelle, ou du cri d'un aigle.

Que le fait de ne pas boire d'alcool soit la seule chose qu'elle puisse faire pour autrui lui semble égoïste, et à l'inverse, devoir se donner tant de mal pour ne rien faire est comme un jeu à somme nulle, sauf qu'elle se sent beaucoup plus mal quand elle boit, et elle ne peut s'empêcher de faire du mal aux autres, alors ce n'est pas égoïste, impossible, et si elle donne l'impression de chercher à s'autoconvaincre d'être en chute libre, c'est parce qu'elle l'est presque tout le temps, mais chacun vacille à sa façon, certains sont plus doués pour rester en équilibre, comme l'a prouvé sa chère petite, Jamie, quand elle apprenait à marcher et tombait après avoir fait un ou deux pas, et qu'elle disait *Maman, voigarde*, le mot qu'elle avait inventé pour dire « vois » et « regarde », car Jamie avait appris à parler avant même de savoir marcher, et que Jacquie apprend seulement maintenant à joindre le geste à la parole, et il se pourrait qu'elle tombe, au sens figuré, qu'elle ait des moments de faiblesse, mais elle ne s'effondrera pas et ne rechutera pas, même si ça fait partie du processus de guérison, paraît-il, sauf qu'elle ne cesse de rechuter depuis le début, avec de brèves périodes de sobriété, puis des moments de grande consommation où elle garde le contrôle, puis le reperd, et se persuade qu'elle est capable de maîtriser la chute, puis régresse à l'état infantile où l'on bave et s'endort sans le vouloir. Non, la rechute ne fait plus forcément partie de son processus de guérison. Elle peut prendre la bonne Route Rouge, comme le veut l'expression consacrée chez les Indiens pour parler de ceux qui ont cessé de boire et sont en convalescence, une expression qui ne lui plaît pas, et pourtant, chaque fois que Jacquie entend l'un des siens dire qu'il va l'emprunter, ça lui fait chavirer le cœur, sans retenue, comme toujours dans ces groupes de parole où on se réunit sur des chaises pliantes pour raconter son histoire et écouter les autres dire à quel point ça a été dur, à quel point ça continue de l'être, et parler des méthodes existantes pour garder espoir.

Il y a un autre type d'espoir qu'elle avait récemment découvert. Une chose qu'elle se permettait rarement. Un homme. Des sentiments pour un homme. Il y avait encore un peu de place pour l'amour. Elle l'avait rencontré après une réunion, ce qui était mal vu, en général. Ils avaient marché jusqu'au *diner* du coin. Il s'appelait Michael. Il sentait bon. Une odeur si familière qu'elle lui inspirait presque un sentiment de nostalgie. Il était sans doute un peu plus vieux, et il était noir, ou du moins métis. Il lui dit qu'il découvrait le monde des Alcooliques anonymes. Jacquie répondit qu'elle aussi. Il affirmait être ce qu'on appelle un alcoolique fonctionnel. Il avait d'abord réussi à se limiter à soixante-quinze centilitres par jour avant de diminuer la dose. Cela faisait seulement trois mois qu'il avait cessé de boire. Ses enfants étaient à la fac et sa femme l'avait quitté depuis des années. Jacquie s'aperçut tout en l'écoutant qu'elle le trouvait attirant. Sa bouche avait quelque chose. Il avait les lèvres pleines. Une serveuse passa devant eux et Jacquie commanda deux parts de leur meilleure pâtisserie.

« Je peux te poser une question, Jacquie ?

– Je t'en prie

– Est-ce que tu es amérindienne ? » En général, Jacquie détestait qu'on lui pose cette question, mais elle sentit qu'il ne le faisait pas pour les mêmes raisons que la plupart des Blancs, avec leur fascination un peu maladroite.

« Oui, pourquoi ?

– Ma grand-mère était une Cherokee. Moi-même, je suis membre de cette tribu », dit-il, et elle dut afficher une expression de surprise car il ajouta : « Quoi, tu pensais que j'étais seulement noir ?

– Non, non, enfin oui, je savais que tu étais noir et autre chose », répondit-elle. À ces mots elle rougit sans doute, ce qui l'étonna.

« Il y a des tas de Noirs qui sont indiens. »

Puis ils mangèrent leur part de tarte et ce fut comme s'il se passait vraiment quelque chose entre eux. Quelque chose d'authentique. Et puis, quand elle composa le numéro qu'il lui avait donné, ledit numéro n'était plus attribué. Et ça lui donna presque envie de se remettre à boire. Mais finalement, elle préféra marcher.

À cela s'ajoutait un autre problème : sa fille. Blue. Elles s'étaient envoyé des messages. Au début. Et puis plus du tout. Le fait qu'elles aient eu la possibilité de se reparler mais qu'elles aient décidé de ne pas le faire restait une plaie ouverte. Et le resterait peut-être à jamais. Ça aussi, ça la poussa à marcher.

Jacquie marche partout, aussi souvent que possible. Tous les soirs, une fois qu'Opal est rentrée du travail, elles partent faire un tour du lac. Aujourd'hui ne fait pas exception à la règle. C'est comme ça depuis que Jacquie a décidé de vivre avec eux, le temps qu'elle trouve un boulot, puis un endroit à elle, à moins qu'Opal ne déménage et lui permette de rester. C'est une sorte de période d'essai, la première fois qu'elle vit avec les garçons, ça fait moins de six mois qu'elle a cessé de boire, donc elle dort sur le canapé jusqu'à Noël, et on verra après, voilà comment Opal a présenté les choses.

Elles arrivent à la voiture, et chacune part dans une direction différente, Jacquie à sa réunion des Alcooliques anonymes non loin de là, et Opal à la maison pour préparer le repas des garçons.

« Je ne veux pas me mêler de ce qui ne me regarde pas mais… ça ne t'embête pas que je te demande si tu vas bien, hein ? dit Jacquie.

– Tu peux te mêler de ce qui ne te regarde pas si tu penses qu'une personne que tu aimes a un souci et qu'elle n'en parle pas.

– Bon. Très bien. Alors qu'est-ce qui ne va pas ? Je sais que ça fait beaucoup, moi qui suis venue vivre avec vous tous, et Orvil. Mais il y a autre chose, non ?

– Non, rien. Je te le dirais dans le cas contraire.

– Promis ?

– Promis », dit Opal, qui forme un crochet avec son doigt. Chose qu'elle n'avait pas faite depuis qu'elle était petite : c'était une manière d'acquiescer que l'une des deux avait un jour inventée. « Qu'est-ce que tu dirais d'aller sur l'île d'Alcatraz pour la cérémonie du lever du soleil ?

– Tu parles de Thanksgiving, dit Jacquie. Pas question.

– Je parle de la cérémonie du lever du soleil. Et des garçons. Je me disais qu'on devrait assister plus souvent à des événements communautaires. Parce que si c'est à cause de moi qu'ils sont partis en douce assister au pow-wow, alors il ne faut plus que ça se reproduise. Il faut savoir d'où l'on vient.

– On dirait un piège.

– Pourquoi je ferais ça ?

– Peut-être que tu veux me mettre à l'épreuve, que ça passe ou ça casse, pour voir si ça me va de rester avec vous au lieu d'attendre jusqu'à Noël, peut-être que tu me prends pour une bombe à retardement et que tu veux un réveillon immaculé.

– Immaculé. En voilà une bonne idée. Me débarrasser de toi pour sauver nos vacances », ironise Opal, qui fait semblant de penser tout haut et de se laisser convaincre. « Mais je ne voulais pas dire aussi tôt, pas cette année, l'année prochaine. Se préparer à ce genre de grand événement pour mieux connaître la communauté. Pas comme ce qu'a fait maman, qui nous a traînées là-bas sur un coup de tête. » Elles s'esclaffent, un peu gênées.

« Je déteste cet endroit, mais je comprends ce que tu veux dire à propos des garçons. Et au lieu de haïr cet endroit, on peut en faire quelque chose de nouveau, le repeindre ou, comment tu as dit, le restaurer ?

– On devrait peut-être prier pour Alcatraz », suggère Opal. Et elles rient. Opal mime leur mère, qui disait toujours qu'elle allait le faire. Pour tout. C'était sa solution à tous les problèmes, et Jacquie est la seule personne au monde qui puisse comprendre la référence, et en rire aux éclats comme elles le font à présent.

19

Qui a le droit de dire *Indien* ?

Sean Price connaissait un véritable Indien. On n'était pas censé dire ce mot à un Indien ou en présence d'un Indien, mais il avait entendu son ami Orvil Red Feather parler de lui ainsi, et même si Sean savait que l'usage du terme *Indien* posait problème quand on n'en était pas un, ou qu'on venait de découvrir qu'on en était un après un test ADN. Sean voulait sincèrement savoir ce qui était convenable tout en sachant qu'il n'était pas socialement acceptable de parler de test ADN sans paraître grossier.

Sean et Orvil se rencontrèrent pour la première fois dans la vraie vie après un cours où le prof avait demandé qui avait du sang amérindien. Sean avait trouvé ça très bizarre, cette idée d'héritage par le sang, mais pas plus que celle d'héritage relatif aux vestiges, ou aux reliques, à l'art ancien et aux objets qui finissent derrière les vitrines d'un musée. Non, il valait sans doute mieux que ce soit une chose vivante, circulant dans les veines. Mais pourquoi avait-on recherché le sien dans de la salive ?

Avec Orvil, ils avaient été les deux seuls de la classe à lever la main. Après le cours, Sean s'était approché de lui dans le couloir.

Il l'avait reconnu dans la salle de classe. Il avait compris que c'était avec lui qu'il avait discuté en ligne au premier semestre, lorsqu'ils étaient tous deux en distanciel. Il l'avait reconnu parce qu'ils étaient ensemble en primaire. À son avis, Orvil ne se souvenait pas des fois où ils avaient construit des monticules dans le bac à sable de la cour et sauté dessus depuis la balançoire pour voir qui ferait le plus de dégâts. Orvil l'avait surnommée la montagne météore. Ils y jouaient tout le temps, à l'époque. Mais comme ils ne s'étaient jamais retrouvés dans la même classe, ils n'étaient jamais vraiment devenus amis. Orvil Red Feather avait toujours été une caricature de petit Indien aux cheveux longs, sauf qu'au lycée il se les était grossièrement coupés, comme si quelqu'un les lui avait arrachés à grands coups de ciseaux. Il comprit aussi que le pseudo Oredfeather était la contraction d'Orvil Red Feather, et se trouva stupide de ne pas s'en être aperçu plus tôt.

« Oredfeather ? » Orvil sursauta, puis se retourna et fut visiblement soulagé de voir qu'il s'agissait de Sean.

« Sprice ! s'exclama-t-il avec une excitation un peu trop exagérée. Ils se saluèrent comme le font les garçons, quelque chose à mi-chemin entre le check et l'étreinte.

– Tu te souviens de moi ? demanda Sean.

– Bien sûr. Je savais pas que t'étais autochtone.

– Moi non plus. Du coup je peux dire *Indien* ?

– Si t'en es un.

– C'est le cas.

– Comment tu le sais ?

– C'est un peu gênant.

– Pourquoi ?

– Un test ADN.

– Ah.

– Tu vois ? Je t'avais dit que c'était gênant.

– Non, vraiment pas. Mais tu connais pas ta tribu, alors, c'est ça ?

– Non.

– Bref, plus personne ne dit *Indien*. Ça a plus de sens de donner le nom de sa tribu. Moi, je suis cheyenne, donc c'est ce que je dis. À titre personnel, je me fiche de savoir comment on nous appelle », expliqua Orvil, et il prit des manuels et un flacon de comprimés dans son casier avant de les fourrer dans son sac à dos. Sean n'était pas sûr d'être inclus dans ce *nous*.

« J'essaie pas de me la jouer comme si j'étais… », dit Sean, et, ne sachant comment finir sa phrase, il fit un geste des mains comme pour clarifier son propos.

« C'est des conneries, tout ça. Dire ce qu'on est vraiment ou pas, qu'on a des origines indiennes pour je ne sais quelle raison. Aucun des Indiens du temps où on les a baptisés comme ça ne nous reconnaîtrait comme tels, aujourd'hui. Ils se seraient même pas donné ce nom-là. Ils avaient tous leur propre langue et leur propre vocabulaire. C'est comme en Afrique, où tout le monde vit dans un pays différent avec une histoire différente, mais où tout le monde est africain.

– Donc les Indiens d'aujourd'hui sont comme les Afro-Américains ?

– Tu savais que Bob Barker était l'un d'entre nous ?

– Le type du *Juste Prix* ?

– Oui. Et Kyrie Irving, c'est un Sioux de la réserve de Standing Rock.

– Ah bon ?

– Tu peux vérifier. Mais dis-moi un truc, tu crois que les petits-enfants américains de Bob Marley qui vivent aux États-Unis font comme s'ils étaient jamaïcains ? Bob lui-même était à moitié blanc.

– Des petits-enfants américains ? » Sean s'attarda un instant sur le flacon de comprimés. Il se demanda ce que prenait son ami, s'il était vaguement défoncé. Orvil ferma son casier et s'éloigna.

« Eh, attends », dit Sean en le suivant. Il s'aperçut qu'il faisait bien trente centimètres de plus. « Je connais Bob Marley, mais je suis pas sûr de voir le rapport.

– Son fils, Rohan, a grandi à Miami. Il jouait au football et a failli passer pro. Son gamin, Nico, a fini par intégrer les Redskins de Washington. Tu sais que les Buffalo Soldiers, les soldats noirs, devaient leur surnom aux Indiens qui trouvaient que leurs cheveux ressemblaient à de la laine de bison ? » Orvil se tenait à une rampe métallique et se balançait légèrement d'avant en arrière.

« Buffalo Soldiers ? Ouais, je connais cette chanson. J'en déduis que tu passes pas mal de temps sur Internet.

– Certains membres de la tribu des Havasupais qui vivent au fond du Grand Canyon croient que Bob est la réincarnation de Crazy Horse. Tu savais qu'un paquet d'Indiens adorent le reggae ?

– Tout le monde adore Bob Marley, mais c'est quand même dingue.

– Comme Crazy Horse.

– Quoi ?

– Si l'on en croit toujours les Havasupais, c'était lui Crazy Horse.

– Tu joues d'un instrument ?

– Tu veux dire vraiment jouer ? » fit Orvil, et il mima un guitariste.

« Oui, vraiment jouer, dit Sean en imitant son ami.

– J'ai une guitare.

– Moi aussi », dit Sean, puis il y eut un long silence. Il aurait bien aimé jouer avec quelqu'un d'autre, rejoindre ou monter un groupe, mais il n'avait pas vraiment d'amis, personne à qui proposer une telle chose, jusqu'à ce qu'il tombe sur Orvil.

« Qu'est-ce qu'il y a dans ce flacon ? lui demanda Sean.

– Ça fait un bout de temps que je prends ces trucs, et je m'y suis habitué, si tu vois ce que je veux dire, la sensation.

– Pareil pour moi. Quand je me suis retrouvé à sec et que les restrictions ont commencé à cause de la crise des opioïdes ou je sais pas quoi, mon père avait déjà mis tout son système en place. Mon père est une sorte de... » Sean n'en avait encore jamais parlé à personne. « Il fabrique des produits.

– Tu veux dire, comme un labo de meth ?

– Il fabrique ses propres trucs mais pas de la meth. Il a commencé par faire des expériences avec ma mère quand elle souffrait d'une maladie dégénérative du cerveau qui provoquait une douleur incroyable, alors au début il s'est mis à fabriquer différents trucs pour elle. Maintenant, c'est devenu une sorte de business familial. C'est super discret, putain, et ça aide les gens qui souffrent mais qui ont pas accès aux soins, donc y a rien de mal à ça. Toi, qu'est-ce que tu prends ?

– De l'hydromorphone. Mais les médecins veulent plus m'en prescrire.

– On a mieux que ça.

– De toute façon, j'ai sans doute pas les moyens en ce moment.

– T'en fais pas. Je m'en occupe. »

20

Le carton

Opal décida de fouiller dans ses vieilles affaires. Elle ouvrit le carton où se trouvait le costume qu'Orvil portait le jour du pow-wow. C'est son ami Lucas qui le lui avait offert. Elle tomba alors sur un vieux prospectus jauni pour un événement où ils s'étaient fait prendre en photo tous les deux au Centre d'amitié. Elle avait oublié l'existence de cette association, et tous les services sociaux dont elle avait bénéficié là-bas au fil des ans. Elle quitta la maison pour s'y rendre aussitôt.

Les anciens prenaient leur déjeuner. Le timing était parfait, ou le destin, même si elle n'aimait pas se dire qu'elle était elle aussi une ancienne, et préférait ne pas devoir croire au destin si elle pouvait l'éviter.

Opal s'assit et joua au bingo. On leur servit des légumes du potager. Elle ne connaissait personne. Mais ça lui faisait du bien d'être entourée d'autres Indiens. Des aînés, qui plus est. Et des femmes, pour la plupart. Des gens comme elle, à qui elle ne pensait jamais. Elle avait cessé d'assister aux événements communautaires.

Elle remarqua un homme avec une queue-de-cheval poivre et sel sous une casquette – il portait davantage de bijoux que n'importe qui d'autre dans la salle. Il portait des couronnes en argent sur les molaires, et une autre en or. Elle la voyait briller quand il souriait. Il s'appelait Frank Blanket. Il lui dit qu'il avait l'impression de la connaître, ce qu'elle prit pour du flirt. Il expliqua être un travailleur social à la retraite, lui tendit sa carte en lui faisant un clin d'œil.

Elle sut tout de suite qu'elle n'en ferait rien, ne le contacterait pas, pour quoi faire ? Personne ne l'avait jamais invitée où que ce soit. Non qu'elle n'ait jamais eu d'aventures. Il y avait eu Earl, au boulot. Ils avaient flirté pendant des années, et puis un soir, elle l'avait suivi chez lui. Ce fut l'unique fois, et ça n'en valait pas la peine. Il y avait eu d'autres hommes avant ça, en foyer. Elle n'en avait jamais voulu. Et puis il y eut ce type à qui elle distribuait le courrier depuis des années, il était divorcé et l'avait invitée, et elle y était allée. C'était peut-être un rendez-vous galant. Orvil était assez grand pour s'occuper de ses frères. Le dîner fut agréable. Une bonne recette de pâtes avec du poisson blanc. Elle avait même bu du vin, ce qu'en général elle ne faisait jamais. Et elle avait passé la nuit chez lui. Mais il était ennuyeux à mourir. Juste après avoir couché avec elle, il avait eu le toupet d'allumer la télé comme s'ils étaient mariés, ou que c'était naturellement la chose à faire. Elle ignorait ce qu'ils auraient dû faire : discuter de tout et de rien ? Se serrer dans les bras ? Finalement, Opal fut contente qu'il ait allumé le poste. Après quoi elle s'endormit, et le lendemain, elle partit avant le lever du soleil.

Elle y retourna la semaine suivante en espérant revoir Frank, mais il n'était pas là. Une femme beaucoup plus âgée qu'elle, qui lui rappelait vaguement quelqu'un, s'approcha d'elle en souriant.

« Tu es son portrait craché », dit-elle. Opal lui rendit son sourire, à contrecœur. Elle trouvait qu'elle ne ressemblait pas du tout à sa mère. Elle avait vu des photos. Elle se souvenait. Alors pourquoi le dire ?

« Les même yeux », précisa la femme, comme si elle sentait qu'Opal était mal à l'aise.

« Ma mère, vous l'avez connue ?

– Même toi, je t'ai connue ! Bien sûr. Elle et moi étions bonnes amies. Elle était comme une tante pour moi. Tu ne te souviens pas de moi ? Maxine », dit-elle, et elle souleva la mèche de cheveux presque blancs qui recouvrait son front, comme pour lui rafraîchir la mémoire. Mais c'est en la voyant sourire qu'Opal se souvint – elle était sur l'île pendant l'occupation.

« Elle a laissé quelque chose pour toi », dit Maxine, et elle fit ce geste du doigt, comme un crochet. Opal se demanda si ce n'était pas sa mère qui le leur avait appris. Si elle ne l'avait pas appris à cette femme. À moins que tous les Indiens le fassent ?

« T'imagines. Toutes ces années. J'ignore pourquoi je l'ai gardé, Dieu sait que nous n'avons pas la place, mais on finit toujours par en trouver, comme disent les collectionneurs compulsifs à la télé. » Opal se mit à rire, elle connaissait ce type d'émissions. L'appartement était en désordre. « Quand j'ai atterri ici, en faisant du rangement j'ai trouvé une boîte avec le nom de ta mère dessus. Bref, ça m'a semblé suffisamment important pour que je la garde », dit-elle, et elle mena Opal dans une chambre pleine de cartons du sol au plafond. « Je ferais mieux de prendre un escabeau. »

Opal ne se souvenait absolument pas si quelqu'un avait dit à Orvil que c'était Jacquie qui lui avait sauvé la vie ce jour-là, sans quoi il n'aurait probablement pas survécu. C'était le genre de pensées qui la taraudaient, et dont elle n'arrivait pas à se débarrasser en allant chercher Lony. Elle sentait que quelque chose clochait. Il n'était pas lui-même en ce moment, alors elle s'était dit qu'ils iraient s'acheter une pizza là où il y avait ce vieux jeu vidéo d'arcade qui lui plaisait tant et ne coûtait qu'un *quarter* la partie – *Street Fighter II.*

Après le repas, elle lui demanda comment allait Orvil d'après lui, même si c'était à Lony lui-même qu'elle pensait, sans vouloir lui poser directement la question. Il répondit qu'il le trouvait changé, et que soit Orvil était désormais insensible aux balles, soit Lony disposait d'un super-pouvoir qui l'avait sauvé. Elle lui demanda de quel super-pouvoir il s'agissait, et il lui expliqua avoir découvert dans un rêve qu'il y avait un endroit entre son cœur et son ventre grâce auquel il pouvait faire advenir des choses. Voler, lancer des boules de feu avec son poing – comme le personnage de *Street Fighter II* qu'Opal choisissait quand elle jouait contre lui, pas le blond, mais l'autre –, exercer son pouvoir de guérison, presque tout ce qu'il pouvait imaginer en rêve, et dans la salle d'attente de l'hôpital, quand ils attendaient qu'on leur donne des nouvelles d'Orvil, il avait utilisé ce pouvoir pour soigner son frère, avait visualisé un champ de force autour de la blessure, et lorsqu'on leur avait annoncé qu'il allait falloir laisser la balle à l'intérieur de son corps, ça lui avait semblé logique. Puis il ajouta, soit c'est à cause de ça, soit c'est parce que Orvil est insensible aux balles, mais dans ce cas c'est lui qui a des super-pouvoirs. Opal lui demanda pourquoi il n'était pas concevable qu'il ait simplement survécu, ce qui arrivait tout le temps, sans qu'on soit doté de super-pouvoirs. À quoi il répondit, Grand-mère, je sais que cette journée t'a changée, toi aussi, puis il lui expliqua qu'on peut faire ce qu'on veut de sa vie par la seule force de sa volonté, et que si on croit sincèrement en quelque chose, ça peut se réaliser. Il pointa du doigt la zone autour de son nombril. Opal lui donna une poignée de pièces de monnaie, et il lui fit un grand sourire.

Avant qu'ils sortent de la pizzeria, Lony regarda Opal à travers la forme qu'il avait faite avec ses doigts et collée sur l'un de ses yeux.

« Regarde ça, Grand-mère, dit-il en tirant un peu la langue. L'œil du diamant.

– Qu'est-ce que c'est ?

– Comment ça, qu'est-ce que c'est ? » fit Lony. Et Opal comprit. Il était absolument lui-même dans des moments pareils. Il s'exprimait avec sincérité, ni plus ni moins. L'œil du diamant.

21

Double A

Loother déteste le fait de voir à travers les autres gamins comme à travers ces sachets plastique dans lesquels Jacquie emballe les jolis petits sandwichs triangulaires qu'elle lui prépare pour le déjeuner, et le fait que tout le monde en soit conscient, que ce soit si transparent, si douloureux, si drôle, si gênant, surtout gênant, de devoir aller au bahut ensemble et de prêter attention ou pas aux tendances, d'être actif en ligne, de liker et de follower, mais aussi la façon dont tout le monde fait comme s'il ne voyait pas à travers, c'est ça qui énerve le plus Loother, qu'ils fassent tous comme s'ils n'éprouvaient pas grand-chose, et en même temps comme s'ils étaient trop cools pour ressentir quoi que ce soit.

Il en est réduit à des suppositions, à ça et à ce qu'Opal appelle l'intuition, qui d'après elle est une forme de sagesse que les ancêtres dissimulaient dans leur corps et transmettaient d'une génération à l'autre, de même qu'après avoir eu affaire à un paquet de sales types au fil des ans, on finit par les déceler plus facilement quand on en croise un. Pour Loother, les riches petits Blancs sont des sales types. Trop sûrs d'eux, ils se comportent comme s'ils étaient aux manettes. Mais Loother veut qu'ils l'aiment. Et le fait de rechercher leur approbation et de se détester pour ça ne l'empêche pas pour autant de faire de son mieux pour avoir l'air cool en leur présence.

En cours il n'est pas très loquace, parce qu'il est timide. Ne pas vouloir être timide n'a jamais empêché quiconque de l'être. Tout le monde parle fort dans les couloirs pour se faire remarquer, mais en même temps on essaie de se cacher derrière cette version bruyante de soi-même. Loother trouve que ce sont des cabotins, un mot qu'il tient d'Opal et qui s'applique soi-disant à de nombreux Indiens, même si tout le monde tend à présenter les Indiens comme le truc le plus important depuis les premières funérailles de l'humanité. Récemment, il s'est demandé à quoi aurait ressemblé l'enterrement de son frère Orvil s'il était mort, il a pensé à la première personne à mourir et à la réaction de ceux qui l'entouraient. Ça avait dû être le truc le plus flippant qui soit.

Les gens regardent toujours Loother comme s'il était cinglé. Il dit sans ambages ce qu'il ressent, est-ce de la colère ? Peut-être qu'il est vraiment fou. Qu'y a-t-il de si normal en permanence qui fait que tout le monde devrait se sentir aussi normal, comme si on était toujours censés être sympa ? Quand on peut se faire tirer dessus en dansant, c'est qu'un truc ne tourne pas rond, putain. Un truc ne tourne pas rond dans ce monde, putain, voilà ce que pense Loother, parfois, mais il aime aussi la vie, ne veut pas qu'elle disparaisse, que les gens qu'il aime souffrent et meurent, il ne veut pas mourir. Les cours, c'est vraiment naze. Mais il y a une fille. Vee.

Elle est cool. Il est avec elle en anglais. Elle est assise vers le fond et lui au premier rang depuis qu'il s'est fait surprendre en train de pioncer. Vee était absente ce jour-là, alors il se dit qu'il a encore une chance. Il avait un plan pour lui donner son numéro mais il avait la trouille, alors ça traînait.

Voici à quoi ressemblent les journées de Loother : il se lève à contrecœur, ou bien Jacquie le force à se lever et lui prépare des gaufres plus tard. Elle lui dit qu'il faut qu'il aille au lycée sinon il se fera exploiter en faisant un boulot qu'il déteste. Comme dit Opal, elle s'efforce de faire tout ce qu'elle n'a pas pu faire quand elle picolait. Elle fume des clopes comme si c'était son job. Elle se tient devant la maison en train d'en griller une quand ils sortent prendre le bus, et pareil quand ils rentrent. Désormais, elle passe son temps à marcher, alors il se dit que c'est peut-être comme ça qu'elle compense. Une fois arrivé au bahut, il est assez réveillé pour ne plus avoir sommeil, mais il ignore comment se comporter en présence des autres, si artificiels, bruyants et stupides. Loother se montre cool envers ceux avec qui il a l'habitude de l'être, évidemment, mais il ne sait jamais quoi dire, alors il fait comme s'il avait un rendez-vous, ou bien il va voir Lony, qui vient d'entrer au collège, il s'approche de lui par-derrière, dit, Grand-mère arrive, et le regarde sursauter, puis rire, puis se retourner, d'abord blessé, avant de sourire et de faire semblant de trouver ça drôle pour lui faire plaisir.

Parfois Loother regarde les filles qu'il mate lui lancer un regard glacial. Ce n'est pas qu'il veuille leur manquer de respect, juste qu'il aime comment elles le regardent quand il les zieute, genre *Arrête de mater, espèce de tordu.* Elles ont raison. Les mecs sont des tordus.

D'aussi loin qu'il s'en souvienne, Loother a toujours voulu avoir une petite amie. Opal le qualifiait de romantique quand il parlait des filles qui lui plaisaient. Chaque année, il y en avait quelques-unes au bahut, mais il avait trop peur de les accoster. Il n'aimait pas qu'on dise de lui qu'il était romantique, mais ça valait toujours mieux que de le prendre pour un tordu.

Il avait abordé Vee un jour qu'il était en forme, pour quelle raison il l'ignorait, mais il se sentait assez bien pour tenter le coup. Elle n'était pas avec ses copines et venait de fermer son casier. Il lui avait donné son numéro de portable sur un morceau de papier avec son nom écrit au-dessus. Je sais comment tu t'appelles, idiot, lui avait-elle dit avant d'éclater de rire. Il ne savait pas comment c'était possible. Il était face au casier, et elle face à lui. Il a tendu la main pour donner l'impression qu'il savait ce qu'il faisait. Qu'est-ce que tu veux que je fasse de ça, voilà ce qu'elle lui a dit. En tenant le bout de papier en l'air comme s'il lui avait donné l'emballage d'un bonbon. Je me disais que si jamais tu as besoin d'un coup de main en anglais, vu que je suis bon… Toi, tu vas m'aider en anglais ? a-t-elle dit, et elle a rigolé beaucoup trop fort. Elle avait raison, pour ce qui est des cours. Mais Loother a le sens de la formule. Certains matins, avant d'être complètement réveillé, il a l'impression que les mots mettent le feu à son cerveau. Il a bien essayé de rapper, suppliant trop souvent ses frères de l'écouter, et puis il a commencé à se dire que c'était un truc de Noirs, mais en même temps il y avait plein de rappeurs indiens maintenant, tout ça était logique. Ça lui a fait penser que les Afro-Américains sont originaires d'Afrique, tout en étant désormais américains, et que c'est aussi vrai des Indiens, sauf que leur Amérique à eux n'existe plus, contrairement à l'Afrique. Et c'est quoi la logique dans le fait que les Indiens s'approprient la culture noire ? Peut-être tout simplement parce que c'est encore pire quand les Blancs font du rap. Et aussi, est-ce que les Indiens ne seraient pas furax si les autres commençaient à s'approprier leur culture, se mettaient à danser et à chanter dans des pow-wows ou ailleurs ? Il sait que ça les rendrait tous dingues, carrément dingues. Alors qu'est-ce qui fait croire aux gens qu'ils peuvent s'emparer du rap, voilà une question à laquelle il n'a pas de réponse, du coup il a arrêté d'écrire et d'enregistrer ses morceaux. Mais ensuite il pense aux autres trucs qu'il a empruntés à la culture noire. Genre, sa façon de porter une casquette de base-ball comme le font les rappeurs, et non pas comme les joueurs de base-ball. Il a remarqué que beaucoup d'Indiens et de gens de couleur en général portent une casquette impeccable, à visière plate. Quand il y pense, c'est un peu extrême d'arrêter d'en mettre, mais continuer l'est tout autant, du coup il se demande pourquoi tant de gens en ont. Parce que le base-ball est un passe-temps américain et que les artistes de hip-hop recyclent ce que le fait d'être américain signifie pour eux, c'est peut-être pour ça qu'il le fait lui aussi. Mais est-ce que ça ne pouvait pas être à la fois un choix de style et une revendication quant à son appartenance à l'Amérique ?

Il avait toujours envie d'écrire, de travailler avec les mots, parce qu'il aimait bien inventer par l'écriture de nouvelles idées auxquelles il n'aurait jamais pensé. Mais quand il se met à écrire des textes qui ne sont pas du rap, ça le gêne de devoir appeler ça de la poésie.

Il envisage d'écrire un poème pour Vee, et dès que l'idée lui vient et que le résultat se révèle très mauvais, il a l'impression qu'il ferait mieux d'arrêter définitivement, qu'elle a certainement déjà tout lu et qu'il ferait mieux d'arrêter de lui courir après une bonne fois pour toutes. Mais cette impression ne fait que passer, et il sait que les sentiments qu'il éprouve pour elle sont sérieux après qu'il a passé des heures à lui écrire sans même y penser.

Loother écrit avec les pouces plus que tout autre chose, et la plupart de ses textes s'adressent à celle qui est désormais sa petite amie, Vee. Il sait aussi taper sur un clavier, mais ses pouces sont bien meilleurs que tous ses autres doigts combinés pour ce qui est du temps nécessaire pour exprimer une idée. Peut-être qu'ils sont surdéveloppés grâce aux consoles auxquelles il a joué depuis tout petit. Peut-être que les jeux vidéo et les téléphones favorisent l'évolution des pouces, qu'ils annoncent un nouvel être humain. Sans doute parce que nous passons de plus en plus de temps sur nos écrans. Loother pense que ce serait vraiment triste qu'on devienne des machines au fil du temps. Il regrette l'époque où il pouvait discuter avec Orvil de trucs idiots comme le soulèvement des robots, et il aimerait bien aussi pouvoir lui parler de Vee. Ces derniers temps, tout ce que fait Orvil, c'est aller chez son pote Sean, qu'il ne connaît même pas depuis si longtemps que ça, mais il fait comme s'ils étaient les meilleurs amis du monde, ce qui est peut-être vrai, et Loother comprend, car avec sa copine aussi ça devient très sérieux. Sa famille est super sympa avec lui et sa mère l'appelle *mijo*, ce qui veut dire fiston, et au début il se disait si je suis son fils, ça fait de Vee ma sœur, ça craint, et puis il l'a pris comme s'ils étaient mariés, qu'elle devenait sa mère et lui son fils, et ça lui a plu, mais il pense qu'il y a autre chose là-dessous, un truc en rapport avec la culture mexicaine qui lui échappe, mais qui se rapproche aussi peut-être de ce qu'ils sont pour Opal, même s'ils ne sont pas vraiment ses petits-fils. Il passe son temps à envoyer des textos à Vee, qui le plus souvent lui répond super vite mais parfois non, et dans ces cas-là il regrette qu'ils s'envoient autant de messages. En tout cas, ils sont ensemble pour de bon, genre ils s'écrivent des Je t'aime, donc c'est évident, au point qu'il est inutile de l'officialiser, mais il a l'impression qu'il le faut, voilà pourquoi il lui a envoyé un texto un peu plus tôt dans la journée pour lui dire, est-ce que tu veux être avec moi ? Elle n'a pas encore répondu et chaque seconde de silence le turlupine. Il n'arrête pas de songer qu'il va lui envoyer un autre message pour dire si tu veux pas tant pis, ou si tu veux rester libre peu importe, même si pour lui c'est très important. Il est prêt à accepter tout ce qu'elle voudra par rapport à tout ça, il ne voudrait surtout pas qu'elle se mette la pression juste parce qu'il lui a posé la question.

Lony et lui sont dans le couloir devant la porte de la salle de réunion des « double A » – une expression dont Jacquie a horreur. Il a fallu qu'ils l'accompagnent parce qu'Opal est allée à un événement communautaire du Centre indien et qu'elle ne veut pas qu'ils restent seuls à la maison. Loother lui a rétorqué que c'était idiot et qu'ils étaient assez grands, puis il s'est senti mal parce qu'il sait que si elle fait ça, c'est surtout à cause de l'absence d'Orvil, pour lui reprocher de ne pas s'occuper de ses frères, de ne pas les surveiller, peut-être même qu'elle lui a envoyé un texto pour lui dire qu'il a fallu qu'ils partent avec Jacquie parce qu'il n'est pas là. Loother s'en fiche. Il aime bien être avec Lony. Le voir redevenir lui-même l'aide à ne pas s'en faire dans les moments où il ne se trouve pas à ses côtés. Son frère a téléchargé un tas d'applis pour développer sa perception extrasensorielle. Il croit qu'il est possible de communiquer sans les mots. Loother lui a dit que c'était idiot, et Lony a répondu peut-être bien mais personne n'est jamais devenu bon dans aucun domaine sans entraînement, ce que Loother lui accorde, son frère s'investit toujours à fond lorsqu'il croit en quelque chose. Quand on réfléchit à un chiffre, il le devine sept fois sur dix.

Loother aussi est rivé à son téléphone. Il s'est mis aux échecs en pensant que ça le rendrait intelligent, et aussi parce que Vee y joue, du coup ils se sont fait des parties l'un contre l'autre, et puis il a continué parce que ça lui plaît vraiment, et une fois passé les premières étapes où il ignorait quelles pièces déplacer et jouait sans plan établi, il a commencé à trouver ça génial.

Lony discute avec son chatbot. Il pense que les gens gagneraient à mieux connaître l'IA parce qu'un jour elle prendra le pouvoir. Il demande où sont les toilettes, à quoi on lui répond qu'ils doivent traverser le cercle de chaises, de jambes traînantes et de bras ballants, ces visages allongés et dégoulinants. Qui sait, Loother finira peut-être un jour par atterrir là, alors il ne faut pas les juger. Quand ils traversent la salle, Jacquie est en train de parler et leur décoche un regard furieux, du coup Loother montre son frère des deux mains comme pour dire : Ne me regarde pas comme ça. La vérité, c'est que lui aussi a envie de pisser.

Les toilettes sont dégoûtantes, encore pire qu'au bahut. Il a dit à Lony de ne toucher à rien. Pendant qu'il se soulage, il découvre une inscription sur le mur devant lui : Tiens bon, fais confiance au processus. Quelqu'un a barré *cessus* pour le remplacer par *qui suce*. Un autre a dessiné une bouteille buvant au goulot d'une autre bouteille et écrit : La bouteille boit un coup. Le mot *loser* est écrit en dessous. Puis quelqu'un a tout barré pour écrire : Ici les trolls ne sont pas les bienvenus.

Ils finissent de pisser en même temps et se dévisagent l'un l'autre dans le miroir en se lavant les mains. Loother ne sait pas comment interpréter ce regard, mais il y a de l'amour dedans. Quelque chose fait sourire Lony, ce qui le fait sourire en retour, puis le fait de les voir sourire tous les deux dans le miroir l'agace pour une certaine raison et Loother lance, Allez viens, on se casse de ce trou à rat. Il sait qu'il sourit encore quand ils regagnent le cercle. Loother s'approche de sa grand-mère et lui demande à voix basse les clés du 4 × 4. Le Ford Bronco d'Opal est garé devant. Jacquie lui tend les clés sans un regard. À l'intérieur, Lony lui demande s'il veut jouer au jeu des rimes. C'est un truc qu'ils faisaient souvent, où on pense à un mot que l'autre joueur doit faire rimer.

La rime doit être parfaite, pas comme ces pirouettes qu'on pratique dans le rap, pas ces pseudo-rimes, et surtout pas celles constituées de deux mêmes mots. Ils avaient banni certains termes, dont ils avaient compris au fil du temps qu'il était impossible de leur trouver la rime parfaite : monstre, pourpre, siècle. Sans attendre de savoir si son frère veut jouer, Lony dit palace. Loother répond immédiatement salace et l'autre lui demande ce que ça signifie. Il lui montre la définition sur son téléphone puis dit autocratie. Lony lui rappelle qu'il n'a pas le droit de choisir un mot composé, un mot fait à partir de deux mots différents, et Loother dit que ça n'en est pas un. Il n'est pas sûr, mais préfère ne pas insister et choisit le mot pubère, ce qui fait rire son frère. Il se dit que c'est parce que ce dernier a une rime en tête, genre fastoche, mais Lony dit buveur, et Loother dit non, alors Lony dit dober, comme dans doberman. Loother lui dit que ça s'écrit en un seul mot et qu'on ne peut pas le couper en deux pour le faire rimer. Son frère dit d'accord, un point pour toi. Et il semble chercher autre chose, mais évoque un souvenir que Loother avait oublié. Quand Opal s'était fait attaquer par un doberman. Tu te souviens, dit-il, elle était rentrée en sang à la maison et elle n'était pas allée à l'hôpital parce qu'elle voulait qu'on l'accompagne. Loother dit qu'il s'en souvient. Puis Lony demande, Ça ressemble à quoi, un doberman ? Après une petite recherche, Loother découvre que le nom vient d'un percepteur d'impôts allemand qui aurait créé cette race de chien pour faire peur aux contribuables et les obliger à casquer. L'histoire, bien qu'elle semble inventée de toutes pièces, est avérée sur Internet. Lony se tait, puis dit bière. Loother lui rappelle qu'ils n'ont pas droit à des mots de moins de deux syllabes. Lony dit que ça devrait être autorisé, et Loother se souvient qu'ils avaient décidé d'appliquer cette règle pour que son frère améliore son vocabulaire. Alors il dit d'accord, on peut les autoriser. Donc bière, c'est bon ? demande l'autre. Loother dit oui, et lui demande si on lui en a déjà fait boire. Lony lui demande ce qu'il entend par « on ». Loother dit tu sais qui, puis prononce le mot rechute, et lui demande s'il comprend ce que ça veut dire. Son frère répond parachute. Bien joué, dit Loother, mais ce n'est pas de ça que je parle, je te demande si tu sais ce que rechute signifie. Lony dit que c'est ce qui arriverait à Jacquie si elle se remettait à boire. Puis : vas-y, comme pour « à ton tour ». Très bien, fait Loother, puis il dit destruction. Lony dit qu'ils devraient se limiter à des mots de deux syllabes, et Loother acquiesce. Ils jouent à un autre jeu quand Jacquie monte dans le 4 × 4, c'est celui des contraires, en gros, un joueur choisit un mot, n'importe lequel, et il faut penser au meilleur antonyme, par exemple Loother vient de dire lampadaire parce qu'il vient d'en voir un, et Lony a dit parapluie, à quoi Loother a répondu qu'il marquerait un point si Lony ne trouvait pas mieux. Le retour à la maison se fait dans le silence. Mais un silence positif, comme s'il était arrivé quelque chose de bien à Jacquie, et que c'était bien pour tout le monde. Loother se dit que c'était le cas depuis toujours. Pareil pour le négatif. En remontant Fruitvale, Lony dit qu'il a envie d'un burrito – juste à temps pour qu'ils s'arrêtent sur International Boulevard, dans ce restau qu'ils adorent. Une fois rentrés, ils s'installent sur le canapé et envisagent de faire une partie de dominos, mais finissent par manger en silence, puis ils vont se coucher après que Lony leur a montré ses vidéos préférées, qu'il sauvegarde sur son téléphone pour cette raison précise, pour leur montrer les trucs qu'il trouve marrants, le plus souvent des animaux mignons qui font des trucs d'animaux mignons pour plaire à leurs maîtres humains, presque toujours des chiens, l'animal préféré de Lony depuis toujours.

Cette nuit-là, Loother rêve de petites créatures, ça lui arrive parfois, des jumeaux qui sont ses frère et sœur. Ils sont au musée de la Chaussure et déchirent d'épais autocollants métalliques de la paroi d'une vitrine afin de mieux voir ce qu'elle contient.

22

Anniversaire

Jacquie eut l'idée stupide d'organiser une fête pour l'anniversaire de Loother. Elle demanda à Lony ce que son frère aimerait faire, à son avis.

« Je sais pas ce qu'il aime. À part envoyer des textos à sa copine. »

Ils jouaient tous les deux aux dominos. Comme il avait le double six, elle savait qu'il n'allait pas trop réfléchir, qu'il craignait qu'elle ait le six-trois qui lui permettrait de marquer quinze points. À chaque fois, il s'en voulait. C'était Jacquie qui lui avait transmis cette crainte, et puis il en avait directement fait l'expérience avec ses frères, qui, pour couronner le tout, jubilaient d'une joie mauvaise. Elle reposa la question, sous une forme légèrement différente.

« À ton avis, s'il avait le choix, qu'est-ce qu'il aimerait faire pour son anniversaire ?

– S'il avait le choix ? Hmm. Il le fêterait probablement pas avec nous.

– Bon, mais si on l'obligeait ?

– Regarder un film, j'imagine. Manger un Indian taco. Je sais plus du tout, j'en ai aucune idée. Avant, notre film préféré c'était *Donnie Darko*.

– *Donnie Darko* ?

– On l'a vu à la télé il y a longtemps, je devais avoir cinq ans. Chaque fois que ça repassait, on le regardait. Et puis on a acheté le DVD, qu'on regardait de temps en temps quand on s'ennuyait. Et puis on l'a oublié.

– Ça parle de quoi ?

– Je sais pas.

– Comment ça, tu ne sais pas ?

– C'est bizarre.

– Bizarre comment ?

– C'est un film qui fait peur, mais c'est pas censé faire peur. Y a un ado un peu dérangé qui est somnambule et qui croit que c'est la fin du monde, c'est une sorte de super-héros sans en être un. Y a un lapin qui fait peur, il s'appelle Frank, il a une voix grave trop bizarre, y a des morceaux d'avion qui tombent du ciel, et la Blanche de *Danse avec les loups* qui joue la mère.

– *Danse avec les loups*, tu connais ce film, toi ?

– C'est Opal qui nous l'a montré. Elle a dit que ça faisait partie de l'histoire indienne.

– Quelle partie ?

– Ah, et ils voyagent aussi dans le temps, c'est leur grand truc.

– Un voyage dans le temps. Je vois.

– Orvil dit qu'on est avant tout des voyageurs du temps.

– Qui ça, "on" ? Vous trois ?

– Les Indiens.

– Comment ça ?

– Tout le monde croit qu'on appartient au passé, mais on est là, sauf que les autres sont pas au courant, alors c'est comme si on était dans le futur. Un peu comme des voyageurs du temps. Enfin, je sais pas, c'est plus clair quand c'est lui qui l'explique.

– Non, je crois que je comprends ce que tu veux dire. J'ai entendu des Blancs se prendre pour les descendants des passagers du *Mayflower*, comme si ça leur donnait plus de légitimité. Mais personne ne leur demande de porter des boucles à leurs chaussures. Ou d'en mettre sur leurs chapeaux. Pourquoi est-ce qu'ils en avaient sur leurs chapeaux, d'ailleurs ?

– Pour les serrer. Parce qu'il y avait du vent sur les bateaux pendant la traversée. À moins que ce soit comme pour les boutons en plastique à l'arrière des casquettes ?

– Ça doit être ça. Donc, tu penses que ça lui ferait plaisir de regarder *Donnie Darko* ?

– Y a autre chose.

– C'est-à-dire ?

– Opal savait qu'on adorait ce film, elle l'avait même regardé avec nous, une fois, et elle s'était moquée, du coup après ça on a évité de le regarder en sa présence, et puis un jour elle nous a fait une surprise à Noël en nous offrant le livre tiré du film, et la suite.

– Le livre tiré du film ?

– Y a un livre, dans le film, *La Philosophie du voyage dans le temps*, écrit par une vieille folle, mais ce livre-là existe vraiment, et elle nous l'a offert.

– Et la suite ?

– C'était vraiment mauvais. On l'a même pas regardée jusqu'au bout.

– À ce point ?

– La plupart des suites sont mauvaises.

– Oui, c'est vrai. Bon, mais tu disais qu'il y avait autre chose.

– Il y a un passage dans le livre à propos des objets qui font apparaître des univers tangents. Et je me disais que l'éclat de balle qu'Orvil a dans le corps pourrait être un truc dans le genre. Et maintenant, il se peut qu'on entre dans un nouveau monde dangereux si personne fait rien.

– Qu'est-ce qu'on est censés faire ?

– J'en sais rien. J'essaie encore de comprendre quoi.

– Donc, c'est ça qui lui ferait plaisir, semble-t-il ? Regarder *Donnie Darko* ?

– Non. Enfin, je sais pas. Demande-lui.

– Et qu'est-ce qui lui plaît dans le film, en dehors de ça ?

– La relation entre Donnie et Gretchen. Comment il prend sa défense. Ce qu'elle voit en lui. Et lui en elle.

– Est-ce que Loother a eu d'autres copines ?

– C'est la première fois que c'est sérieux.

– Ah, parce que c'est sérieux ?

– Avec les autres, ça durait une semaine. Parfois même une journée.

– Tant mieux pour lui.

– Faut croire.

– Et c'est quoi son gâteau préféré ?

– Soit un gâteau glacé, soit celui aux Rice Krispies d'Opal.

– Du gâteau aux Rice Krispies ?

– C'est le meilleur. C'est tellement sucré que c'en est presque dégueu. Presque.

– Tu connais la recette ?

– Non. Envoie un message à Opal. Ou cherche sur Google.

– Ah, oui. Opal. »

Jacquie se sentait stupide de vouloir s'occuper de l'organisation, mais ne pas le faire n'était vraiment pas la direction à suivre. S'il y en avait une. Autre que s'effondrer, ou revenir en arrière, qu'il y ait ou non une possibilité de ne pas rester coincée, de ne pas toucher à l'alcool, elle savait qu'il restait beaucoup à faire. Alors elle choisit le samedi le plus proche de son anniversaire, et envoya un message à sa sœur pour lui demander la recette.

23

Les Scarifiés

Le jour de la fête, Orvil lâche à Loother un joyeux anniversaire du bout des lèvres et se carapate dans sa chambre en claquant la porte.

Lony ne voulait pas qu'on sache qu'il se scarifiait. Ses coupures n'avaient rien à voir avec celles que les autres gamins s'infligeaient au bahut, d'après Loother, mais pendant qu'ils regardaient *Donnie Darko* sur le canapé, l'un contre l'autre, épaule contre épaule, ce dernier vit que son frère n'avait plus de place et qu'il en était réduit à se taillader l'extérieur des bras. Personne ne veut se scarifier deux fois au même endroit, on souhaite que la plaie puisse se refermer. Alors on le fait là où la peau est encore intacte, si nécessaire. Pour éviter que la cicatrice ne soit trop profonde. On ne veut pas exhiber les preuves, parce qu'on ne le fait ni pour attirer l'attention sur soi, ni pour les sensations que ça procure aux autres.

Lony le fait pour restituer à la terre et parce qu'il pense qu'il y a quelque chose de magique dans le fait d'enfouir du sang et de songer à son point central, celui où il visualise sa boule de lumière, où il se pourrait bien qu'il accumule son pouvoir, pour la croyance, l'espoir, quelque chose de plus grand que ce que sa famille et lui possèdent, rassemblent. Il pense qu'il pourrait se rendre utile, alors quand Loother lui donne un petit coup de coude devant une scène de baiser, pour le charrier, sans vraiment s'attendre à ce qu'il se couvre les yeux, Lony grimace et, sans le vouloir, aspire un filet d'air entre ses dents, parce que ça fait mal, ça pique clairement à l'endroit où son frère l'a tapé. Loother lui demande, quoi, qu'est-ce qu'il y a.

« C'est rien, je me suis égratigné le bras dans les rosiers », répond Lony, et il montre l'écran. Il ne se passe rien hormis la fin du baiser et une nouvelle scène. Loother soulève la chemise de son frère et découvre les marques qu'il a sur le bras.

« C'est rien », répète Lony, sachant très bien, à la façon dont tout le monde le regarde, que c'est tout sauf anodin.

« Parle », dit Opal. Elle est toujours d'un calme impressionnant quand ça va mal.

« Je le fais pour de bonnes raisons.

– Tu n'es pas capable de faire la différence entre une bonne raison et un serpent si tu crois ce que tu dis », rétorque-t-elle avant de le tirer par son haut et de l'emmener à la salle de bain. Loother est sans voix quand ils quittent la pièce. Lony voit qu'il ne le regarde pas et Jacquie sort, cigarette et briquet à la main.

Opal chuchote quelque chose que Lony n'entend pas, et lui n'arrête pas de répéter pardon, Grand-mère, sachant qu'elle ne l'entend pas mais dans l'espoir que s'il continue à le dire, ça puisse l'atteindre. Elle lui fait retirer son haut devant le miroir. Lui fait dire quelles sont ses bonnes raisons. Il lui parle de ce qu'il a découvert sur les Cheyennes. Leur nom vient du fait qu'on les appelait les Scarifiés, parce qu'ils se mutilaient les bras en sacrifice, pour s'attirer les faveurs du Grand Esprit. Opal lui dit qu'elle n'a jamais entendu parler de ça, puis elle se met à pleurer pendant qu'il lui dit qu'il ne veut pas qu'une fusillade comme celle-là se reproduise, et qu'il est reconnaissant qu'Orvil ne soit pas mort, qu'ils aient leur nouvelle grand-mère, et aussi l'ancienne, qu'ils aient toujours eu leur ancienne grand-mère.

« Ne m'appelle pas comme ça.

– Il faut bien que quelqu'un fasse quelque chose.

– On n'est pas obligé de faire couler le sang pour autant », dit Opal, et il n'y a plus trace de colère dans sa voix – en fait on y décèle même un humour tranquille. Parfois, elle disait quelque chose de dramatique sur un ton neutre, et là ça avait visiblement fonctionné.

« Faire couler le sang ? demande Lony, souriant à travers ses larmes, reniflant.

– Je suis sérieuse. On peut s'aider mutuellement. Pas besoin de se cacher, de porter un fardeau impossible.

– Orvil se cache et il en porte un. Toi aussi.

– Je sais, mon grand », dit Opal, qui se met à pleurer, mais elle appuie alors sur ses yeux du dos de la main pour faire cesser les larmes, et caresse la tête de Lony. « Ça va aller. Regarde, ça va déjà mieux », dit-elle, montrant son visage qui n'est déjà plus le même qu'il y a quelques instants.

« Ah bon ?

– On fait tout ce qu'on peut.

– Vraiment ? »

Le lendemain, Lony retourne dans les rosiers. Il creuse au même endroit que la dernière fois, dans l'espoir de trouver quelque chose. Il n'y a que de la terre, rien d'autre que de la terre et des pierres. Il sent la boule dans son cœur, la sent tourner et grossir, et se dit qu'une amélioration est en train de se produire. Il ignore comment, de quelle façon, mais il sent cet espoir grandir. Il ne sait pas ce que ça signifie, mais il sait que quelque chose d'autre est nécessaire, qu'il doit faire en secret. Il croit le savoir. Il croit qu'il est censé savoir ce qu'il ressent, mais n'y arrive pas. Il pose la main au fond du trou qu'il a creusé. C'est froid. Une pensée lui vient, il veut y voir comme une prière. Il s'aperçoit qu'il ne sait pas à quoi ça ressemble. Il ferme les yeux et dit « Merci » en s'adressant au sol, et se demande si le son de sa voix va pénétrer la terre, tendue vers la volonté d'améliorer les choses. Il dit à nouveau merci et sent son cœur tourner et grandir. Il continue de creuser et de poser la paume de ses mains sur la terre, contre la terre, contre ce tout qui lui fait peur, et il entend une voix intérieure lui dire de lâcher prise, de faire porter son fardeau impossible par cette grosse boule de terre qui porte tout le monde, impossiblement, à travers l'espace et le temps et le fil qui relie tout ensemble, allant dans toutes les directions imaginables, et tournoyant sans cesse. Il s'épuise à la tâche, atteignant plusieurs dizaines de centimètres de profondeur, quand Loother arrive.

« C'est quoi ? lui demande-t-il.

– Quoi, c'est quoi ?

– Ce que t'es en train de faire ?

– J'en sais rien. Juste un truc sur quoi je travaille.

– Mais c'est quoi ?
– Un trou. C'est là que j'ai enterré mon sang.
– Ouais. Et c'est censé rendre service à Orvil ? Lony, pourquoi il faut toujours que tu nous déprimes comme ça ?
– Je suis pas déprimé. Tu l'es, toi ?
– J'en sais rien, Lony. Tu vas arrêter de te scarifier ?
– Oui.
– C'est vrai ?
– Oui, promis. »

Jacquie sort et leur demande de quoi ils parlent.

« De rien, dit Lony.
– Il me parlait du trou qu'il creuse, c'est tout. Mais y a autre chose, pas vrai, frérot ?
– C'est rien. J'avais juste envie de sentir la terre froide.
– Vous me cachez quelque chose, tous les deux, dit Jacquie.
– Lony va arrêter de faire l'idiot, dit Loother.
– Il ne faisait pas l'idiot.
– Si, je faisais l'idiot, il a raison
– C'est ce qu'il te fait croire, alors, dit Jacquie à Loother.
– Il faut ruser avec soi-même pour y croire, philosophe Lony. Et ruser avec les autres.
– Bon, c'est quoi encore, cette histoire ? demande Loother à Jacquie.
– Non, il a raison, moi aussi je fais ça. C'est comme ça que j'arrive à ne pas boire.
– Donc c'est un truc qu'on doit faire constamment ? demande Lony.

– Dans mes bons jours, c'est automatique. Mais c'est parce que j'ai intégré à ma routine environ une vingtaine d'astuces.

– Pourquoi c'est si dur dans cette famille d'être quelqu'un de normal. De pas se prendre la tête avec ces conneries.

– Se prendre la tête avec ces conneries ? répète Jacquie en riant. Tu te prends pour Shakespeare ?

– Qui ça ? demande Lony.

– Je ne m'en suis pas bien sortie, dans cette vie. En tant que personne ou grand-mère, et j'espère que vous savez que je le regrette. Et je suis sincère, je ne me moque pas, mais comment on peut arrêter de se prendre la tête avec ces conneries ? Il suffit d'arrêter de vouloir en faire trop. De trouver du boulot ou de faire des études, lire des livres, regarder des séries et des films qui nous plaisent, manger ce qu'on aime, se faire des amis et tomber amoureux, de se détendre et d'arrêter d'en faire des tonnes.

– J'aime bien manger et regarder des films et des séries, dit Lony.

– Moi aussi », fait Jacquie, mais à cet instant, Loother est déjà rentré.

Il y a un incendie plus au nord – tardif pour la saison, et assez étendu pour remplir le ciel de fumée, donner au soleil une teinte rose de cataclysme. Ces épisodes se produisent de plus en plus souvent, et ce qui était jadis une vision rare, où le disque parfait perçant à travers la brume était un événement unique, comme une éclipse exceptionnelle, ressemble désormais à un banal trou dans un ciel déchiqueté.

Après sa promenade, Opal retrouve Jacquie à la fourrière pour choisir un chien à Lony.

Ce qui arrive à une tribu arrive à tous ses membres. Le bon comme le mauvais. C'est ce que leur a dit leur mère, un jour. Mais elle leur a dit aussi, nous sommes tellement éparpillés, désormais, perdus les uns pour les autres, ce n'est plus pareil, sauf que c'est la même chose au sein de notre famille, tout ce qui nous arrive dès qu'on en fonde une, ça arrive à chacun de ses membres, grâce à l'amour, donc l'amour est une espèce de malédiction. Elle avait dit ça à ses filles, à qui elle en avait tellement fait voir qu'elles en avaient déduit que leur mère regrettait la malédiction de l'amour.

À propos de fonder une famille, Opal se demande comment elle s'est retrouvée avec celle-là, les garçons et maintenant Jacquie. Mais elle ne fait pas confiance à sa sœur. À l'égoïsme dont elle a fait preuve tout au long de ces années, où elle ne s'est jamais souciée d'eux. Elle lui envoie un message parce qu'elle s'en veut de penser du mal d'elle, et parce qu'elle veut s'assurer qu'elle n'a pas oublié leur rendez-vous à la fourrière.

Tu es sûre que c'est une bonne idée de lui prendre un chien ? écrit-elle.

Tu te souviens qu'on ne pouvait jamais avoir d'animaux domestiques à cause des proprios et des acteurs ?

Quels acteurs ?

**facteurs.*

Rendez-vous là-bas avant la fermeture à 17 h.

Mais il y en aura des tout mignons.

Je choisirai celui que je déteste le moins.
Mais tu dois détester la plupart des chiens, vu que tu es factrice ?
Si tu m'appelles encore une seule fois factrice, je te fais la peau.

Elles n'ont pas pris le chien qu'elles étaient venues chercher. Opal était arrivée en avance et Jacquie en retard, de sorte que celui qui semblait être le meilleur et le plus mignon, et doté d'une solide constitution, n'était plus disponible.

Elles en ont vu un autre qui était pas mal, même s'il était tout blanc, c'est-à-dire salissant selon Opal, mais il n'avait pas l'air casse-pieds ni excessivement affectueux, et paraissait calme, ce qui leur semblait bon signe, c'était le parfait animal de compagnie pour Lony.

Quand elles ont vu l'expression de son visage, tout s'est mis à planer, ne serait-ce qu'un instant, et elles ont succombé à ce sentiment. L'innocence des chiens peut avoir des effets magiques, le fait qu'ils acquiescent à tout, qu'ils se sentent chez eux aussi vite, et qu'ils aient aussi puissamment besoin de nous. Et Lony a vraiment besoin d'un chien, ça saute aux yeux.

Ce n'est ni le plus grand ni le plus beau, et il n'a pas la meilleure constitution, mais un animal qui sert de thérapie ou de soutien émotionnel n'a pas pour but de protéger physiquement son maître ou de participer à des concours, plutôt de lui apporter quelque chose d'intangible, une forme de paix.

Lony décide immédiatement de l'appeler Will. Tout le monde réagit comme si c'était le nom parfait, même si ce n'est pas du tout un nom de chien, mais comme Lony semble convaincu que ça lui va bien, alors le chien s'appellera Will, et il l'appellera le plus souvent Will le Chien, comme si « le » était son deuxième prénom et « Chien » son nom de famille. Au début, sa présence soulevait des questions, est-ce qu'il allait s'adapter, est-ce qu'il ferait ce qu'ils attendaient qu'il fasse, pour Lony, est-ce qu'il allait continuer longtemps à chier et pisser dans la maison, est-ce qu'ils pourraient se retenir de lui filer des coups de pied quand il tenterait de les mordre dès qu'ils s'approcheraient de Lony ?

Ce premier soir, il reste assis sur les jambes du garçon, sans bouger, et donne l'impression de ne faire confiance à personne d'autre que lui, comme s'il avait tout de suite su qu'il était fait pour lui et inversement.

Au bout d'un moment, Lony se met à l'appeler Willy, parce que les chiens préfèrent qu'il y ait une voyelle à la fin de leur nom, c'est mieux quand on les appelle de loin. Plus le temps passe, plus il devient agressif, et plus il aboie. Mais seulement à la maison. Ils lui prennent une carte d'animal de soutien émotionnel, après quoi Lony l'emmène partout où il va. À l'extérieur, c'est le chien le mieux élevé qu'on ait jamais vu, mais à la maison il en va tout autrement, comme s'il voulait leur jouer des tours. C'est pour cette raison qu'Opal le surnomme Oui-Oui.

Mais les choses semblent s'arranger. Leur Noël, bien que quelconque, leur permet de trouver un peu de paix, d'être ensemble, de dîner, rire et regarder des films ensemble. Le chien semble produire l'effet escompté. Orvil a passé plusieurs journées d'affilée à la maison.

Il a l'air normal. Ils partent faire un tour en voiture et s'arrêtent à Truckee, où ils se garent au bord de la route, à côté d'autres véhicules. Puis ils dévalent les collines sur des disques de plastique et se livrent à une bataille de boules de neige qui se termine par des larmes et gâche presque la magie de cette journée. Ils ne parlent pas beaucoup pendant le trajet de retour, comme si tout le monde craignait de tenir des propos maladroits. Les garçons sont rivés à leur téléphone. Opal et Jacquie écoutent un livre audio, *Dans le silence du vent* de Louise Erdrich, qu'elles ont déjà lu mais souhaitent faire découvrir aux garçons. Et s'ils paraissent tendre l'oreille à certains passages, aucune d'elles ne peut l'assurer.

Bientôt, les cours reprennent. La première semaine, Orvil fait même l'aller-retour. Puis le vendredi, il s'en va en laissant la porte ouverte, et Will le Chien en profite pour sortir.

Ils partent tous à sa recherche mais reviennent bredouilles. Le fait qu'Orvil soit parti sans laisser un mot et que le chien ait disparu leur donne l'impression d'un retour en arrière.

Quand Opal va dans la chambre des garçons pour leur souhaiter bonne nuit et dire qu'ils continueront les recherches le lendemain matin, elle voit que Loother est allongé sur son lit, mais que son frère n'est pas là.

« Où est Lony ? » demande-t-elle, d'une voix calme, dans un premier temps. Le garçon lève les yeux comme s'il venait à peine de se souvenir qu'il se trouve dans sa chambre.

« Je sais pas, il était là y a deux secondes.

– Il n'est pas dans la maison », dit Opal. C'est alors que Jacquie entre.

« Est-ce que je ne ferais pas mieux de prendre la voiture pour essayer de le retrouver ? demande-t-elle.

– On va tous y aller. Loother. On va tous aller chercher ton petit frère qui était encore là il y a un instant, c'est ça ? »

Ils font le tour du quartier puis s'éloignent tandis que les minutes se transforment en heures. Ils crient les noms de Lony et de Will le Chien, et pendant ce temps Opal ne cesse d'appeler Orvil et de lui envoyer des messages, mais il ne répond pas.

Quand ils rentrent à quatre heures du matin ils voient que Lony dort dans son lit avec son chien. Ils sont trop épuisés pour éprouver un quelconque soulagement. Ils vont se coucher en colère. Les uns contre les autres. Contre Lony. Contre Orvil. Contre le chien. Contre cette foutue réalité.

La semaine suivante, le lycée appelle Opal pour la prévenir des absences d'Orvil, et, ne sachant quoi faire d'autre, elle leur annonce qu'il est malade, puis, le temps passant, qu'elle aussi est malade, ce qui est vrai.

24

Blanx

Les réserves de blanx étaient apparemment inépuisables parce que Sean en vendait pour son père, tout comme Mike, et désormais Orvil s'y mettait aussi parfois. Ils appelaient ça blanx parce que le matos changeait, les différentes livraisons étaient composées de molécules différentes, stimulants, sédatifs, hallucinogènes et opioïdes, MDMA. Kétamine. Donc ils disaient blanx avec un *x*, parce qu'il s'agissait de remplir les blancs, selon le paquet qu'on prenait, et aussi parce que le groupe de musique qu'ils écoutaient remplaçait les voyelles de son nom de scène par la lettre *x* – pour des raisons obscures mais qui avaient à voir avec Internet et le fait qu'ils étaient à court d'inspiration. Quant au nom de la came, il y avait encore d'autres explications qu'ils avaient trouvées en étant défoncés et dont ils ne se souviendraient jamais. C'était gênant, mais assez pratique, au final, parce que pour vendre il faut créer une marque, et donc trouver un nom singulier qui n'appartient qu'à votre produit.

Orvil était devenu ce qu'il se refusait à appeler accro, depuis combien de temps, il se refusait à le dire, mais il en était arrivé au point où il tentait de réguler sa consommation, et bien qu'il ne soit pas souvent parvenu à atteindre ce degré de contrôle, le fait d'avoir réussi lui donnait parfois l'impression de ne pas être entièrement foutu. Ça avait commencé bien avant avec les antalgiques, et à présent il avait lâché le lycée, s'était éloigné de la maison et installé chez Sean, pour en fabriquer plus, en vendre plus pour en prendre plus pour en fabriquer plus. Il faisait aussi de la musique et composait des chansons. Or les meilleurs musiciens ne prenaient-ils pas de la drogue et ne lâchaient-ils pas les études ?

Il lui semblait qu'ils étaient allés au bahut simplement pour se faire des contacts et trouver des clients, mais maintenant que ce n'était plus nécessaire, qu'est-ce qui pouvait bien les pousser à y retourner ?

Chaque fois que Mike prenait le volant pour Uber ou Lyft, Orvil se mettait à errer dans leur immense maison.

Dans une pièce du sous-sol il découvrit un piano à queue. L'instrument lui sembla très vieux, mais le plafonnier était dépourvu d'ampoule et il ne voyait pas très bien. Quand il interrogea Sean à ce propos, son ami lui répondit d'un air distrait que c'était sa mère qui en jouait, que c'était une très bonne pianiste, et qu'elle aurait pu devenir professionnelle. Il dit que c'était pour cette raison qu'elle l'avait poussé à faire de la guitare. Pour l'aider à trouver sa voie dans la musique. Orvil lui demanda comment il avait pu ne pas lui montrer le piano plus tôt, à quoi Sean répondit, ça me rend trop triste, et il y eut un long silence entre eux, puis il ajouta que l'un des aspects les plus terribles de la maladie qui l'avait emportée était qu'à la fin elle ne savait plus en jouer. Sean disait toujours que la musique est ce qui reste quand on a oublié tout le reste, mais sans doute parce qu'il avait entendu ça au cinéma quand le vieux pensionnaire d'une maison de retraite incapable de reconnaître ses propres enfants s'approchait du clavier et jouait à la perfection un morceau de musique classique super difficile, le plus souvent quelque chose de triste, du Debussy, c'était toujours « Clair de lune » dans les films. Orvil trouvait si bizarre qu'un objet aussi massif se trouve là, sous leurs pas, depuis le début, et que Sean connaisse des noms de compositeurs et de morceaux. Il lui demanda s'il avait déjà joué du piano. Sean répondit que oui, expliqua qu'on l'avait obligé dès l'âge de cinq ans puis qu'un jour il avait refusé et s'était disputé avec sa mère, il s'était rebellé, avait cassé l'ampoule et n'avait plus jamais touché à cet instrument. Du coup elle jouait dans le noir ? demanda son ami. Mais Sean mit un terme à leur conversation.

Orvil se mit à jouer du piano dans l'obscurité, éclairé par la lumière qui descendait du rez-de-chaussée, ses doigts se laissant glisser, comme il le faisait à la guitare, tâchant de jouer quelque chose comme si ça venait de lui, et ne pouvait venir que de lui. Il s'entraînait depuis assez longtemps pour que son jeu ne sonne pas trop maladroit, et faisait en sorte de coordonner ses mains pour jouer deux airs différents de façon simultanée. Ce qu'il aimait le plus avec la musique, c'était jouer sans réfléchir. Quand il était vraiment à fond, rien d'autre ne comptait.

Lorsqu'il se mit à prendre du blanx, Sean lui dit que c'était la même chose que ce qu'il prenait mais en mieux.

Orvil le corrigea, affirmant que si c'était mieux, ce n'était pas la même chose.

Au lycée, Sean lui avait donné ce qu'il appelait un échantillon – un petit sachet contenant quatre comprimés. Orvil comptait attendre d'être rentré de sa promenade avec Opal pour tester la came, mais voilà que devant le miroir de la salle de bain, où il évitait de croiser son propre regard, il renversa la tête en arrière et en avala un.

Sean avait dit à Orvil, c'est différent, ce délire, en référence à un mot souvent utilisé sur Internet, mais aussi pour le prévenir que cette fois c'était autre chose. Quand Orvil lui avait demandé en quoi c'était différent, il avait simplement répondu, Tu verras.

Il commençait déjà à planer au moment où sa grand-mère passa le prendre. Dehors, il y avait de la fumée à cause d'un grand incendie en provenance du nord. Opal se gara et klaxonna deux fois, la deuxième un peu plus longtemps pour bien insister. Le trajet se fit dans un silence total. Orvil sentait qu'elle écoutait son silence. Elle semblait se demander ce que celui-ci cachait, et il eut l'impression qu'elle était parano à propos de sa paranoïa à lui ; plus le silence durait, plus elle pensait que c'était grave.

Il sentit une sorte d'afflux à l'avant du crâne, il savait que c'étaient les premiers effets du blanx, comme quelque chose qui montait, un petit ascenseur en lui qui s'élevait lentement, et à l'intérieur de cet ascenseur un picotement qui arrivait à son étage, à l'arrière de son crâne, pour lui faire savoir qu'il commençait à planer. Il s'humecta les lèvres, qu'il avait sèches, et se sentit légèrement engourdi. Il parla presque pour combler le silence, parce que son mutisme commençait à faire mauvais effet, mais il n'avait rien à dire, en tout cas rien, craignait-il, qu'elle n'arrive à décrypter en profondeur. Ses lèvres claquaient comme ça arrive quand on est défoncé. Cette came était plus forte que ce qu'il prenait d'habitude. Des gouttelettes de sueur coulèrent sur son nez et au-dessus de sa bouche, il les essuya d'un doigt. Il avait la peau irritée. L'espace d'un instant, il eut envie de rire parce qu'il s'imagina sous la forme d'un cerf. C'était aussi drôle qu'effrayant, et ça le paralysait, avec néanmoins l'impression que s'il disait quoi que ce soit, il serait pris d'un éclat de rire hystérique.

Il tira sur ses joues vers le bas et demanda à Opal si elle avait déjà vu des cerfs dans le coin, histoire de combler le silence, et c'est à ce moment précis qu'une biche bondit sous leurs yeux, puis s'arrêta pour les regarder. Opal se figea et attendit. Orvil comprit pourquoi une seconde plus tard, quand les petits, il ne connaissait pas le terme exact, apparurent derrière elle.

Tu es toujours avec moi ? lui demanda Opal, qui semblait avoir remarqué qu'il pensait à autre chose. Il lui répondit qu'il essayait simplement de se rappeler le nom qu'on donne au petit de la biche. Elle lui lança un regard genre *qu'est-ce qui ne tourne pas rond chez toi*, puis lui dit du bout des lèvres de chercher sur son téléphone. Le temps ralentit vraiment, ou s'étira, car le temps qu'il le sorte, il avait complètement oublié ce qu'il voulait faire. Il avait même zappé qu'il avait pris du blanx jusqu'à ce qu'il lise un texto de Sean lui demandant comment c'était, et que les effets se mettent à faire un bruit de dingue dans sa tête. Il se demanda ce qu'il répondrait à Sean s'il devait lui expliquer. L'écran de son téléphone était devenu vert. Beaucoup trop vert.

« Alors, comment on les appelle ? » demanda Opal. Après avoir trouvé la réponse, il dit qu'en fait il s'agissait du faon.

Opal lui demanda pourquoi il donnait l'impression de faire ça pour elle alors que c'était lui qui avait posé la question. Il s'excusa à deux reprises et elle lui répondit qu'il n'y avait pas de quoi s'excuser. Lui rappela qu'ils ne faisaient que discuter. Ce qui était vrai. Ils sortirent se promener, marchèrent à l'ombre fraîche des immenses séquoias. Orvil répéta qu'il était désolé. Puis qu'il avait l'impression d'avoir tout gâché. Sa voix flancha un peu à ces mots, comme s'il était pris de court, et que l'effet de surprise lui donnait envie de pleurer.

À ce moment-là ils étaient déjà de retour dans le Bronco, leur promenade terminée. Orvil s'éclaircit la gorge et baissa la vitre, puis tendit la main dans le vent.

« Tu n'as rien fait de mal. Ne sois pas désolé. Profite de l'instant présent, c'est tout », dit Opal. Il répéta qu'il était désolé, et elle le pria d'arrêter de s'excuser. Puis elle lui demanda de nouveau s'il allait bien parce qu'il n'avait pas répondu la première fois. Et il ne répondit pas non plus cette fois-ci. Son silence persistant était le signe que quelque chose clochait. Orvil était en plein trip. Il se sentait si bien qu'il voulait le lui dire, et expliquer pourquoi tout ça n'avait aucune importance.

C'est à ce moment-là qu'elle lui annonça qu'elle avait passé une biopsie, et qu'ils avaient trouvé une masse, et qu'il fallait vérifier si c'était bénin ou pas. Orvil ne fut ni inquiet ni effrayé, ce qui était entièrement dû au fait qu'il était défoncé. Il lui demanda ce que bénin signifiait. Elle dit qu'il s'agissait peut-être d'un cancer. Quand il lui demanda pourquoi elle lui en parlait si elle ne savait rien pour le moment, elle lui répondit qu'elle avait le sentiment qu'il fallait qu'il soit au courant. Qu'elle ne voulait pas lui cacher ça. Orvil suggéra qu'il était peut-être préférable de ne pas tout se dire. Elle lui demanda : « Quoi, par exemple ?

– Il y a des choses intimes qu'il vaut mieux garder pour soi, non ?

– Avec la famille, il faudrait presque tout se dire », répondit-elle, puis elle se tut et réfléchit un instant. « Peut-être pas absolument tout. » Orvil rit et ça la fit sourire. Il dit qu'absolument tout, c'était un peu trop.

« S'il y a une tumeur, je devrai suivre une chimiothérapie. Ce ne sera pas facile.

– Tu crois pas qu'il faudrait les mettre au courant ?

– Loother et Lony ? Non. Pas encore.

– Comment tu comptes leur cacher si tu te mets à perdre tes cheveux, par exemple ? fit Orvil, qui regretta aussitôt d'avoir dit ça.

– Je leur dirai le moment venu, et ils ne sauront pas que tu étais déjà au courant, d'accord ? »

Ce soir-là, il reçut un texto de Sean auquel il ne répondit pas. Puis ce dernier l'appela pour lui demander s'il était libre. Orvil prêta au mot libre une signification particulière, comme si son ami savait qu'il se sentait tellement bien qu'il en éprouvait un certain sentiment de liberté. Il tarda à répondre et Sean lui demanda : « T'es là ? » Orvil confia qu'il aimait bien le blanx. Il voulut ajouter qu'il éprouvait une sorte de paix animale dans sa tête. Son ami rigola. Après un long silence, Orvil alla aux toilettes, prit un autre comprimé, puis se pencha sous le robinet et renversa la tête en arrière pour l'avaler. Il ferma l'abattant de la cuvette, s'assit dessus et demanda à Sean ce qu'il y avait dans le blanx, à quoi celui-ci répondit qu'il ne savait pas. Orvil lui demanda si ça ne dérangeait pas Tom que son fils en prenne. Sean dit qu'il fermait les yeux là-dessus, que sa famille était bizarre, que les drogues, c'était différent avec eux. Que son père appelait ça des médocs. Orvil dit que sa famille aussi était bizarre, puis il eut l'impression que ses frangins écoutaient à la porte, alors il l'ouvrit brusquement, mais il n'y avait personne. Ne sachant plus très bien depuis combien de temps ils gardaient le silence, il dit : « Allô ? » Sean répondit qu'il fallait qu'il y aille mais qu'il lui apporterait d'autres comprimés le lendemain. Orvil l'avertit qu'il n'avait pas de quoi payer, mais Sean ajouta qu'ils trouveraient bien un moyen. Orvil crut comprendre qu'il pouvait toujours dealer pour le compte de son ami, et l'idée lui plut tout de suite – avoir plus de cachetons qu'il ne lui en fallait, en vendre assez pour toujours en avoir sous la main, une façon de tout garder sous contrôle.

Quand il sentit que le deuxième comprimé commençait vraiment à produire son effet, il alla jouer de la guitare. Les sons semblaient plus riches, et il lui sembla qu'il jouait mieux, comme si les notes lui venaient plus facilement. C'était la première fois qu'il se sentait pleinement en phase avec la musique, que le temps passait différemment, en harmonie avec ce qu'il jouait, avec les accords qu'il trouvait, que c'était moins une question de temps que de timing, de rythme. Orvil s'arrêta quand ses frères déboulèrent et lui demandèrent en riant pourquoi il avait l'air de planer. Mais il s'aperçut que ça ne l'empêchait pas de continuer, qu'il parvenait à ne plus les entendre, à rester concentré sur ce qu'il jouait. Il se sentait capable de jouer toute la nuit, et c'était peut-être ce qu'il allait faire, si ça continuait, bien que ses frères aient l'air contrariés qu'il ne fasse pas attention à eux.

Au lycée, le lendemain, Sean s'approcha de lui par-derrière et lui glissa quelque chose dans la poche, se contentant de dire t'inquiète, avant de s'éloigner. Orvil ne sortit le flacon qu'une fois aux toilettes. Il prit un comprimé et se pencha sous le robinet.

En cours, il se sentit confiant et loquace. Il avait l'impression que la prof avait compris, parce qu'elle l'interrogea. Elle savait qu'il n'aimait pas être interrogé, il avait donc dû la regarder d'une certaine façon. Elle lui posa une question sur les nombres entiers. Sur ce qui définissait un tel nombre. Orvil répondit que ça permettait de distinguer les choses, qu'il fallait décider qu'il existait certaines quantités en leur attribuant un certain nom, un c'est un, deux c'est deux, mais deux virgule deux ou trois virgule trois sont des valeurs intermédiaires, et ce qui se passe avec les maths, c'est que ça se complique quand on aborde les fractions, tout ça. Sa prof répéta, Ce qui se passe avec les maths, puis dit, Très bien, Orvil. Très bien.

D'aussi loin qu'il s'en souvienne, il avait toujours eu peur de lever la main pour répondre à une question, qu'il connaisse la réponse ou pas. Ça pulsait fort dans ses pieds rien que d'y penser. Mais là, il avait confiance en lui. Il avait confiance dans ce qu'il disait et dans ce que les autres pouvaient penser de lui. Il avait l'impression que ça ne lui était encore jamais arrivé. Peut-être quand il dansait seul dans sa chambre et qu'il s'abandonnait à la musique, au mouvement, de sorte que ça devenait naturel. Mais il n'avait jamais ressenti une telle chose en public. Comme la confiance de ces petits Blancs sur qui tout semblait glisser comme du beurre de cacahuète, il en voyait tellement se pavaner au bahut. Aussi tranquilles que l'eau d'une rivière paresseuse, les sensations lui arrivaient sous forme de flux. Il voulait plus. Il voulait tellement que ça dure qu'il pouvait déjà presque sentir le manque par anticipation, ce bref commencement, ce léger fléchissement qui s'attaquait déjà à l'euphorie.

Quand il rentra à la maison, il se mit à la guitare car il sentait une énergie, une puissance, et entendait une musique dans sa tête qu'il tâcha de retrouver en posant ses doigts sur l'instrument. Il ferma les yeux et s'abandonna aux mêmes deux accords en pinçant les cordes selon un motif qui lui était entièrement nouveau. Il jouait une boucle, mais cette boucle s'étirait, quelque chose dans la répétition en faisait plus qu'une répétition. Lorsqu'il s'arrêta et regarda l'horloge, près de deux heures étaient passées.

25

Zone grise

Je suis directement allée chez Sean, quel autre choix avais-je, sinon traîner Orvil à la maison ? J'y suis allée avec mon crâne chauve, je n'avais même pas mis de foulard, ce que je fais normalement, ou parfois une casquette, les anciennes d'Orvil, celles qu'il ne porte plus étant donné qu'il n'est jamais à la maison. J'ai toujours le sentiment d'avoir l'air pitoyable, même si je me sens parfaitement bien devant le miroir.

J'ai frappé à la porte, j'avais la tête qui tournait, il ne me restait plus beaucoup d'énergie. Chaque fois que je faisais ça, j'avais l'impression que quelque chose allait me frapper en retour, menaçant de me faire tomber à la renverse. J'attendais de parler à quelqu'un, les parents du garçon, Orvil ou Sean – quiconque m'ouvrirait. J'avais décidé d'attendre aussi longtemps qu'il le faudrait.

Je n'ai jamais douté de la chimiothérapie. J'ai choisi de croire que ça marcherait immédiatement. Hors de question que je laisse les garçons tout seuls. J'allais me battre pour eux. Et j'avais réfléchi au moyen de guérir par le biais d'une cérémonie traditionnelle. Mais je ne connaissais personne qui puisse faire cela. J'aurais pu demander à Maxine, au Centre d'amitié. C'est ce que ma mère avait fait, mais ça n'avait pas marché. J'avais donc pris les pires médicaments que le corps puisse endurer sans y succomber. Mais j'avais senti la mort de près. Mon corps l'avait sentie. Je la sentais encore. Elle était toujours à l'œuvre en moi. J'avais un cathéter dans le bras. Tout éradiquer sans tout éradiquer, voilà ce qui se passait et ce que je ressentais réellement. Une fois les résultats tombés, je n'en avais parlé à personne, et certainement pas à Orvil. Donc chaque fois que je me retrouvais dans une chambre d'hôpital, j'étais seule face à cette expérience. Ces longues heures que je devais passer à regarder par la fenêtre la silhouette des gratte-ciel d'Oakland.

Ainsi, j'ai commencé à penser au temps qu'il me restait, à y penser comme à une zone grise. On m'avait prévenue à propos de la fatigue, de la douleur, de l'engourdissement, mais malgré toutes les mises en garde, il faut parfois éprouver la chose pour la comprendre. Ça ressemblait plus à un effacement qu'à un épuisement, comme si on supprimait de façon définitive une part de moi pour la remplacer par une grisaille des plus grises. Quand j'avais ne serait-ce que le sentiment d'être vivante, c'était une bonne journée. Le reste du temps, j'avais du mal à croire qu'on puisse appeler ça vivre. Les jours ne passaient pas, ils se brisaient, puis se perdaient dans le néant, et ce néant, c'était moi, comme cette grisaille infinie ne faisait plus qu'un avec moi. La zone grise, c'était moi. Entre les vivants et les morts, dérivant et me rétractant comme un nuage.

Quand j'ai commencé à perdre mes cheveux, je m'en fichais déjà pas mal.

Il y a comme une lumière dans notre dos quand on sent que ce qui pourrait nous arriver de pire est en train de nous arriver. Elle ne disparaît jamais. Elle est là chaque fois qu'on a besoin d'elle. Cette lumière jaillit, vive et ample, et nous dit : *Au moins, je n'en suis pas là. Là où nous pensions que les lumières s'éteignaient pour toujours. Au moins, il ne s'agit pas de ça.* C'est en quelque sorte la sagesse de l'enfer, que je croyais avoir reçue dans les jours qui ont suivi la fusillade – cet épisode auquel Orvil a survécu, auquel nous avons tous survécu, et qui m'a illuminée. Mais cette sagesse a disparu.

Quelque chose s'est enfoncé en moi. Un vide qui m'a fait exploser comme un ballon de baudruche, et m'a projetée dans ce non-lieu fait de grisaille.

Je suis à court de sagesse.

On peut toujours tomber plus bas.

Mais le passé revient aussi dans des proportions inconnues. J'ai lu des choses sur les gens qui m'ont guidée, qui ont fait de moi celle que je suis devenue. C'est ce qu'il y avait dans le carton que Maxine m'a donné, celui que ma mère avait laissé pour nous. Une histoire.

C'est une chose d'être reconnaissante à l'égard de mes ancêtres, c'en est une autre de les connaître à travers un témoignage. J'ai toujours eu l'impression qu'on ne s'en est pas assez bien sortis. Que notre lignée familiale est faible, d'une certaine façon. Affaiblie par les effets du passé, de la colonisation, du traumatisme intergénérationnel. Mais aussi pas suffisamment forte pour transmettre avec succès sa langue ou ses traditions. Parce qu'il nous manque quelque chose. Je n'ai pas pris en considération tout ce qui est arrivé. Ni depuis combien de temps ça nous arrive. Nous descendons de prisonniers d'une longue guerre qui ne s'est jamais arrêtée. Elle faisait toujours rage quand ma mère a participé à l'occupation d'Alcatraz. Moi aussi, j'ai pris part à la lutte. Et mes petits-enfants. Mais survivre ne suffit pas. Traverser les épreuves ne faisait que renforcer nos capacités d'endurance. Le simple fait de durer, c'est bon pour une muraille, une forteresse, mais pas pour un être humain.

Et ce serait bien que le reste de ce pays comprenne que si la culture et la langue d'un grand nombre d'entre nous ne sont pas restées intactes, c'est directement à cause de ce qui est arrivé à notre peuple, à la façon dont nous avons été systématiquement exterminés et constamment déshumanisés et dénaturés dans les médias et les manuels scolaires, mais il a fallu que nous le comprenions par nous-mêmes. Jusqu'où nous avons dû aller pour y arriver. Jusqu'où.

Mon arrière-grand-père, Jude Star, a survécu au massacre de Sand Creek, et son fils aux pensionnats, et sa fille, ma mère, à la mort de la sienne et au fait d'être élevée par des Blancs. Et elle nous a éduqués malgré tout pour que nous sachions qui nous étions. Qui nous sommes. Malgré tout. Alors pourquoi ai-je tenu les garçons à l'écart de leur culture ? Une chose devenue si forte qu'elle a survécu plus qu'elle n'aurait dû. Elle a fait plus que survivre. La culture chante. La culture danse. Elle continue de nous raconter des histoires qui nous emportent, nous emmènent loin de notre vie pour faire de nous de meilleures personnes. C'est ce qui est écrit dans les pages que j'ai lues, et j'espérais, à l'hôpital, que ce que je traversais ferait de moi une meilleure personne. Je me sentais si proche de la mort que je n'avais pas le choix.

Une fois que j'ai trouvé les ressources suffisantes, je suis allé chez Sean Price. J'aurais préféré rester allongée ou assise dans un fauteuil, avec l'espoir que le cancer triomphe et me laisse enfin en paix.

Mais une fois devant la porte, j'ai regardé autour de moi pour voir ce que je pouvais apprendre sur cette famille. La terrasse était en brique et bien entretenue, pas de chaussures ni de vélos ni de bric-à-brac accumulé au fil du temps – ce n'était pourtant pas la place qui manquait. C'était suspect. Une grande galerie courait sur une bonne moitié de la façade de la maison. Quelqu'un l'entretenait, faisait en sorte qu'elle reste jolie.

En haut, dans un coin, il y avait une caméra, un modèle de bonne qualité. Je lui ai fait signe, j'ai articulé bonjour en silence, puis dit à voix haute : Je frappe à la porte, venez m'ouvrir qu'on discute, c'est comme ça qu'on fait. Mais après un coup d'œil dans la rue pour voir si quelqu'un me regardait, regardait la folle chauve qui tapait à la porte pour Dieu sait quelle raison, j'ai constaté que la caméra me suivait, et je me suis dit qu'elle était sans doute équipée d'un détecteur de mouvement, et qu'il n'y avait peut-être personne à l'autre bout.

Je savais que c'était à cause des comprimés. Orvil m'avait dit qu'il aimait l'effet qu'ils avaient sur lui. Son ordonnance était périmée, il ne rentrait plus à la maison. C'était à cause de Sean. C'est lui qui avait ce qu'il recherchait. J'en étais sûre.

Je les imaginais tous deux à l'intérieur, défoncés, effondrés, déjà passés à la seringue, devant la télé qui vociférait. Voilà ce que je savais de Sean Price, c'était la seule chose qu'Orvil m'avait dite la première fois qu'il m'avait raconté s'être fait un ami au lycée, et qu'il allait passer du temps chez lui : Sean était cool, il était musicien et avait des origines indiennes. Ils allaient juste jouer à des jeux vidéo et faire de la musique ensemble. Voilà tout ce que je savais de ce garçon. J'étais si fatiguée d'attendre, de tourner en rond sur la véranda, de regarder la caméra qui me surveillait, que je me suis assise. J'ai posé la tête contre la brique et, sans le vouloir, je me suis endormie.

26

Rave-party

Tom ne rentra jamais de ce qu'il avait appelé, avant son départ, un voyage d'affaires, et encore, seulement parce que Sean lui avait demandé où il allait. Il s'était dit que le but du voyage était de se procurer plus de matière première. Peut-être du fentanyl, vu que son père parlait de sa puissance, de sa profitabilité. Mike avait soutenu le contraire, qu'il allait faire une grosse vente. Et qu'ils allaient procéder à de grands changements. Comme si Tom et lui allaient devenir une entité qui n'incluait pas Sean.

Quand ils cessèrent d'aller en cours, ce fut comme une révélation. Ils pouvaient rester toute la journée à la maison sans que personne ne dise quoi que ce soit. Le bahut n'était qu'une perte de temps. Littéralement. Une usine agricole pour futur bétail de bureau. C'est ce qu'avait dit Sean un jour qu'ils fumaient un pétard sur la terrasse de derrière. Mike aussi était là. Il s'enfila une bière et gâcha tout en soutenant que le système universitaire avait été inventé pour favoriser l'hégémonie de la gauchiasse. Les grands esprits se font tout seuls, ajouta-t-il, l'air plus bête qu'il ne paraissait, rotant sur la terrasse après avoir écrasé sa canette sur la rambarde. Orvil n'était pas encore prêt à tout envoyer balader. Ça le préoccupait qu'Opal ait dépensé tout cet argent pour ses frais de scolarité, de même que ça le préoccupait qu'elle ait un cancer, et qu'il soit quasiment en train d'abandonner sa famille au moment où ils avaient sans doute le plus besoin de lui. Ça le préoccupait de tout défoncer. Mais ce qu'il voulait, c'était se défoncer toujours plus.

Parfois, Orvil se demandait si ses frères savaient ce qu'il faisait, ce qu'Opal et Jacquie pouvaient bien s'imaginer depuis qu'il était en roue libre. Constamment défoncé. Perpétuellement avec une aiguille dans le bras ou dans les vapes. Les journées étaient longues. Il fallait bien faire quelque chose de son temps quand on redescendait de son trip. Orvil et Sean passaient beaucoup de temps devant la télé. Ils sniffaient des lignes de blanx et regardaient tout ce qui attirait leur attention. Ils se plongèrent dans *La Planète Terre* pendant un certain temps, après quoi ils tombèrent sur un autre documentaire consacré à la nature. Le narrateur avait un accent allemand qu'ils trouvaient marrant. Un pseudo-Werner Herzog. Mais c'était intéressant. Et de temps à autre ils trouvaient ça drôle, plus divertissant que les trucs qu'ils étaient censés prendre au sérieux. Le but du film semblait de montrer l'humain comme un animal, comme un organisme, et une part essentielle du super-organisme qu'était la Terre. Le narrateur disait que le mot planète, qui est le même en allemand, vient du grec et signifie « étoile errante ». Il disait que nous ne vivons pas sur une planète, mais que la planète c'est nous, que c'est elle qui nous a faits. Il y avait des séquences avec d'immenses colonies de fourmis et un truc à propos du bruit que font les corbeaux en l'absence d'humains – un bruit qu'on n'entend jamais, par essence.

Il y avait un épisode intitulé « Quand nous oublions notre visage », qui montrait des images de personnes saisies en train d'éternuer, de rire, bâiller, tousser, pleurer ou manger. Ces visages étaient souvent terrifiants et monstrueux mais aussi amusants.

Dans le monologue final, l'Allemand expliquait que chaque être humain éprouve la même chose au cours de ces expériences, un éclat de rire, ou la chaleur croissante du soleil sur son visage, quand il pleure et qu'il éprouve le besoin d'abandonner, ou croit que tout est perdu, quand il mange une glace, ou sent une douce odeur ou quelque chose de pourri, quand il entend un bruit lointain et inconnu, et croit qu'il s'agit d'une musique, ou d'une manifestation démoniaque, quand il défaille ou qu'il grimace, qu'il sent le froid lui remonter le long du dos, chaque être humain et peut-être même chaque créature sensible éprouve la même chose sur le moment. Tout ça pour dire que les hommes ont beau se croire exceptionnels, ils ne sont peut-être rien de plus que des animaux qui se comportent comme tels.

Parfois, ils regardaient les images des caméras de surveillance installées par le père de Sean tout autour de la maison. Le plus souvent, on y voyait des écureuils et des oiseaux, voire un renard. Ces derniers temps, ils s'en servaient pour savoir si quelqu'un du lycée était venu se renseigner sur les absences de Sean.

Ils passèrent les images en accéléré et virent Opal frapper à la porte. Elle était venue chercher Orvil, ce qui le mit en colère. Puis, au fil de leur visionnage, ils la virent s'appuyer contre le mur de la véranda et s'endormir. Le garçon savait que c'était à cause de la chimio. La chose la plus triste qu'on puisse imaginer. Sa grand-mère qui vient lui apporter son aide, ou le sauver, et qui s'endort sur la véranda. Il se souvint de l'île d'Alcatraz. Ils devaient tous s'y rendre en famille. L'idée ne lui plaisait pas. Il trouvait ça bidon. Comme s'ils partaient à la recherche de quelque chose qui n'existait pas vraiment. Il dit à Sean qu'il n'avait plus la force de regarder, mais son copain avait déjà piqué du nez. Alors il continua de regarder. Voyant Opal endormie sur la véranda, il hésita à sortir vérifier si elle n'était pas toujours là, mais d'après la date indiquée dans un coin de l'écran ça remontait à quelques jours. Il referma l'ordinateur de Sean et alla dans le coin où se trouvaient les guitares.

La défonce et la musique étaient les seules façons de s'en sortir, apparemment, vu tout le mal qu'ils se donnaient tous les deux. Ils essayaient de jouer sérieusement, pas juste histoire de déconner en plein trip. Il arrivait qu'ils s'appellent mutuellement « mon frère », surtout quand ils étaient défoncés, ce qui rendait la chose à la fois plus et moins sincère. Ils ne se disputaient jamais, avaient même rarement eu l'occasion de s'énerver l'un contre l'autre. Ils embrassaient et enduraient les hauts comme les bas de leur addiction, y naviguaient et y pataugeaient, s'en extirpaient, vivant pleinement, leur semblait-il, quand le trip mettait dans le mille, pas comme tous ces pékins groggys et assommés d'ennui qui avançaient tels des somnambules vers la fin du monde, pratiquaient des sports virtuels et diffusaient leur vie d'artifice sur les réseaux sociaux. Eux, ils étaient authentiques. C'était la vraie vie, celle où on tend vers les meilleurs sentiments possibles, où on a le courage de faire ce qu'il faut pour se sentir bien, pour éviter à tout prix de se sentir comme une merde.

Ce week-end-là, ils allèrent à une rave-party clandestine. Ils prirent du blanx, la quantité habituelle, la base, ou peut-être le double de ce qu'ils prenaient en temps normal, parce qu'ils étaient de sortie, et que ça faisait un moment que ça n'était pas arrivé. Apparemment, il y avait dans cette fournée des stimulants qui donnaient envie à Orvil de se dandiner. Ils avaient aussi pris un peu d'acide. La moitié d'un morceau de papier déjà minuscule. Sean avait dit que ce serait cool. Orvil lui avait répondu qu'il n'avait pas trop envie d'avoir des hallus flippantes. Ou de faire flipper les autres. Ils traversèrent l'endroit à toute allure. La musique était plus forte que tout ce qu'il avait pu écouter sans son casque, et sa vitesse, sa vibration, le mettaient à l'aise. En voyant tous ces jeunes se trémousser dans l'obscurité, sachant qu'eux aussi avaient pris de la drogue, il sut que c'était triste, d'une certaine façon, mais rien n'est jamais vraiment triste quand on est tous ensemble, que tout le monde éprouve la même chose, ça ne peut pas être si triste que ça. Et puis il se passa un truc complètement dingue. Le corps d'Orvil se mit à danser tout seul. Comme à un pow-wow. Ça semblait déplacé de danser comme ça dans cet endroit, mais c'est ce que fit son corps avant qu'il parvienne à l'arrêter. C'était surtout les jambes. Il ne pouvait pas s'en empêcher. Sean le remarqua mais ne dit rien. N'ayant pas envie qu'il le voie, Orvil décida de s'éloigner, fendit la foule. Sean lui cria qu'il allait taxer une clope. Orvil se mit à danser. Il s'immergea dans le mouvement pendant ce qui lui sembla durer des heures mais n'avait peut-être pas duré plus que le temps de quelques morceaux. Il n'en savait rien. Il s'arrêta quand il s'aperçut qu'il ne faisait que sauter en l'air avec les autres, au rythme de la musique. Comme il avait envie de pisser, il demanda à un vigile où étaient les toilettes. À l'intérieur de la cabine, il sentit la musique le traverser différemment. Elle paraissait étouffée, lointaine, mais le rythme le traversait comme de l'intérieur, ou comme s'il se trouvait assis à l'intérieur d'un tambour. Il ferma les yeux et vit une version de lui-même danser dans sa tête. Il se dit que certains des mouvements de danses traditionnelles qu'il avait appris sur YouTube étaient très anciens. On dansait pour des raisons bien différentes, à l'époque. C'était fou qu'Internet soit devenu le réceptacle de choses aussi importantes, qu'on puisse y trouver des choses sacrées, révérées, ou simplement importantes, cela ne faisait-il pas d'Internet une chose elle-même sacrée ? Mais à quoi servait la danse, autrefois ? Il se demanda pourquoi il utilisait cette expression, *à quoi ça sert*. Qu'est-ce que ça veut dire ? À quoi sert une chose une fois qu'elle est advenue ? Il était trop défoncé. Mais la danse comptait vraiment pour lui, sa signification. À quoi ça servait, il l'ignorait, sauf que ça lui permettait d'exprimer quelque chose qu'il n'aurait pu exprimer autrement. C'était un langage en soi. Puis il pensa à son corps comme à un langage, et cette idée le chamboula, alors il se leva et sortit de la cabine.

Il se regarda dans le miroir, où il vit quelque chose d'autre. Il y avait autre chose que le miroir. Il repensa au fait de se trouver à l'intérieur d'un tambour. Le *boum* de la basse jaillissait de lui. Une voix dans sa tête dit, *Tu es notre instrument.* Orvil répondit tout haut sans réfléchir : « Qui ça "tu" ? Notre quoi ? Notre quoi ? » Répéter la question la rendit absurde. Il sentit qu'il ne comprenait rien à ces questions. La voix dit, *Nous avons tout laissé avec toi.*

Laissé quoi ? lui demanda Sean en entrant aux toilettes. Orvil devait être là depuis si longtemps que son ami était parti à sa recherche. Il lui demanda s'il allait bien et Orvil répondit que oui, et ils éclatèrent de rire en se regardant dans le miroir, pour une raison qui leur échappait. Ils quittèrent la rave-party et prirent un Uber pour rentrer chez Sean.

Ils prirent d'autres cachetons et jouèrent de la musique jusque tard dans la nuit. Les sons qu'ils produisaient à la guitare avec les pédales de distorsion étaient complètement dingues, ça faisait un sacré boucan. Ils avaient fait de YouTube un instrument, ils faisaient énormément de samples, traitaient tous les sons qu'ils pouvaient trouver pour les développer et les rendre intéressants, ces parois massives qui semblaient hérissées, métalliques et explosives, qui se dressaient jusqu'à craquer aux entournures, jusqu'à ce que la tension née du bruit et de l'accumulation finisse par se relâcher, ce qu'Orvil percevait comme un relâchement, sans compter le fait qu'ils étaient défoncés, ce qui leur permettait de sentir la musique plus intensément. Il avait l'impression que leurs mélodies se rapprochaient d'un genre qui s'appelait slowcore, il écouta donc ce genre de morceaux le plus souvent possible.

Ce qui gênait parfois Orvil dans tout ça, c'était son lien à la drogue et à la musique, en particulier à la musique sous l'influence de la drogue, qui lui permettait d'accéder à des parties engourdies de lui-même.

Il se sentait piégé par le fait que tant de musiciens, d'écrivains et plus généralement d'artistes soient torturés et toxicos, au point de faire croire que c'était une condition préalable à toute forme d'art. En fait, il s'agissait plutôt de personnes fragiles qui cherchaient un moyen d'apaiser leurs souffrances. Mais le problème, ce n'était pas de ressentir trop de choses, c'était de ne pas en ressentir suffisamment. Les drogues rendaient cette équation insoluble. En tout cas, c'est ce qu'il voulait croire.

Retourner à l'engourdissement ne lui semblait pas une bonne option quand il envisageait d'arrêter de consommer, à cause de la honte, ou par devoir familial, pour être meilleur, meilleur pour ses frères, ses grands-mères, pour suivre le chemin de la réussite bien connu des jeunes Indiens, à savoir décrocher son bac, entrer dans une bonne université et trouver un job, de préférence au service de sa communauté. Mais il n'arrivait pas à s'imaginer mettre un terme au cocktail défonce-musique, qu'il connaissait grâce à ce qu'il avait lu sur d'autres musiciens. Il ne voulait pas devenir comme Jimi Hendrix, mais savait au moins qu'il n'était pas seul. Il y avait ce sentiment que tout était possible, et il ne voulait plus jamais redescendre de là où il se trouvait, quoi qu'il en coûte.

Orvil finit par s'endormir. Il se réveilla tard dans la soirée et pensa au lendemain. Sa famille se rendait à Alcatraz. Depuis combien de temps n'était-il pas rentré à la maison ? Il repensa aux images d'Opal endormie sur la véranda. Se revit avec Sean pendant qu'ils la regardaient frapper à la porte, puis s'asseoir et attendre, puis s'endormir. Il ne s'était jamais senti aussi mal de toute sa vie. Et la pensée lui vint alors qu'il pouvait repartir de zéro. Il pouvait arranger les choses avec eux. N'est-ce pas ?

27

Alcatraz

Se lever avant le soleil ne fut pas facile, mais ils montèrent tous à bord du Bronco, Opal et Jacquie à l'avant et les garçons derrière, sans ceinture de sécurité. Même Orvil. La veille, il était rentré très tard, mais il n'avait pas été pour autant le moins rapide à sortir du lit. Contrairement à Loother, chez qui c'était désormais un problème chronique, et si Opal ne montrait aucune indulgence, Jacquie attribuait ça à la croissance, ce que personne ne pouvait contester vu qu'il était désormais le plus grand des trois frères. À l'arrière, il y avait des piles de couvertures et d'oreillers.

Jacquie avait tellement envie de fumer qu'elle tapotait la vitre de ses doigts sans voir à quel point ça agaçait sa sœur, qui n'arrêtait pas de soupirer.

Elles n'étaient pas retournées sur l'île d'Alcatraz depuis les années 70 avec leur mère, il y avait de cela une éternité, pendant l'occupation, quand des Indiens de toutes les tribus s'en étaient emparés avant de s'installer dans des cellules du pénitencier, attendant en vain que leurs exigences soient satisfaites.

Pour Opal et Jacquie, ce lieu comptait plus que tout, parce que c'était là que leur mère leur avait parlé de son cancer, et de sa rechute. Mais c'était aussi là que Jacquie s'était fait violer. C'était un souvenir, une métaphore enterrée qu'ils n'avaient jamais comprise, et bien qu'elles aient organisé ce voyage, elles ignoraient l'effet qu'il aurait sur elles, alors qu'elles s'apprêtaient à monter à bord du ferry *Blue and Gold.*

Quand Jacquie se hissa sur le pont pour respirer l'odeur de l'océan, les rafales qui allaient et venaient, elle aperçut Lony, mais se contenta de l'observer, comme si elle ne regardait pas dans sa direction. Le léger vertige qu'elle éprouva au mouvement du bateau lui rappela quelque chose. Puis elle s'approcha de son petit-fils : « Qu'est-ce que tu fais ? » demanda-t-elle. Il leva les bras en l'air comme s'il était prêt à s'envoler. Il faisait semblant de bâiller et de s'étirer.

« Encore crevé de m'être levé tôt, j'imagine. Et toi ?

– On aurait dit que tu cherchais à t'envoler.

– Non, je m'étirais. Les humains ne savent pas encore voler ». Il eut un petit rire à cette idée. « Tu crois que ce serait facile de grimper là-haut ? » dit-il en montrant du doigt le château d'eau d'Alcatraz.

« J'y suis déjà montée.

– Pas possible.

– Quoi, ta grand-mère ne vous a jamais raconté ?

– Raconté quoi ?

– Qu'on était déjà montées là-haut ?

– Sur le château d'eau ?

– Pitié, dis-moi au moins que tu es au courant que des Indiens ont occupé cette île près de deux ans, il y a longtemps.

– J'imagine qu'elle a dû nous en parler. Mais je me souviens pas trop des détails. J'étais peut-être trop petit pour comprendre. Vous avez habité là-bas, c'est ça ?

– Habité ? Si on peut dire. On n'était pas des prisonniers, mais ça ne veut pas dire qu'on était en vacances.

– Et le château d'eau ?

– Je suis montée tout en haut avec d'autres jeunes. Mais ce n'est pas moi qui ai fait les graffitis. Il y a une échelle, en fait, c'est plutôt facile.

– Plutôt facile, rien que ça.

– J'étais beaucoup plus grande que toi à l'époque, et je n'avais pas deux grands-mères qui me surveillaient. Mais ne va pas t'imaginer pour autant que tu peux faire n'importe quoi.

– Je parie que si on se croyait vraiment capable de voler, on y arriverait.

– Quand tu dis "on" tu parles de qui ?

– De tout le monde.

– Ah, tu fais partie de ces gens-là.

– Qui ça ?

– Les croyants », dit Jacquie en regardant de part et d'autre, comme pour s'assurer que ça ne tombe pas dans l'oreille de la mauvaise personne. « Je ne fais pas confiance à ceux qui se contentent de croire, par ignorance, ou parce qu'ils ont besoin de croire en quelque chose, sans se soucier de savoir si ça en vaut la peine, mais je ne voudrais pour rien au monde devenir quelqu'un qui ne croit en rien. Comme finissent par le devenir la plupart des adultes. Vous, les jeunes, vous savez des choses que vous vous efforcez de nous faire oublier.

– Vous faire oublier quoi ?

– Tu sais très bien ce que je veux dire.

– Je me souviens parfois d'avoir été petit. Et de l'époque où j'avais aucun pouvoir et me faisais balader partout. Sans avoir mon mot à dire.

– Et si les oiseaux avaient simplement la conviction qu'ils savent voler ? Leurs plumes et leur faible musculature ne peuvent pas tout faire, peut-être qu'il s'agit simplement d'attraper le vent, tu ne crois pas ? »

Le garçon partit faire le tour du bateau, sur le pont inférieur, et contempla l'eau comme s'il y avait des poissons, des requins ou des dauphins, pointant le doigt comme s'il y avait autre chose à regarder que des eaux noires. Loother n'arrêtait pas de le tirer par le tee-shirt pour qu'il vienne s'asseoir à table avec la famille, comme si le comportement de son frère lui faisait honte. Leur chamaillerie mit Opal et Jacquie mal à l'aise, la détermination de Loother, l'expression de son visage, mais Lony n'avait pas l'air de s'en préoccuper. Et après ce qu'il s'était infligé à lui-même, ce genre d'attitude était presque rassurante.

Orvil passa devant ses frères et leur dit quelque chose qui les fit rire. Puis il alla s'asseoir avec ses grands-mères, en silence.

Opal retira son bonnet, révélant son crâne chauve comme si elle souhaitait leur transmettre un message, ce qu'aucun d'entre eux ne sut comment interpréter.

« Je parie que ça ne me fera plus le même effet », dit-elle.

Orvil et Jacquie se regardèrent comme s'ils se demandaient à quoi elle pouvait bien faire référence.

« J'imagine que ça a changé », dit Orvil. Qui en déduisit qu'elle parlait de l'île.

« Ou qu'on aura une impression de déjà-vu », ajouta Jacquie en s'esclaffant, mais ça ne fit rire personne d'autre.

« On ne peut pas refaire le même coup deux fois, fit Opal. Absolument pas.

– J'ai toujours trouvé ça rassurant, de pouvoir refaire ce qu'on a déjà fait, tout reprendre de zéro, dit Orvil.

– Ça ressemble à l'enfer.

– Franchement, je ne comprends rien à ce que vous racontez, tous les deux, dit Jacquie.

– Je vais me chercher du café, vous en voulez ? demanda Opal.

– J'en bois plus, répondit Orvil.

– J'en veux bien une tasse, fit Jacquie. Sucré et avec du lait, si possible. »

Ils se retrouvèrent tous assis sur des chaises de jardin, loin du cercle où les participants se succédaient au micro pour prier, réciter des poèmes, faire des déclarations, jouer de la flûte traditionnelle, du tambour et chanter, surtout chanter, semblait-il.

À un moment, Lony se planta derrière Opal, qui avait décidé de se lever pour s'étirer les jambes pendant qu'un ancien parlait, et le garçon n'arrêtait pas de s'agripper au bras de sa grand-mère, comme pour lui faire comprendre qu'il était sensible à ce que disait l'homme, et la première fois elle eut des frissons, mais ensuite ça l'effraya, comme s'il était trop sensible, ou en demande. Quelle était cette chose qu'il semblait tant désirer, et qu'elle avait échoué à lui donner ? Comme si elle était coupable de négligence. À moins qu'il ne fasse semblant. C'était un peu tordu comme idée, elle en était consciente. Elle écouta plus attentivement ce qui se disait.

« Bonjour, je tenais simplement à dire à chacune et chacun d'entre vous, en cette heure sacrée juste avant le lever du soleil, je tenais à dire aux personnes ici devant, aux plus jeunes derrière, et aux plus anciens là-haut, comment ça va se passer, et tous nos frères et sœurs que nous ne pouvons voir, mais qui sont avec nous par l'esprit aujourd'hui, nos parents et nos ancêtres, et même à tous les autres qui écoutent le stream en direct… » Le parallèle établi entre ancêtres et streameurs fit rire toute l'assistance. « Tous nos parents ici présents. Cette énergie matinale. Je tiens tout d'abord à remercier le peuple sur la terre duquel nous nous trouvons en ce moment, les Ohlones, qui entretiennent une relation avec cette terre, qui la connaissent mieux que personne, dont les souvenirs sont toujours vivants, à qui on a arraché leur mode de vie, je dois reconnaître que nous ne faisons pas assez pour reconnaître les membres de cette tribu, que nous les oublions tout le temps, et ce n'est pas bien, nous devons et nous pouvons faire mieux. Écoutez-les, aujourd'hui. Nous avons de grands orateurs parmi nous, ainsi que des chanteurs et danseurs traditionnels. Écoutez-les. Regardez-les. Parce que trop souvent nous ne le faisons pas. Même nous, les Indiens, nous oublions nos parents de Californie, parce que certains d'entre eux ne sont pas reconnus en tant que tribu par le gouvernement fédéral. Il faut cesser de se faire concurrence pour savoir qui est le plus indien… », termina l'ancien avant de présenter l'orateur suivant.

Lony s'éloigna lentement, comme s'il était attiré par d'autres paroles, en provenance d'autres feux de camp. Loother attira son attention pour qu'il reste avec eux, mais quand il vit que son frère ne réagissait pas, il n'insista pas.

Orvil aussi le vit s'en aller, mais lui voulait vraiment rester. À un moment, Opal s'approcha par-derrière et lui posa les mains sur les épaules. Il se souvenait de ce que ça faisait d'être entouré d'un si grand nombre d'Indiens, comme lors des pow-wows, de ce sentiment de puissance, de bien-être sans égal, et il se mit à pleurer, puis porta le poing à son œil et s'éclaircit la gorge. Loother fit mine de ne pas le remarquer. Il sortit son téléphone et sentit lui aussi les larmes monter.

Orvil gravit les piliers à croisillons du château d'eau, la rouille visible sous la couche de peinture blanche qui vient pourtant d'être appliquée. Le sel de la baie, porté par le vent, ronge le métal.

Il monte lentement afin de ne pas effrayer Lony, jusqu'au sommet, où il y a une sorte de garde-fou et de passerelle.

De temps à autre, il baisse les yeux sur Loother, qui voulait venir, lui aussi.

Orvil veut croire que Lony ne fera rien d'insensé. Il tente de ne pas penser à ce qui a bien pu le pousser à vouloir aller là-haut. Il imagine le corps de son frère en chute libre.

Lony se tient debout sur le garde-fou, en équilibre précaire, et le regarde de ses yeux éteints.

Une bourrasque le fait presque vaciller. Il adresse un sourire à son aîné, les bras tendus, puis lui fait signe de ne pas s'approcher.

Orvil regarde en bas et voit les gens lever la tête dans leur direction, il s'approche de son frère, mais pas suffisamment pour pouvoir l'attraper. Il hurle quelque chose, Lony, qu'est-ce que tu fais, Lony, putain, qu'est-ce que tu fous, voilà ce qu'il hurle dans le vent qui tente d'emporter sa voix.

Son frère finit par descendre du garde-fou. « C'est bon, c'est bon. Je voulais juste vérifier un truc. » Il respire bruyamment, comme saisi d'effroi.

« Vérifier quoi ?

– Si j'allais m'envoler.

– C'est pas drôle.

– J'essaie pas d'être drôle. Je l'aurais fait si tu t'étais pas pointé.

– Qu'est-ce que tu racontes, Lony ? Tu te prends pour un super-héros ? » Orvil ne veut pas montrer son impatience ni sa frustration.

« On a tous besoin de voir quelque chose de plus grand que ce qu'on croit possible. Pour nous aider à croire aux choses. Tu sais qu'avant on avait nos propres pouvoirs.

– “On” ? Qui ça, “on” ?

– Les Cheyennes. Nos hommes-médecines. J'ai lu un tas de trucs sur Internet à propos de ce qu'on était avant. Par exemple, dans la langue des signes commune aux Indiens des Plaines, le mot Cheyenne veut dire “scarifié”, c'était une façon de faire son deuil pour notre peuple, on nous appelait comme ça.

– Personne n'est mort, Lony. Je suis toujours là. Opal aussi. T'es en deuil de personne. C'est tout à fait différent.

– Pour moi, c'était comme si quelqu'un était mort. Quand t'as failli mourir. »

28

Pliée en deux à l'intérieur

Orvil fait le chauffeur pour avoir le droit d'habiter chez eux, et aussi pour le blanx. Il en consomme de plus en plus, mais n'en vend plus du tout. C'est Mike qui lui a dit que s'il voulait rester, il fallait payer d'une façon ou d'une autre. Sean et lui se sont disputés à ce sujet. C'est Sean qui a eu l'idée de lui faire conduire la bagnole pour gagner du fric. Mike a dit que ça ne durerait pas. Qu'il ne le ferait qu'une seule fois. Il serait foutu si Orvil se faisait prendre. À quoi ce dernier répondit qu'il ne se ferait pas prendre. Mais il s'est approché de son sac et en a sorti son attrape-rêves.

Orvil ne voulait pas d'un attrape-rêves. Il trouvait ça ringard. Mais Opal le lui avait offert à Noël en lui disant de toujours le garder près de lui.

Quand il monte dans la Honda de Mike, la première chose qu'il fait est d'accrocher l'attrape-rêves au rétro. Il déteste cette habitude chez les non-Indiens. Une bagnole, c'est le dernier endroit où on est censé rêver. Croient-ils pouvoir ainsi échapper à un accident ? Ou s'en servent-ils de la même façon qu'Orvil, comme d'un simple porte-bonheur ?

Lyft et Uber ne sauront jamais que ce n'est pas Mike qui conduit. Personne ne lui demandera pourquoi il n'a pas la même tête que sur la photo. Orvil a prévu de demander aux passagers si ça ne les dérange pas de régler en espèces et d'annuler la course. Il leur dira que l'appli lui en prélève la moitié, que ce n'est pas juste. Qu'il est étudiant et peine à payer son loyer. Il a lu un truc en ligne sur cette arnaque et n'a aucune intention d'en parler à Mike. Pas avant de lui avoir donné l'argent. C'est très risqué. Mais il n'en a pas l'impression. Pour lui, le seul risque qu'il court, c'est de ne pas se défoncer alors qu'il ne pense qu'à ça. C'est la vérité.

Il se glisse à présent dans la circulation, à l'ombre des semi-remorques, sur la portion de la 880 qui semble toujours bouchée. Il voit l'Oakland Coliseum sur sa gauche. Il lui paraît plus grand qu'il ne l'est en réalité. Il est en route pour le dépose-minute de l'aéroport. Il s'est aperçu que quand on prend les clients là-bas, ils laissent de plus gros pourboires. Lorsqu'il est seul, Orvil écoute de la musique, parfois l'une des stations de radio que Mike a enregistrées, parfois ses propres sons, des morceaux que Sean et lui ont composés, et quand un jeune client qui a l'air cool monte à bord, il lui arrive de la laisser, mais quand ce sont de vieux Blancs, il met la radio publique, car il sait que ça les rassure, déjà qu'ils se retrouvent avec un chauffeur non-blanc, ce récit apaisant d'une blancheur laiteuse.

Il ne veut pas penser au pow-wow, mais étant si près du Coliseum, il ne peut s'en empêcher.

Il dépose des clients, puis retourne à l'aéroport et en dépose d'autres, et le temps passe, et ça lui plaît d'arriver à le faire disparaître comme ça. Certains ont du cash et d'autres non, ou alors il ne leur demande pas. Tous semblent avoir la tête ailleurs et passent la course sur leur téléphone.

Pour le moment, il n'a pas envie de se demander s'il va se défoncer, après ça. Il tâche de garder un certain équilibre. De faire ce qu'il faut. Mais il se gare sur le bas-côté, persuadé qu'un client a oublié son attaché-case dans le coffre. Ou parce qu'il se demande ce que Mike a laissé dedans. Chance ou destin, il y a bien un sac. Un sac en toile bourré de vêtements, et un sachet de taille plus que respectable, qui contient de la poudre. Que ce soit du blanx, de la cocaïne ou de la MDMA, il n'en sait rien et s'en fiche. Mais il regarde d'un côté et de l'autre comme s'il s'apprêtait à traverser une rue passante, et prend le sachet avec lui sur le siège avant.

À la fin de cette longue journée, il rentre d'Alameda par Webster Street et son faible éclairage jaune pisse en direction du centre-ville. À la sortie du tunnel, il aperçoit la lune au-dessus de la ville. Elle est grosse, pleine et brillante. Encore aujourd'hui, elle lui inspire des sentiments mitigés, ce n'est plus de la rancœur comme avant, mais elle ne lui plaît pas plus que ça.

Il entend une pulsation de basse et monte le son. *Doubled up inside, always doubled up inside.* Pliée en deux à l'intérieur, toujours pliée en deux à l'intérieur. Une voix étrange hante l'habitacle. Il se demande ce que peut bien signifier pliée en deux à l'intérieur. Il pense à la balle. À son éclat en forme d'étoile. Au fait qu'il n'y a plus pensé depuis longtemps. Que la voix a disparu sans même qu'il remarque son absence. Il se dit que maintenant tout le monde doit le trouver différent, voir en lui quelqu'un d'autre. Il pense au fait que cette balle a pris possession de lui. Et si elle l'avait empoisonné et changé au point qu'il ne sera plus jamais le même ? Il pense à Opal, qui a changé elle aussi. C'est une autre personne depuis la fin du traitement.

Son téléphone vibre, c'est sa grand-mère. Elle a un côté extralucide, par moments. La voiture devant lui freine brusquement, et Orvil voit son attrape-rêves se balancer juste avant qu'un véhicule ne lui rentre dedans par-derrière. L'airbag le propulse en sens inverse et le choc lui fait percuter la voiture qui se trouve devant. Une alarme vocifère, et il ignore si elle vient de l'extérieur ou de l'intérieur. Il sort, entend des gens crier. Il ignore s'il est responsable de tout ça. Il regardait son téléphone. C'est la merde, se dit-il, et il s'enfuit en courant. Il sait que c'est idiot, et que ça va paraître dingue, et poussera les personnes impliquées dans l'accident à appeler les flics sur-le-champ, et que ça finira par retomber sur Mike. En plus, il y a ce gros sachet de drogue qui lui appartient, autrement dit il ne peut plus retourner chez eux, ou ne serait-ce que les croiser quelque part, autrement dit il est désormais condamné à être un fugitif. Ça veut dire aussi qu'une fois que le sachet sera vide, il n'aura plus accès à aucun produit.

Il court jusqu'au lac, et de là sur International Boulevard. Il continue de courir jusqu'à East Twelfth. Ça fait des années qu'il n'a pas couru comme ça, il transpire, il chiale. Il s'arrête devant une grille, regarde les voitures passer, entend un train. Et il veut tout arranger. Tout effacer. Il ne veut pas connaître cette sensation merdique qu'est l'abandon. De l'ennui. Du regret. Il n'aurait jamais dû abandonner la bagnole. Il aurait pu partir avec. Qu'est-ce qui lui est passé par la tête, putain ? Puis il entend une sirène, et se remet à courir. Il court jusqu'à la maison, où la porte est fermée. Il n'a pas ses clés, alors il passe par-dessus la clôture et s'allonge sur la pelouse du jardin, les yeux sur les citronniers, trop épuisé pour se soucier de quoi que ce soit.

29

Trop de saisons

Comment aurais-je pu m'attendre à ne plus jamais revoir mon pote alors qu'on était devenus si proches que je croyais qu'on s'aimait ? Mon frère qui déboule dans ma chambre pour me tuer parce qu'Orvil a abandonné sa voiture après avoir eu un accident en plein centre d'Oakland. Merde. Évidemment, je l'avais pas vu venir, mais la vie que je menais faisait que j'étais incapable de prédire quoi que ce soit, et j'avais pas d'autre ambition à part me défoncer et dealer pour continuer à me défoncer, en me disant que j'avais plus besoin d'un avenir si le présent que je vivais pouvait durer et que je continuais à me sentir aussi bien. Évidemment, c'était pas vrai. Je le sais, désormais. Quand quelqu'un comme moi trouve un truc qui le fait triper, pas sexuellement, même si c'est le cas pour certains, mais si c'est un truc qui nous nourrit d'une façon qui a rien à voir avec la nourriture, mais dont on veut toujours plus, alors ça peut durer un bon moment. Quand on est comme moi, on devient obsédé. C'est la seule chose qui compte, c'est même plus le fait de vivre le moment présent, d'envisager son avenir, ou même de passer le temps, comme on dit, alors on le perd. Encore une fois, je sais tout ça maintenant. Mais à l'époque ? Personne n'aurait pu me convaincre que j'avais mieux à faire que de trouver un meilleur produit pour me défoncer encore plus. Je suis un junkie. C'est comme ça que j'ai été façonné. Non que je sois maudit ou qu'il s'agisse là de mon destin. Je continue à faire de moi ce que je suis, tout comme je cherche à présent des moyens de m'améliorer. À présent.

Mais mon frère était furax qu'Orvil ait abandonné sa bagnole comme ça, et il avait ses raisons, mais pas contre moi, putain. Faut dire que c'était mon idée. Ça, Mike l'avait pas oublié. Alors on s'est foutu sur la gueule, et c'était pas beau à voir. Il est entré dans ma chambre et j'ai tout de suite compris qu'il fallait que je me prépare à me battre, et c'est ce que j'ai fait. Il m'a fait une prise de lutte gréco-romaine, on s'est retrouvés sur mon lit, et il a carrément tenté de m'étrangler, pas une clé de bras comme à la lutte ou pour me faire perdre connaissance, mais un putain d'étranglement à deux mains pour un truc qu'Orvil avait fait et sur quoi j'avais absolument aucun contrôle. Heureusement, j'ai réussi à me dégager comme j'avais toujours su le faire, en appuyant un genou sur son ventre. Je me suis enfui de la maison et je suis resté dehors si longtemps qu'à mon retour, avec à la main une planche que j'avais trouvée derrière la maison, j'étais certain qu'il se jetterait pas sur moi comme tout à l'heure.

Le plus dingue, avec la disparition d'Orvil, c'est de s'apercevoir à quel point c'est un truc facile à faire. Disparaître à Oakland ? C'est fou ce qu'elle peut être grande, cette ville. On peut passer des années sans croiser une connaissance, en fonction du quartier où on habite. Moi, par exemple, je vis actuellement dans West Oakland. J'ai un peu honte de le dire. Tous ces bobos font comme s'ils étaient chez eux, et parfois ils donnent vraiment l'impression de l'être d'une façon tordue, même si les meilleurs d'entre eux sont sans doute des gens bien, en tout cas rien à voir avec l'absence de principes des mecs de la tech dans leurs putains de condos.

Mais pourquoi j'ai l'impression d'être un bobo dans ma propre ville alors que je suis même pas blanc ? Je viens d'une famille aisée ? J'ai jamais vécu dans l'opulence, c'est certain. Mais faut croire qu'une grande baraque et une scolarité dans le privé, c'est bon pour les riches.

Et c'est dur de pas se sentir blanc à l'intérieur quand on a été élevé comme un Blanc. J'ai tendance à intellectualiser pour cloisonner mes sentiments. C'est un truc que je tiens de mon psy. Intellectualiser pour vivre avec et contrôler sa réaction au traumatisme. Je me disais donc que j'étais victime d'un système fait pour les Blancs, et que j'essayais simplement de me débrouiller comme je pouvais. Est-ce que ça me donne l'impression de pas être un bobo ? Non.

Mais bref, Mike m'a pas étranglé à mort le jour où Orvil a abandonné sa bagnole en plein centre d'Oakland. Et j'ai découvert pourquoi il était si furax, et c'était parce qu'y avait un truc dans le coffre auquel il tenait.

Mon père est rentré, je suis retourné au bahut et en gros rien n'a changé à la maison, une tanière pleine de dope avec des loups à l'intérieur. J'étais devenu l'un d'entre eux.

L'histoire de mon sevrage, ça n'a rien d'intéressant. Pas pour moi, en tout cas. Et celle de mes addictions encore moins. Mais ce que j'ai été et ce que j'ai fait pendant tout ce temps, c'est un truc sur quoi il faut que je travaille.

J'ai essayé de savoir ce qu'Orvil est devenu. Après tout ce temps. Quand je tape son nom sur Google, je tombe sur de vieux trucs en rapport avec la fusillade. Le mec est introuvable sur Internet : s'il a créé des profils, ils sont jamais sous son vrai nom. J'ai cherché dans les avis de décès. J'ai même appelé les bureaux de l'état civil pour vérifier. Lui non plus, il a pas cherché à me recontacter.

C'est gênant, cette façon dont les gens entrent et sortent de notre vie. Le côté disparition. Comme si, en aboutissant à rien, ça annulait l'origine de la relation. Mais c'est peut-être des conneries capitalistes du type retour sur investissement, on est pas obligé de rester avec quelqu'un si on en a pas envie.

Pourtant, il y avait toujours eu ce truc entre nous. Orvil et moi. On avait créé un lien, un vrai, et puis y avait la musique, mais c'est moi et la drogue qui avons tout gâché, moi qui avais la baraque où on faisait ce qu'on voulait alors que la plupart des jeunes ont des parents qui sont là pour que la situation dérape pas. J'en veux à personne. Vraiment. À part moi. Évidemment. Je regrette simplement qu'on se voie plus. Si seulement je pouvais savoir qu'il est toujours vivant, s'il m'envoyait un message de temps à autre pour dire que ce qu'on a vécu était assez important pour qu'on oublie pas tout.

Faut croire qu'y avait un problème. Entre nous. Un truc assez important pour qu'il laisse tout tomber comme il a largué la voiture de Mike en plein centre d'Oakland.

Comme j'ai moi-même fini par larguer mon père, Mike, et la maison. Moi aussi j'ai disparu, d'une certaine façon.

J'ai passé des années à travailler, sortir avec des filles et tester mes limites. Je vais vous dire un truc que j'ai appris : quand on est un junkie et qu'on essaie de boire ou de prendre de la dope comme des gens normaux, il faut établir ses propres règles et s'y tenir. Genre, rien consommer tant qu'on a pas fait tout ce qui était prévu. Ou ne pas boire d'alcool avant dix-sept heures, ou avant d'avoir fini de dîner. S'abstenir plusieurs soirs d'affilée de prendre sa came préférée. Trouver des façons plus soft de se défoncer, comme l'exercice physique. Chercher de la musique, des films, des séries et des bouquins qui nous plaisent. Ça demande du temps, de trouver ce qui est bon pour soi. Y a tellement de bruit tout autour de nous. Faut remplir ses journées, et ça peut pas se faire à coups de picole ou de défonce. Attention à la spirale infernale. On a pas toujours l'impression de tomber quand on tombe. C'est l'expérience qui m'a appris ces règles, et elles ont toutes fonctionné pendant un temps, mais c'était ça l'ennui. Je finissais toujours par me retrouver dans une situation extrême. J'étais incapable de garder un boulot, ou d'entretenir une relation. J'arrêtais pas de retourner en désintox. D'abord à cause du blanx, dont je pouvais pas me passer quand j'étais à court. Pendant longtemps, ç'a été la tise et la coke. Des années. Puis je suis sorti avec un mec qui prenait de l'ecsta, et je me suis mis à en consommer de manière excessive. J'ai sans doute altéré de façon définitive ma capacité à libérer une importante quantité de sérotonine. Puis une fille avec qui j'ai été pendant neuf mois a fini par m'avouer qu'elle souffrait d'une grave addiction aux opioïdes. Je m'en doutais. J'avais même fouillé son appart à la recherche de matos. Elle s'appelait – et s'appelle encore, j'imagine – Malorie. Elle lisait beaucoup. Des tas de romans français déprimants. Même pas dans le texte, c'étaient des traductions, et elle avait aucun lien avec la France, elle s'était juste plongée dans la culture, faut croire. J'aimais bien Édouard Levé pour sa sincérité totale. Il a fini par se suicider. Y a rien de plus totalement sincère. Quand j'attendais le retour de Malorie, je lisais tout ce qui traînait chez elle. Y avait un passage dans un roman de Le Clézio, j'ai oublié le titre, avec un jeune pianiste pendant la Seconde Guerre mondiale. Ça me rappelait ma mère. Les plus belles descriptions des sons que peut produire un piano dans le lointain. Le Clézio, c'est un écrivain vraiment malin.

J'ai dit à Malorie que j'adorais la défonce moi aussi, pas en ces termes mais à la façon dont les junkies parlent du manque, par un ton de voix, un geste de la main, ou un regard. On a fini par fumer régulièrement du fentanyl. Après ça je suis retourné en désintox et j'ai cru que je m'étais bousillé le cerveau. C'est sans doute le cas. Il est sans doute H.S. Y a plein de gens qui retrouvent jamais leur état normal quand ils ont flingué une trop grande quantité de leurs neurones. Je me suis rendu compte qu'avec assez de travail, d'exercice physique, de séances de méditation et si j'allais aux groupes de parole, je pouvais m'en sortir. J'ai repris la musique. Encore un truc qui fonctionnait.

C'est triste de lâcher prise. Triste que tout finisse par passer. Mais y a trop de saisons dans la vie pour qu'on s'arrête à l'une d'elles. Et les autres saisons reviennent. Alors même si à un moment j'ai eu l'impression qu'Orvil et moi avions été réunis par le destin, il était peut-être inclus là-dedans que ce *nous* ne durerait pas plus longtemps.

On me demande de comprendre que certaines personnes qu'on aime ne peuvent pas faire partie de notre vie. On me demande une chose à laquelle je ne peux répondre qu'en restant vivant.

30

Attends

Le temps passa plus vite que s'il n'avait pas laissé tomber le lycée. Ça n'avait pas été facile de convaincre Opal qu'il ne voulait pas y retourner. Qu'il n'y croyait plus. Qu'il voulait simplement travailler. Qu'en penseraient ses frères ? Ils étaient censés continuer les cours, avoir de bonnes notes, Opal passait pour quoi, en lui permettant d'arrêter ? Une semaine après son retour, alors qu'ils étaient seuls à la cuisine, il lui avait confié avoir envie de tout plaquer. Inutile de s'étendre davantage. Il ne pouvait pas lui dire qu'il ne voulait plus voir Sean. Que le voir impliquait d'assumer ce qu'il avait fait avec la voiture de Mike. Et impliquait potentiellement d'affronter ce dernier.

Le temps ne passait pas de la même façon selon qu'on travaillait ou qu'on allait au lycée. L'argent gagné n'avait pas non plus le même effet entre ses mains. Il était caissier dans un supermarché. Il mettait de l'argent de côté. Il proposait à Opal de lui en donner, ce qu'elle refusait. Il en filait à ses frères, qui, eux, ne se faisaient pas prier. Orvil était redevenu le bon gars qu'il était auparavant. En surface. Pour autant qu'on le sache. Tout était rentré dans l'ordre.

Mais il y avait le matos. Il ne se défonçait que quand il était certain de ne pas se faire choper. Partager une chambre avec ses frangins n'était pas pratique. Ni vivre sous le même toit qu'une ancienne alcoolique.

La poudre blanche était puissante. Donc il ne lui en fallait pas beaucoup. Il en prenait quand il ne travaillait pas et qu'il n'y avait personne à la maison. Quand Jacquie était à une réunion ou qu'elle faisait une de ses longues promenades. Quand Loother et Lony étaient en cours.

Quant à Opal, elle avait repris le boulot car son cancer était en rémission.

Orvil avait l'impression d'avoir besoin de consommer pour continuer à jouer de la guitare, et ça ne lui plaisait pas. De se trouver bon uniquement quand il était défoncé. Mais il jouait aussi quand il ne l'était pas. Il cherchait à s'améliorer. Et il savait que ça demande de la pratique. Toujours plus de pratique. Il s'installait dans le jardin, où personne ne pouvait l'entendre.

Quand il se fixa comme objectif de ne plus se défoncer, de rester suffisamment clean pour tenir le coup, de ne plus prendre de décisions qui puissent porter préjudice à autrui, ce fut comme s'il marquait une pause à un carrefour. Il était à un moment de sa vie où il fallait qu'il décide quelle serait la prochaine étape.

Il trouva le moyen de faire durer le matos. C'était une façon d'arrêter et de continuer en même temps. Mais pas vraiment réaliste. Il se demandait dans sa tête et dans son cœur ce que serait la nouvelle étape, et se disait que ce ne serait sûrement pas la même chose que maintenant.

Il lui restait encore juste assez de blanx pour une dernière fois avant de tourner la page pour de bon.

Il avait déjà quelque chose en tête, comme une graine qui attend le soleil pour pousser. Décider de s'en aller, vraiment s'en aller, c'est la chose la plus extrême qu'on puisse faire quand on choisit de quitter les vivants. *Suicide*. Il préférait éviter au maximum ce terme clinique. *Overdose* n'est pas juste non plus parce qu'il sous-entend une erreur. Comme ingérer trop de médicaments, plus que la dose prescrite. Il voulait un meilleur mot pour tout ça. Il en avait toujours cherché pour exprimer ce que ça faisait de vivre, et de souffrir, et d'aimer tout ça si ardemment qu'il haïssait le fait de ne pas être aimé en retour.

Quitter les vivants, voilà comment il choisissait d'y penser. Ça semblait dans ses cordes, il pouvait tout quitter.

Il n'avait pas eu d'illumination. Il avait juste pris la fuite après un accident de voiture. C'était un lâche. Comment il avait arrêté de se droguer, voilà ce qu'il voulait mettre en avant, parce que la réalité était un désastre. Voilà ce qui arrive quand on a trop de trucs dans la tête. C'est la version supportable d'une vérité désastreuse que personne ne veut apprendre. C'est triste, aussi. Les trucs encore plus déprimants, il ne voulait pas en parler, personne ne veut parler de réflexions ou de considérations sur le fait de quitter les vivants, comme personne ne veut entendre parler du fait que les gens ne vont pas bien. C'est pour ça que la déprime ne cesse de croître, ou de s'auto-alimenter, comme cette façon dont on aspire à quelque chose d'autre, quelque chose de mieux, de différent en tout cas. Voilà. Quelque chose de différent. La transcendance, voilà pourquoi les gens choisissent de mourir, ou de se défoncer.

Mais il resterait. Il se dit qu'il resterait et n'abandonnerait pas, il serait patient. La vie est longue quand on ne meurt pas accidentellement ou qu'on ne tombe pas malade. Les choses changent. Il pouvait attendre et voir ce qui allait se passer. Dans ses pires moments, c'est ce qu'il se disait. Attends.

Il n'avait jamais cessé de s'inquiéter pour Lony. Tout avait l'air d'aller bien. Jusqu'à ce que ce ne soit plus le cas.

31

Ocean Beach

Ce n'était pas parce qu'Orvil avait arrêté le lycée que Lony s'inquiétait pour lui. Ça, c'était seulement le symptôme d'un mal plus profond. C'était ce qu'il lisait sur le visage de son frère quand celui-ci pensait que personne ne le regardait. Il était trop jeune pour avoir l'air aussi fatigué. Même Opal n'avait jamais l'air au bout du rouleau. Et ce n'était pas par excès de travail ou manque de sommeil. Quelque chose l'avait comme lessivé de l'intérieur. Mais il ne l'aurait admis pour rien au monde. Quand ils étaient tous ensemble à la maison, à table par exemple, il restait silencieux. Et personne d'autre ne trouvait ça bizarre. Lony ne savait plus quoi faire.

Quand il fugua, il prit le bus qui traversait Fruitvale en direction de la gare. Il n'aurait pas appelé ça une fugue. Mais il avait volontairement laissé son téléphone à la maison parce qu'il se sentait incapable de tenir longtemps si on cherchait à l'appeler ou à lui envoyer des messages.

Il avait emporté un vieil iPod qu'il avait retrouvé sous le lit avec les écouteurs encore branchés. Il n'y avait que du classique dessus, surtout des morceaux de Beethoven qui ne lui plaisaient même plus, mais qu'il écouta à bord du bus puis du train parce que ça lui donnait l'impression d'être dans un film. Le seul autre passager du wagon était un type qui dormait avec son chapeau baissé sur les yeux. Lony écoutait la *Symphonie n° 7 en* la *majeur*, op. 92 : II. Allegretto. Il avait un peu peur. Mais il se sentait bien.

Il descendit au coin de Sixteenth Street et de Mission et écouta un type jouer de l'accordéon, un truc vaguement latino, pendant une bonne vingtaine de minutes. Puis il reprit le train pour aller plus loin. Il décida d'aller au bord de l'océan. Il n'avait jamais vu la mer en vrai. Comment était-ce possible ? Il avait vu la baie de San Francisco, bien sûr. Elle était omniprésente.

Il voulait savoir ce que ça faisait d'être tout seul dehors. Enfin, il n'arrivait pas exactement à s'expliquer ce qu'il avait en tête. Il voulait juste être dehors. Il ne fallait pas chercher plus loin. Et pourtant, il passerait des années à tenter de démêler ce sentiment. Être dehors. Vivre dehors. Voilà ce qu'il voulait.

Il avait prévu de s'en aller quelques heures seulement. Rentrer tard et dire qu'il s'était perdu. Qu'il voulait prendre le bus pour s'amuser mais qu'il s'était trompé de ligne et s'était retrouvé dans un endroit qu'il ne connaissait pas. Ne pas prendre son téléphone faisait partie de son plan.

Le train ne desservait pas l'océan. Il demanda à quelqu'un comment il pouvait y aller. Raconta à une femme que sa grand-mère était sortie sans prendre ses médicaments et qu'il fallait la retrouver. Cette femme finit par le conduire sur la côte. Lui dit qu'elle allait l'aider à chercher sa grand-mère. Il se sentit mal pendant le bref trajet qu'ils firent en silence. La lune, grosse et brillante, jetait sur tout une lumière qui ressemblait au souvenir d'un rêve.

Quand ils arrivèrent à Ocean Beach, Lony ouvrit la porte et courut aussi vite qu'il put. La femme lui cria quelque chose sans qu'il comprenne quoi exactement.

Il courut jusqu'à l'eau, là où le sable était plus dur, et courut longtemps comme ça, le long du rivage, en direction du nord. Il avait froid malgré son pull et son coupe-vent.

Il tomba sur une tente rouge, et comme il n'y avait personne à l'intérieur ni autour, il décida qu'il allait essayer de dormir, mais ailleurs, car que se passerait-il si ses propriétaires revenaient ?

Il traîna celle-ci vers le nord pendant près d'une heure et trouva un endroit qui semblait bien abrité, où on ne le verrait pas forcément en passant devant.

Il s'endormit presque aussitôt après avoir posé la tête sur le sol, chérissant le contact du sable sur son visage.

32

Les fleurs noires

Orvil a préparé sa ligne dans la salle de bain. Il ne sait pas s'il veut simplement se défoncer ou cesser d'exister. Pas se foutre en l'air. Il veut simplement cesser un temps d'être vivant et revenir avec plus de vitalité.

Il faut penser à tout le monde. Il faut toujours penser aux autres.

Orvil s'est aperçu que la première fois que Lony avait fugué, ce n'était pas vraiment une fugue, il était parti à la recherche de son chien. Orvil avait laissé la porte d'entrée ouverte, l'animal était sorti, puis tout le monde était parti à sa recherche sans parvenir à le retrouver, après quoi Lony était sorti seul et ils ne l'avaient toujours pas retrouvé jusqu'à ce qu'ils rentrent chez eux : il était au lit avec le chien. Et puis il y eut la fois où il passa la nuit dehors. À son retour, il dit qu'il avait pris le bus et s'était perdu parce qu'il avait oublié son téléphone à la maison. La troisième fois, ça éveilla les soupçons. À son retour, il ne donna même pas d'explication. C'est après ça qu'il s'arrêta de parler. Pas complètement. Mais il avait décidé de limiter ses prises de parole. Opal tenta de le convaincre d'aller voir un psy mais il refusa. Il refusait tout.

Orvil s'en voulait. Pour tout ce qui ne tournait pas rond dans la famille. Pour tous les mauvais sentiments qu'il portait en lui. Il voulait s'en débarrasser mais ne savait pas comment. La musique était un moyen d'y arriver. Mais il se sentait engourdi et n'arrivait plus à jouer comme avant, quand il consommait.

Il se tient dans la salle de bain, sous ce mauvais éclairage que personne ne se décide à changer, et qui clignote au-dessus de lui. Ce sera la dernière fois. Il ne lui restera plus rien. Il sait que les dernières fois sont un peu comme les derniers mots.

La première fois qu'il est allé à l'hôpital, c'était après avoir sauté d'un mur à l'école maternelle. Opal le surveillait ce jour-là. Il voulait lui montrer encore une fois qu'il en était capable. Le mur devait faire à peine plus d'un mètre de haut. Et il y avait de l'herbe en dessous. Mais il était mal retombé et s'était cassé le bras.

Il s'assied sur les toilettes. Voilà, c'est fini. Il ira s'allonger sur son lit dès qu'il pourra. Il profitera gentiment de son trip, jusqu'à ce qu'il s'endorme sans même le vouloir. Mais là il sent qu'il en a trop pris. Ça le comble et ça le purge de quelque chose qui lui fait du bien, mais il sait au fond de ses entrailles qu'après ça c'est fini. La pièce pulse autour de lui. La lumière éclate sous ses paupières lourdes. Ses bras sont inertes. Il veut prendre son téléphone pour appeler quelqu'un. Mais qui ? Il n'arrive pas à bouger. Il se lève. Des fleurs noires maintenant, à la place de la lumière. Son esprit est vide. Et puis il tombe, comme un arbre, de tout son long, tête la première. Devenu un simple morceau de bois. Face contre terre et le monde disparaît. Il voit bien des étoiles mais elles ressemblent à des étincelles qui flottent à la périphérie de son regard, et il veut les suivre. Puis quelqu'un tambourine à la porte. Plusieurs voix. Quelqu'un tripote la poignée. Force l'entrée. Il ne veut pas. Mais il en a besoin. Un sifflement aigu retentit comme un pneu qui se dégonfle. Il entend d'autres voix tellement enfouies en lui qu'il croit les entendre vraiment. Est-ce un chant ? Est-ce le lavabo ? Est-ce lui, cette eau qui coule ? Et puis sa famille, il entend son nom. Il a les yeux fermés mais parvient à voir tout le monde. Tiens bon, mon chéri. Tiens bon. Qui dit ça ? Tout va bien, mon chéri, ils arrivent, tiens bon, Orvy. Loother crie « Orvy ! » comme s'il était en colère mais aussi comme s'il l'appelait pour le faire revenir. En colère que ça ne suffise pas à lui faire ouvrir les yeux. Quelqu'un le gifle. Une main ou son prénom. Il ne sait pas. Il ne sait pas quoi faire de tout ça juste avant que tout disparaisse.

TROISIÈME PARTIE

*

AVENIRS

« Et c'est en moi que je dois créer
quelqu'un qui comprendra. »

Clarice Lispector

33

Désintox

Je me souviens même pas de ce qui s'est passé quand j'ai fait mon overdose. Je me suis réveillé à l'hôpital entouré de toute ma famille. Après la fusillade, quand j'avais repris conscience sous leurs yeux, j'avais eu l'impression de me réveiller d'un très long sommeil, comme si une version de moi-même était morte le jour du pow-wow et qu'une nouvelle avait pris le relais. Ou que j'avais ressuscité dans la peau d'un autre.

On dirait que je fais tout pour redevenir celui que j'étais dans le temps.

Et on dirait bien que ça marche. Mes proches m'ont pas serré dans leurs bras, cette fois-ci. C'était complètement différent. Tout le monde avait l'air si épuisé. À cause de moi, mais aussi comme s'ils avaient pas pu dormir avant de savoir si j'allais m'en sortir. Je savais pas quoi dire. Je me suis rendormi. Je voulais rester comme ça. Profondément endormi.

J'ai participé à un programme qui était censé durer soixante jours. Dans un ancien hôtel au bord du lac Tulloch, sur les contreforts de la Sierra Nevada – une heure environ à l'est de Stockton. La ville s'appelle

Copperopolis. Ces soixante jours ont fini par durer quatre ans.

Le centre de désintox n'était pas bien différent des autres, hormis cette constante atmosphère festive qui émanait du lac lui-même, avec ces yachts d'où montait une musique assourdissante, ces jet-skis et ces bateaux super bruyants et super rapides exaltant la liberté dans un style « républicain rural » qui vivait avec son temps sans vraiment changer, au fond. Je suis même allé sur l'eau plusieurs fois. J'avais toujours l'impression qu'elle était verte, tout en sachant que c'était pas la réalité. À l'aube et au crépuscule, elle reflétait les couleurs du soleil. Comme j'ai jamais appris à nager, je me sens claustrophobe à bord d'un bateau. Si vous voyez ce que je veux dire. Après la fin de ma cure de désintox on m'a demandé si je voulais rentrer chez moi. J'ai demandé s'il y avait d'autres possibilités, et on m'a parlé d'un programme de réinsertion professionnelle qui s'accompagnait d'un suivi médical. J'ai donc fini par faire le ménage dans des maisons de vacances. Pendant un bon moment. Je mettais de l'argent de côté. J'allais aux réunions. Je nettoyais des baraques où des gens avaient fait la fête. Le mot *fête* faisait plus partie de mon vocabulaire, mais c'était celui utilisé pour parler de notre mission. Je me disais que ces fêtards vivaient peut-être dans une sorte de boucle, ils finissaient en désintox au bord du lac puis repartaient faire la fête sur le lac, comme une sorte d'enfer au paradis ou de paradis en enfer. C'est l'impression que m'avait toujours faite l'addiction : comme ces petits riens qui nous font du bien mais qu'on finit par oublier les mauvais jours, ou les gros coups durs qu'on oublie quand on a l'impression que tout va bien parce qu'on arrête pas de se défoncer.

Je détestais ce boulot. Mais c'est là-bas que j'ai commencé à courir.

Je le faisais chaque jour. Le matin avant qu'il fasse trop chaud. J'avais pas l'habitude d'une telle chaleur. Souvent supérieure à trente-cinq degrés. Plus de la moitié de l'année, avec ça. Heureusement qu'y avait le lac pour se rafraîchir. Je courais au bord de l'autoroute et c'était flippant, ces doubles voies très étroites et les bagnoles qui fonçaient à toute allure, mais je me suis acheté un de ces gilets qui brillent pour être sûr que les conducteurs me voient. J'ai accumulé les kilomètres. Je me suis mis à courir matin et soir. Ça m'est resté. Il fallait que je répète cet effort quotidiennement. Et puis un jour j'ai eu l'impression d'en avoir besoin d'une façon qui m'a un peu foutu la trouille. C'était pas si différent d'une addiction. J'allais courir pour éprouver une sensation. Celle que j'éprouvais après avoir couru. Mais il se passait autre chose. Je courais plus pour fuir quelque chose. Je courais pour m'attaquer à ce qui m'avait fait ressentir le manque. Pour m'attaquer à ce qui m'avait fait peur. Et je me mettais à pleurer. Ce truc-là me rendait sensible. Pas lors des premiers kilomètres, mais passé une dizaine il se produisait quelque chose. La course échappait à la course. Aussi lent que je sois, en nage sous mon tee-shirt jusqu'à ce qu'il reste plus un seul centimètre de sec. J'avais l'impression de voler.

Je me suis découvert une passion pour les nombres, l'heure à laquelle je commençais et finissais mes courses, leur durée, je réduisais tous ces nombres en les additionnant, et si je faisais les choses comme il fallait, si tout était bon, ils se limitaient à quatre, huit ou neuf, ces trois-là sont mes préférés, ça doit être mes chiffres porte-bonheur, je crois que je suis devenu superstitieux, ou que je l'étais déjà sans le savoir, et j'écoutais de la musique sur mon téléphone en lecture aléatoire, et je sentais que tout allait bien si je tombais sur mes chansons préférées aux moments cruciaux, j'imagine que si j'en parlais à quelqu'un on me prendrait pour un fou.

Mon boss m'a aidé à trouver un loyer pas cher. Un mobile-home situé en face d'une épicerie et d'un restaurant mexicain que je me forçais à aimer plus que je ne l'aimais en réalité. Mais si je courais assez longtemps, manger et boire me procuraient une sensation d'euphorie. Il faisait si chaud là-bas, aussi. J'ai jamais autant transpiré de ma vie. Et quand j'avais du temps libre, je faisais de la musique.

Dans l'une des locations où on faisait régulièrement le ménage, il y avait un piano à queue près d'une fenêtre avec vue sur le lac. Pendant un été, on y est passés une à deux fois par semaine. Je restais après le boulot et je jouais jusqu'au dernier moment avant l'arrivée des nouveaux locataires. J'avais suffisamment de connaissances en solfège pour apprendre des morceaux qui me plaisaient. Ma passion pour le piano avait commencé par la musique de *Donnie Darko*, en particulier le morceau « Liquid Spear Waltz », et grâce à l'algorithme de Spotify, j'ai découvert un tas de musiciens minimalistes comme Philip Glass et John Cage, mais aussi des compositeurs de films et des types comme Max Richter, à la tête d'une sorte de genre néoclassique que j'appelais aussi post-minimalisme.

Ça collait parfaitement à mes capacités vu que j'avais seulement joué dans le sous-sol de Sean, mais je me suis vite rendu compte que ça collait aussi parfaitement à quelque chose en moi, qui venait de l'intérieur, des morceaux courts et simples ont commencé à sortir de façon très naturelle. J'éprouvais du plaisir à les jouer. Quelque chose guérissait en moi. C'était la première fois que je prenais du plaisir à faire de la musique sans me défoncer, avec parfois, quand le soleil se couchait, d'étranges bleus et oranges qu'on ne voit qu'en été à la surface de l'eau.

J'ai demandé à Opal de m'envoyer ma guitare. La première qu'elle m'avait donnée, plus l'électrique et l'ampli qu'elle m'avait offerts. J'essayais de dominer l'instrument, tout comme j'essayais de dominer mes émotions. J'ignore ce qui m'a bloqué si longtemps avant d'arrêter de consommer. Perdre notre mère si tôt avait été difficile, évidemment. Et la vie qu'elle nous avait imposée nous avait fait du mal.

Je me suis fait de bons potes dans les groupes de parole, même si pas mal de gens étaient sans cesse cassés par les rechutes. Quand ça arrivait, je prenais mes distances, comme si la rechute était une infection. Ça l'était vraiment. Mais on finissait tous par reformer le cercle. En nombre suffisant.

L'ami le plus proche que je m'y suis fait était un grand type de la tribu des Miwoks prénommé Virgil. Son truc, c'était les opioïdes et l'alcool. C'est le premier Indien dont j'ai fait la connaissance là-bas et la première personne à m'avoir fait réfléchir sur la terre que nous habitons. Sur les tribus qui étaient là avant et pourquoi elles s'y trouvaient plus aujourd'hui. Je me sentais originaire d'Oakland, USA, je me sentais indien, et j'avais l'impression d'appartenir à quelque chose de plus ancien que ce pays. Opal ne parlait jamais des premiers habitants de la région. Et j'avais jamais pensé à me renseigner. J'ignore sincèrement ce que j'aurais pu découvrir par moi-même en dehors du fait que je savais rien de tout ça, mais Virgil a fait une rechute et il est mort d'une overdose, putain. Je suis allé à son enterrement, mais je savais pas comment exprimer mon chagrin. Comme si je le méritais pas. On se connaissait à peine. On s'aimait bien, c'est tout. On passait du temps ensemble après les réunions. On était allés quelquefois dans un café à Sonora.

Je me souviens de son visage, de son expression quand il m'a demandé si je savais à qui appartenait la terre sur laquelle je vivais, et j'ai dit où, et il a répondu ici mais il voulait aussi parler d'Oakland puisqu'il savait que je venais de là-bas.

J'ai été soudain submergé par la honte. D'avoir grandi à un endroit, de me l'être approprié sans rien savoir des peuples originels, ceux qui avaient vécu ici pendant des millénaires. Comment avais-je pu considérer cet endroit comme le mien sans savoir à qui cette terre avait été volée ?

La seule chose qu'on nous apprenait à l'école sur l'histoire de la Californie, c'était construire des missions en modèle réduit. Avec des bâtonnets en bois. Les miennes s'effondraient toujours parce que je savais pas comment m'y prendre ou que je mettais pas assez de colle.

Un jour, je suis allé tout droit à la bibliothèque pour utiliser un ordi. Je voulais connaître le nom des tribus qui avaient vécu au même endroit que moi. Je commencerais par là. Au moins connaître leur nom. À Oakland, c'étaient les Ohlones. Dans la Sierra Nevada, les Miwoks.

Mais ça suffisait pas. Loin de là. Je me suis mis à chercher le nom de toutes les tribus de Californie, et elles sont beaucoup plus nombreuses que je le pensais. Cent neuf d'entre elles sont reconnues au niveau national, sans compter les soixante-quinze sans statut fédéral. J'ai lu cette liste complète à voix haute, et même si y avait pas mal de noms que j'ai eu du mal à lire, ça m'a fait plaisir de le faire.

Comme j'avais soif, je suis allé à la fontaine à eau. Tout en buvant j'avais le sentiment d'avoir parlé dans une autre langue. Et d'une certaine façon, c'était vrai. Dans plein d'autres langues. Et dans celle des noms. Je me suis dit que je devais faire la même chose pour toutes les tribus du pays. Quand j'ai cherché combien y en avait, j'ai trouvé le chiffre de cinq cent soixante-quatorze reconnues au niveau national et près de quatre cents sans statut fédéral. En tout, près d'un millier de nations indiennes. De le savoir, ça a changé quelque chose en moi.

Du coup je me suis demandé combien d'États portaient le nom d'une tribu ou avaient un nom indien. Y en avait vingt-six. Plus de la moitié du pays, donc.

La question n'était pas d'apaiser mon sentiment de culpabilité. Faire des recherches sur un ordi ne suffisait pas à rattraper tout le temps passé sur cette terre dont j'avais jamais reconnu les premiers habitants.

Quand la pandémie s'est déclarée, j'étais suffisamment solide pour ne plus être obligé d'assister aux réunions, et je pouvais les suivre par Zoom en cas de besoin. Le temps donnait à la fois l'impression de passer à toute vitesse et de rester immobile. J'ai regardé beaucoup trop de films et de séries, j'ai lu plus de livres que j'en avais jamais lus dans ma vie. Ç'a été une bonne période pour moi. Je sais que c'était merdique pour plein de gens. Plus que merdique, même. C'est pour les junkies que ç'a été le plus dur. C'était si long. Un tas de gens que je connaissais, ou dont j'avais entendu parler en désintox, sont morts à ce moment là. Sans structure et avec tout ce temps à leur disposition, et cette impression de fin du monde, se défoncer était presque logique. Si j'avais pas découvert la course à temps, ça m'aurait sans doute tué, moi aussi.

Après être enfin rentré à Oakland, j'ai continué de courir. J'habitais près du temple mormon, je l'apercevais donc chaque fois que j'allais faire un tour. Je courais dans les collines, là où on a l'impression d'entrer dans une forêt profonde. Sauf que ça fait partie de la ville, et je voyais le temple depuis chacun de ces sentiers, et ça me faisait quelque chose. Il revêtait pour moi une importance qui n'avait aucun rapport avec le mormonisme. C'était lié à l'importance prise par la course dans ma vie. C'est devenu comme une vision de mon temple secret. Celui que j'avais en moi, construit par l'accumulation des kilomètres parcourus. Celui que je m'étais créé pour mieux me comprendre, car c'est en courant que je ne cessais de trouver cette version intérieure de moi-même qui me comprenait. Qui était moi. Je sais que ça a l'air stupide. Et ringard.

Je voulais me rapprocher de mon identité autochtone, mais je savais pas trop comment m'y prendre. Je connaissais pas d'autres Cheyennes en dehors de ma famille. Les cures de désintox ont comblé ce manque, d'une certaine façon. Partout on trouve des Indiens. J'ai découvert qu'on est pour ainsi dire incapables de consommer sans aller jusqu'au point de rupture. Que certaines blessures sont des trous sans fond qui exigent chaque jour d'être comblés. Courir seul me permettait de rester clean. Alors je m'y suis tenu. Chaque jour.

Après avoir obtenu son bac, Lony a dit qu'il partait faire une virée en voiture avec des potes. Et il est jamais revenu. Et on arrivait pas à le joindre. Et au bout de quelques années, il a fallu qu'on se fasse à l'idée qu'il était peut-être mort, voire pire, qu'il nous avait peut-être oubliés. Il a fallu qu'on continue à vivre avec ça. Chaque nouvelle journée était un test pour ma volonté, et quand une mauvaise nouvelle arrivait, mon esprit s'en servait comme d'une excuse. Ce que j'appelais autrefois la balle, cette voix dans ma tête, se réveillait dans ces moments-là. Dis-moi qu'il faut que j'arrête d'être aussi faible. Que rester clean était autant le signe d'une faiblesse que de trop consommer. La voix tentait de me convaincre de m'amuser comme tout le monde. *Y a pas de mal à boire un petit verre, à se faire un petit trip le week-end pour se détendre ! Amuse-toi un peu, c'est de ton âge !* J'y accordais aucune importance. Je la laissais toute seule dans une pièce. Je me disais que j'étais ailleurs. Qu'elle faisait que se parler à elle-même.

Si je refusais de participer, elle pouvait rien faire. Quant à mon fameux pouvoir, j'ai jamais trouvé le moyen de l'exercer. J'adorais la version de Jacquie et je me la suis appropriée. Sans lui donner de nom en particulier, parce que lui en donner un aurait été présomptueux. C'était bien comme ça. Il restait une part de mystère. Je sais qu'y a pas qu'un seul moyen de le savoir et que le besoin de savoir naît de la volonté de contrôle. C'est d'ailleurs ça qui se joue dans l'addiction : le contrôle. Elle se renouvelle chaque jour. Mais elle se développe aussi. Et elle nous surprend par ses élans dangereux. Faut être sûr de pas finir sur la pente descendante. J'ai eu de la chance. Pas comme ce que m'ont dit les toubibs quand j'ai survécu à la fusillade.

Le plus dur quand on reste clean aussi longtemps, c'est le fait de ne plus se défoncer. Ce qui est pas la même chose que de rester clean. Je parle de l'excitation. De l'idée qu'on s'en fait. Du moment où on est en plein trip. La réalité de la défonce, encore une fois, se résume au chaos et au remords. Mais il est impossible de se débarrasser de cette idée, parce que quand on en a déjà fait l'expérience, qu'on a touché du doigt le nirvana de l'oubli, on a déjà largement dépassé les limites de sa propre personne, de son propre égoïsme, dans cet au-delà où tout ce qui compte, c'est d'obéir sagement au manque pour le manque, comme une démangeaison qu'il est impossible de ne pas gratter, mais qu'il est aussi impossible de soulager.

J'ai commencé à prendre de la came pour éprouver le monde, parce qu'on m'avait appris à y être insensible. Mais je voulais ressentir ça sans avoir à me défoncer, et pas simplement obéir aux froides exigences du réel, ou à une addiction tout aussi cruelle.

Je distribue le courrier, maintenant. Je bosse pour UPS. « OUPS ! » C'est la mauvaise blague que Grand-mère a faite quand je lui ai annoncé la nouvelle. Elle appelle toujours l'entreprise ainsi et trouve ça beaucoup plus drôle que ça l'est en réalité. Mais elle est fière de moi, quand même. C'est sa façon de le dire. Pour elle, il n'y a pas de mal à faire des blagues.

Je joue aussi dans un groupe de musique expérimentale. C'est pas du jazz, du hip-hop, de l'électro ou du rock, mais on touche un peu à tout à la fois. Je sais que c'est sans doute aussi agaçant à écouter. Genre, vous pouvez pas vous décider une bonne fois pour toutes ? Je sais que c'est le meilleur moyen d'endormir quelqu'un, mais je me fiche pas mal de savoir qui nous écoute. Gagner de quoi se payer un ou deux repas, c'est toujours ça de pris, et de toute façon je fais pas de la musique pour le fric, c'est à ça que me sert mon job chez UPS. Ça me va comme ça.

J'ai réussi à recycler de la musique traditionnelle. J'essaie de mettre la main sur de vieux albums sans copyright. Ça m'a pris du temps, mais j'en ai trouvé quelques-uns. Je voudrais pas manquer de respect aux artistes, alors je fais en sorte que le son ne soit pas reconnaissable. Parfois je joue les morceaux à l'envers, un ton plus haut ou plus bas, et je les noie dans la reverb. Toujours avec de la distorsion. J'aime bien en mettre dans des trucs qu'on n'identifie pas immédiatement comme de la musique indienne. J'essaie de faire en sorte que ce soit identifiable par certains, mais que ça se perde dans le groove ou la structure. Le but pour moi et le reste du groupe a toujours été le même, créer des boucles musicales qui donnent l'impression d'être autre chose grâce à leur construction, manière de sortir de la boucle. Chaque jour est une boucle. La vie fonctionne de la même façon que la musique. Chaque jour, la vie essaie de nous convaincre qu'on est pas dans une boucle. L'addiction aussi, ça fonctionne comme ça.

Je dis pas aux autres que c'est l'effet que je recherche. C'est mon petit secret, et il faut que je le garde. Je suis le seul du groupe à pas consommer, et si j'essayais d'imposer ma vision sur ce qu'on produit ensemble, ça leur gâcherait le plaisir, je crois.

J'ai plus jamais repris contact avec Sean. J'aimerais croire qu'il a trouvé sa voie, quelle qu'elle soit. J'aimerais croire que notre amitié a compté pour lui comme elle a compté pour moi. Je regrette qu'il fasse plus partie de ma vie, mais pas ce qui s'est passé. Je crois que j'avais besoin de toucher le fond pour savoir comment remonter. On est peut-être tous à la recherche de notre point le plus bas et du plus haut pour trouver un équilibre, quand la boucle est parfaite, et pas un simple recommencement, une simple répétition, mais un bel écho, si enchanteur qu'on s'y perd.

L'autre jour, Opal et Jacquie sont venues m'écouter.

C'était en journée, un petit concert dans un bar d'Alameda où on s'occupait d'ambiancer un brunch pour des hipsters et ex-hipsters devenus parents qui sirotaient des mimosas d'une main et tenaient une poussette de l'autre. En fait, je guettais l'apparition d'un bébé. Loother m'avait dit qu'il viendrait. J'arrive pas à croire qu'il soit devenu papa. Il a eu une fille, qu'il appelée Opal. Il suit une formation à l'université publique. Il veut devenir écrivain. Je pensais qu'il ferait plutôt un métier manuel.

Personne faisait attention à nous, mais c'était ça l'idée. Parfois un bon son est juste assez bon pour qu'on y fasse pas attention. Il est rare qu'il soit excellent au point d'attirer les foules.

Jacquie et Opal ont pris place à une table devant, sans nous regarder une seule fois. J'imagine qu'elles voulaient la jouer cool vis-à-vis de moi, mais je suis assez grand maintenant pour avoir envie qu'elles me regardent.

Loother est arrivé avec le bébé dans ses bras. La petite Opal. Il avait l'air si épuisé qu'il en semblait heureux, comme si sa fatigue s'était affaissée sur ce qu'il tenait dans les bras, comme s'il n'avait jamais rien porté de plus précieux dans sa vie. Il était entièrement vêtu de noir. Il a dû croire que je jouais dans un groupe de métal. Sa petite amie, elle était pas là. Je l'avais jamais rencontrée car depuis qu'il sortait avec elle, il s'était éloigné de nous. Je suis sûr que c'était mieux comme ça, mais j'étais déçu parce que j'avais envie de la connaître. Ça valait peut-être mieux vu qu'Opal nous avait dit qu'elle avait quelque chose à nous annoncer. On irait tous manger ensemble ailleurs après le concert parce que l'endroit n'offrait pas de repas aux musiciens et que les plats semblaient trop tendance pour être bons. Et sacrément chers.

À la fin du concert on a été raisonnablement applaudis, certains papas sont venus déposer des billets dans le pot qu'on avait posé devant la scène. En tout, une fois les gains partagés, y avait même pas de quoi s'offrir un petit-déj, même dans un endroit bon marché, mais n'empêche, on a été payés pour jouer.

Dans le *diner* miteux qu'on a dégoté, on a commandé un gros tas de pancakes avec du bacon. On a reçu une lettre, nous a dit Opal. Une lettre ? Jacquie sirotait son café en souriant vaguement. Au début, j'aurais jamais imaginé de quoi il s'agissait. Qui écrit encore des lettres ?

34

N'habite pas à l'adresse indiquée

J'envoie cette lettre à la dernière, à la seule adresse que j'aie jamais eue à l'esprit. Peut-être que ma mémoire me fait défaut et que vous ne la recevrez jamais. Ça fait longtemps que je veux vous écrire. Je regrette de ne pas l'avoir fait plus tôt, et regrette aussi d'être en train de le faire. Les sentiments vont toujours par paire, avec des intentions contraires.

Ce n'est pas ce qu'on avait imaginé, hein ? Moi, je n'ai jamais vraiment imaginé d'avenir. Je me disais que ça s'arrêterait quelque part en chemin.

Il y a de bonnes chances pour que vous n'habitiez plus à l'endroit où cette lettre arrivera. Qu'elle se perde, car je n'ai pas mentionné d'expéditeur, n'ayant moi-même pas encore d'adresse. Alors vous ne la recevrez peut-être jamais. Vous savez comment ça fonctionne, les retours à l'envoyeur ? Quand il n'y a pas d'adresse pour renvoyer une lettre là d'où elle vient ? Grand-mère Opal, tu dois le savoir. Ça nous concerne tous, non ? Nous, la diaspora amérindienne. N'habite pas à l'adresse indiquée.

Ça fait des années que je vis au grand air, que je cours après le soleil. J'ai toujours fait en sorte de me retrou-

ver au bon endroit pendant les saisons où j'ai besoin de chaleur. Je n'ai jamais quitté la Californie. J'ai eu un téléphone par intermittence, autrement dit j'ai reçu des nouvelles du monde par intermittence. C'était voulu. Il y avait de plus en plus de gens comme moi qui vivaient dans la rue. Et puis quand la pandémie s'est déclarée, c'est devenu le meilleur endroit possible. Dehors. C'était ce que je voulais, pour des raisons que je ne comprendrai jamais, puisque j'étais trop jeune pour vouloir un truc aussi stupide et égoïste. Quand on a été abandonné, on a toutes les chances de devenir égocentrique, je pense. On croit qu'on ne peut compter sur personne. Qu'on est seul. Avec soi-même.

Le souvenir que je gardais de vous tous était aussi lourd qu'un corps inerte, et je l'ai emporté partout où j'allais.

Je n'aurais jamais cru que vivre dans la rue m'amènerait à utiliser le mot famille *de tant de façons différentes, avec tant de gens différents. Ce mot ne sera jamais plus pour moi ce qu'il a été, ou ne conviendra jamais vraiment à l'avenir. Il faudrait inventer un nouveau langage pour exprimer ce qu'on devient avec le temps. On change, on épuise les mots et les noms, surtout quand on passe de l'enfance à l'âge adulte et qu'on se retrouve le cœur brisé parce qu'on n'a pas d'autre choix, parce que le monde n'est pas fait pour les gamins.*

Je vous écris depuis les contreforts de la Sierra Nevada. C'est l'un des meilleurs endroits du pays, quelle que soit la saison, hormis l'hiver. Vous ne me reconnaîtriez pas si vous me voyiez. Pas immédiatement. J'ai pris quelques centimètres. Et puis je me suis mis à porter la barbe.

La vérité, c'est que vous ne me connaissiez pas comme je vous connaissais. Quand j'étais encore avec vous, vous étiez tous déjà des adultes. Moi, j'étais encore loin d'en être un.

Je suis parti mais je n'ai jamais dit que je ne reviendrais pas. Parti sans un mot. Rien. Après ce qui est arrivé avec Orvil, et la façon dont on a failli le perdre une deuxième fois, on s'est perdus, ce qui arrive quand on n'est pas assez attentifs pour se demander pourquoi on s'est perdus à ce point. Je me demande même si vous vous réunissez encore pour les anniversaires et pour Noël.

On peut mieux le formuler. Je ne suis pas ce monstre d'ingratitude parti à jamais. Quand Orvil est rentré à la maison, et que la santé d'Opal s'est améliorée, je me suis dit qu'on avait déjà traversé toutes les épreuves. J'ai même cru que si tout allait mieux, c'était grâce à moi. Voilà ce que je faisais, avec mon sang. Et puis vous avez tous cessé d'être vous-mêmes. Vous avez joué la sécurité. Alors j'ai fait semblant, moi aussi. Jusqu'à ce que je n'en sois plus capable.

Je ne suis pas si différent en apparence du Lony dont vous vous souvenez, sauf qu'au fond je le suis. Personne ne peut s'éloigner à ce point de soi-même. Je n'étais qu'un gamin qui ne connaissait rien à rien, en dehors du fait que grandir est une vacherie que les grands cultivent pour nous obliger à cesser de nous plaindre des vacheries que personne ne veut reconnaître. Je ne suis pas fou. Je ne me sens pas fou, j'essaie juste d'expliquer très vite pourquoi je suis parti, ou ce qui se passait dans ma tête à l'époque.

Ce n'est qu'une fois le lycée terminé que j'ai su que je pouvais partir. Je fumais une clope en écoutant de la musique à fond, sur la route des collines d'Oakland, mes amis et moi on y allait la nuit pour s'en griller une et regarder la ville tout éclairée. Personne ne parlait. Les autres étaient partis faire la fête, mais avec mon groupe de potes, on était déjà passés au niveau supérieur. J'avais décroché le bac de justesse. Je savais que le fait d'avoir un diplôme était important, alors j'ai fait en sorte de l'obtenir. On était tous dans le même cas, mais on avait réussi, et après avoir touché le fond, on était devenus clean. Ça valait toutes les meilleures facs du monde. Personne n'avait la moindre certitude à propos de l'avenir, mais je pouvais me reposer un moment, le bras passé au-dehors de la vitre de la voiture, la musique chassant toute pensée susceptible de me distraire, tirant avec juste ce qu'il fallait de plaisir sur ma clope. Avec ce sentiment que rien d'autre ne comptait, j'éprouvais du soulagement, je pouvais enfin me détendre. J'ai dit merci à haute voix. Ce soir-là, j'ai regardé la fumée s'échapper de ma bouche, s'élever et flotter dans l'air de la nuit, du ciel, sous une poignée d'étoiles. Quand j'ai fini ma clope, je l'ai balancée d'une pichenette et j'ai ri de la voir s'envoler, ri à l'idée de pouvoir voler, j'avais tellement chéri cette idée, mais tout est voué à redescendre un jour ou l'autre. J'ai su alors que c'était ce qui était en train de m'arriver, et qu'il me faudrait beaucoup de temps pour revenir.

Quand je suis parti, je ne me sentais pas si mal et j'ai compris que mon cœur n'était pas vraiment loyal, ou que s'il l'avait été, cette loyauté avait disparu en chemin.

Elle était arrivée à son point de rupture, et elle n'était peut-être pas aussi importante ou flexible que la plupart, elle cassait comme un élastique et me claquait dans les doigts, et ça faisait mal. Je me fichais qu'elle guérisse. Je l'ai peut-être même volontairement laissée s'atrophier. Je suis parti pour des contrées plus chaudes. C'était le paradis, de se débrouiller sans avoir de loyer à payer, et de trouver de quoi manger, une vraie aventure. Une vie en pleine nature, comme un véritable Indien.

J'ai vécu comme nos ancêtres à l'époque où leur monde s'était écroulé pour la première fois. Être libre, vagabonder et improviser, voilà ce que je voulais. Je suis allé vers le nord. J'ai passé du temps à Sacramento, le parc, le fleuve et cette ville plate et étalée. J'ai pris un coup de vieux, là-bas. Je me suis remis à consommer. Trop de trucs. Je n'ai pas été une bonne personne ni un parfait citoyen. J'ai peut-être fait la manche et j'ai peut-être volé, mais j'étais jeune et j'étais libre. Je croyais vraiment vivre comme un Indien. J'allais tellement mal mais je ne l'aurais jamais reconnu devant quelqu'un d'autre. Je faisais ce qu'on fait quand on va mal et qu'on ne peut pas le dire. Je creusais ma propre tombe.

Repartons de zéro. J'étais un jeune garçon et notre famille commençait tout juste à aller mieux. Et ce qui se passait me convenait. On avait la possibilité d'améliorer notre situation tous ensemble. Le seul avantage quand on se blesse à plusieurs, c'est qu'on a plus de chances de guérir et d'aller mieux à plusieurs, c'est-à-dire de devenir plus forts que jamais. La guérison est sacrée quand on a la chance de ne pas porter quelque chose tout seul, d'être avec ceux qu'on aime, et vous êtes devenus égoïstes à cause de ça, vous avez tous eu peur que ça prenne plus de place que notre amour, et c'est ce qui s'est passé.

Pour le dire plus simplement, je voulais être dehors. C'était ça, l'idée. Rien de plus. Rien de moins. Simplement ça. Et j'ai vécu en pleine nature sacrément longtemps, toujours là où il faisait assez chaud pour ne pas avoir peur de crever de froid, où je pouvais trouver un mûrier et peut-être pêcher du poisson. Vraiment. Je vous ai dit que je me sentais comme un véritable Indien, dehors. J'ai marché sur des routes où je ne croisais personne. J'allais là où je voyais plus de terre que d'asphalte.

J'ai repensé aux choses auxquelles je pensais quand j'étais petit. Au fait que je voulais être un oiseau et que je savais voler.

J'ai rencontré des jeunes comme moi, des femmes et des hommes, et j'ai eu des relations avec eux. De toutes sortes. Mais je n'ai jamais cessé de penser à vous.

Je vous accorde mon pardon. Vous ne me le demandez pas. Ou peut-être que si. Vous pensiez probablement que je n'avais rien remarqué. Que j'étais toujours trop distrait pour faire attention. Mais je savais ce que vous disiez de moi. C'est un doux rêveur. Les gens croient que les jeunes ne comprennent pas ce qu'est le monde, ce qu'est ce monde-là. Mais nous ressentons vraiment tout. On ne demande pas mieux que de faire comme s'il suffisait d'y croire, et quand on réalise que ça ne suffit pas, on encaisse tout comme on peut.

Je sais ce qui se passe dans ce monde. Je me précipite dedans. C'est ce qu'on fait, nous les jeunes. Nous qui haïssons l'idée qu'il puisse encore en sortir quelque chose de bien. Nous avons toujours souffert, dû savoir ce que ça signifie d'être dans la merde, d'être abandonné à notre fardeau, sans vous ni aucune autre forme d'aide ou de principes utiles pour jeter un pont entre l'abysse et tout ce qui ressemble à la justice et l'égalité.

Si seulement les jeunes pouvaient survivre à l'égoïsme de ce monde mourant, des vieux Blancs qui ont toujours cru que la terre leur appartenait, qui utilisent et dépensent tout ce qu'ils attrapent de leurs mains froides, qui ont toujours mené ce pays au fond du trou, vers son effondrement inévitable. Nous qui héritons de ce chaos, de cette perte, de cet échec, voici ma prière – pour le pardon, pour nous, les héritiers d'un monde abandonné. Puissions-nous nous pardonner à nous-mêmes, pour nous soulager du fardeau, afin de pouvoir voler, non comme des oiseaux mais comme des humains, surmonter ce poids et aller de l'avant, pour les générations suivantes, continuer à vivre, mettre un terme à cette logique mortifère.

Voici la dernière chose que je dirai. Je veux tenter de trouver une façon pour chacun d'entre nous d'être de nouveau ensemble. Je veux rentrer à la maison. Il aura fallu que je m'en aille tout ce temps pour comprendre que j'avais un foyer. C'est peut-être ce que nous faisons tous. Vivre assez longtemps pour comprendre que quand nous mourons, c'est finalement à la maison que nous rentrons, et que notre mort n'est jamais une fin en soi mais un retour.

J'espère que vous êtes encore là, à Fruitvale. Dans cet autre Fruitvale. Là où nous avons fait partie de quelque chose qui nous a rendus meilleurs. Une famille. Avant de nous perdre. Chacun d'entre nous. Moi le premier. Je ne sais toujours pas comment faire confiance à ce que j'aime.

J'espère ne pas m'être absenté trop longtemps. Rien ne sera plus jamais comme avant. Nous le savons tous. J'espère que vous n'avez pas oublié qui nous étions, comment nous étions quand nous étions des gens bien. Évidemment, on ne peut pas oublier les mauvais moments, même quand on fait tout pour. Même quand on ne veut pas, ça nous revient toujours d'une façon ou d'une autre. Ça demande une force surhumaine de se souvenir des bonnes choses. Ne soyez pas bêtes, je veux dire, n'aggravez pas la situation sous prétexte que je reviens. D'accord ? J'espère que vous êtes là. J'espère surtout que vous êtes tous là.

LONY

REMERCIEMENTS

Merci d'abord et surtout à mon éditrice, Jordan Pavlin, pour m'avoir aidé à faire de ce livre ce qu'il est devenu, pour y avoir cru quand moi-même je n'y croyais plus, et pour avoir guidé mon travail en mettant l'accent sur la lisibilité et la narration avec tant de sagesse et de grâce.

Et merci à mon agente, Nicole Aragi, de me représenter avec tant d'esprit, de chaleur, d'amour et de charme. Et de m'avoir choisi.

Je n'aurais pas pu écrire ce livre sans tout l'amour et le soutien de ma famille et de mes amis. Merci à toi, Kateri, ma première et meilleure lectrice, pour ta force et ton amour. À toi, Felix, qui m'encourages et me portes de tant de façons différentes sans le savoir. À toi, Solomon, pour la nouvelle force et le nouvel espoir que tu as fait naître. À Teresa, Bella et Sequoia pour avoir passé toutes ces années ensemble avec un amour sans cesse renouvelé. À Mamie et Lou pour votre soutien et votre amour éternels à l'égard de chacun d'entre nous. Merci à Mario Diaz d'être ce frère exceptionnel dont j'ignorais avoir besoin, et d'avoir lu la mauvaise première version de ce livre. Et merci à ma mère d'avoir lu cette même mauvaise version, d'avoir toujours soutenu et aimé mon travail. Merci à la famille Diaz de nous avoir accueillis et aimés comme si nous faisions partie des leurs. Et merci à Martha, Jeffrey et Geri pour la bienveillance de votre amour et de votre soutien depuis tant d'années.

Merci aux lecteurs précoces et tardifs que sont Kiese Laymon, Terese Mailhot et Julian Aguon d'avoir lu mon manuscrit à diverses étapes. Un immense merci à Kaveh Akbar pour avoir commencé à écrire son roman en même temps que le mien en 2019, pour avoir échangé des pages dans les moments les plus difficiles, et pour la merveilleuse intelligence que tu offres à notre monde.

Merci à la ville d'Oakland et à ses habitants pour avoir fait de moi ce que je suis, avoir fait de ce livre et du précédent ce qu'ils sont devenus.

Merci à tous les lecteurs qui ont consacré à ce livre un peu de leur temps précieux.

Pour finir, j'aimerais saluer mon peuple, les Cheyennes du Sud, qui a survécu à davantage d'épreuves qu'il n'est possible d'en vivre, et m'a permis d'imaginer la vie des personnages de ce roman.

NOTE DE L'ÉDITEUR

Bien que les noms américains des personnages indiens soient eux-mêmes des traductions, nous avons tenu à les conserver, d'autant plus qu'ils sont devenus aujourd'hui des patronymes. En voici cependant une traduction littérale :

American Horse : Cheval Américain
Bear Shield : Bouclier Ours
Bird : Oiseau
Bird Woman : Femme-Oiseau
Gray Beard : Barbe Grise
Howling Wolf : Loup Hurlant
Little Bird Woman : Petite Femme-Oiseau
Red Feather : Plume Rouge
Spotted Hawk : Faucon Tacheté
Star : Étoile

DU MÊME AUTEUR

Aux Éditions Albin Michel

ICI N'EST PLUS ICI, roman, 2019

« Terres d'Amérique »

Collection dirigée par Francis Geffard
(Extrait du catalogue)

NANA KWAME ADJEI-BRENYAH
Friday Black, nouvelles
Le Dernier Combat de Loretta Thurwar, roman

CHRIS ADRIAN
Un ange meilleur, nouvelles

SHERMAN ALEXIE
Indian Blues, roman
Indian Killer, roman
Phoenix, Arizona, nouvelles
La Vie aux trousses, nouvelles
Dix Petits Indiens, nouvelles
Red Blues, poèmes
Flight, roman
Danses de guerre, nouvelles

TOM BARBASH
Les Lumières de Central Park, nouvelles
Beautiful Boy, roman

TOM BISSELL
Dieu vit à Saint-Pétersbourg, nouvelles

AMANDA BOYDEN
En attendant Babylone, roman

JOSEPH BOYDEN
Le Chemin des âmes, roman
Là-haut vers le nord, nouvelles
Les Saisons de la solitude, roman
Dans le grand cercle du monde, roman

TAYLOR BROWN
Les Dieux de Howl Mountain, roman
Le Fleuve des rois, roman

KEVIN CANTY
Une vraie lune de miel, nouvelles
Toutes les choses de la vie, roman
De l'autre côté des montagnes, roman

DAN CHAON
Parmi les disparus, nouvelles
Le Livre de Jonas, roman
Cette vie ou une autre, roman
Surtout rester éveillé, nouvelles
Une douce lueur de malveillance, roman
Somnambule, roman

MICHAEL CHRISTIE
Le Jardin du mendiant, nouvelles
Lorsque le dernier arbre, roman

TOM COOPER
Les Maraudeurs, roman

CHARLES D'AMBROSIO
Le Musée des poissons morts, nouvelles
Orphelins, récits

CRAIG DAVIDSON
Un goût de rouille et d'os, nouvelles
Juste être un homme, nouvelles
Cataract City, roman
Les Bonnes Âmes de Sarah Court, roman
Cascade, nouvelles

ANTHONY DOERR
Le Nom des coquillages, nouvelles
À propos de Grace, roman
Le Mur de mémoire, nouvelles
La Cité des nuages et des oiseaux, roman

LOUISE ERDRICH
L'Épouse Antilope, roman
Dernier rapport sur les miracles à Little No Horse, roman
La Chorale des maîtres bouchers, roman
Ce qui a dévoré nos cœurs, roman
Love Medicine, roman
La Malédiction des colombes, roman
Le Jeu des ombres, roman
La Décapotable rouge, nouvelles
Dans le silence du vent, roman
Femme nue jouant Chopin, nouvelles
Le Pique-nique des orphelins, roman
LaRose, roman
L'Enfant de la prochaine aurore, roman
Celui qui veille, roman
La Sentence, roman
Comme des pas dans la neige, roman

JONATHAN ESCOFFERY
Si je te survis, nouvelles

BEN FOUNTAIN

Brèves rencontres avec Che Guevara, nouvelles

Fin de mi-temps pour le soldat Billy Lynn, roman

TOM FRANKLIN

Le Retour de Silas Jones, roman

Braconniers, nouvelles

BRANDON HOBSON

Dans l'écho lointain de nos voix, roman

JOCELYN NICOLE JOHNSON

Mon nom dans le noir, roman

CHRISTIAN KIEFER

Les Animaux, roman

Fantômes, roman

THOMAS KING

Medicine River, roman

Monroe Swimmer est de retour, roman

L'Herbe verte, l'eau vive, roman

BARBARA KINGSOLVER

On m'appelle Demon Copperhead, roman

SANA KRASIKOV

L'An prochain à Tbilissi, nouvelles

Les Patriotes, roman

RICHARD LANGE

Dead Boys, nouvelles

Ce monde cruel, roman

Angel Baby, roman
La Dernière Chance de Rowan Petty, roman

MATT LENNOX
Rédemption, roman

BRIAN LEUNG
Les Hommes perdus, roman
Seuls le ciel et la terre, roman

MAXIM LOSKUTOFF
Viens voir dans l'Ouest, nouvelles

ROBIN MACARTHUR
Le Cœur sauvage, nouvelles
Les Femmes de Heart Spring Mountain, roman

STEPHEN MARKLEY
Ohio, roman
Le Déluge, roman

LESLIE MARMON SILKO
Cérémonie, roman

DINAW MENGESTU
Les Belles Choses que porte le ciel, roman
Ce qu'on peut lire dans l'air, roman
Tous nos noms, roman

STEFAN MERRILL BLOCK
Le Noir entre les étoiles, roman

PHILIPP MEYER
Le Fils, roman
American Rust, roman

N. SCOTT MOMADAY
Une maison faite d'aube, roman

LEILA MOTTLEY
Arpenter la nuit, roman

MATTHEW NEILL NULL
Le Miel du lion, roman
Allegheny River, nouvelles

ERIC NGUYEN
La Solitude des tempêtes, roman

KEVIN PATTERSON
Dans la lumière du Nord, roman

BENJAMIN PERCY
Sous la bannière étoilée, nouvelles
Le Canyon, roman

DONALD RAY POLLOCK
Le Diable, tout le temps, roman
Une mort qui en vaut la peine, roman

DAVID JAMES POISSANT
Le Paradis des animaux, nouvelles
Un bel esprit de famille, roman

ERIC PUCHNER
La Musique des autres, nouvelles
Famille modèle, roman
Dernière journée sur terre, nouvelles

SHANNON PUFAHL
Et nous nous enfuirons sur des chevaux ardents, roman

JON RAYMOND

Wendy & Lucy, nouvelles

La Vie idéale, roman

JESS ROW

Un monde nouveau, roman

ELWOOD REID

Ce que savent les saumons, nouvelles

Midnight Sun, roman

La Seconde Vie de D.B. Cooper, roman

KAREN RUSSELL

Swamplandia, roman

Foyer Sainte-Lucie pour jeunes filles élevées par les loups, nouvelles

Des vampires dans la citronneraie, nouvelles

Le Lévrier de Madame Bovary et autres histoires, nouvelles

ANJALI SACHDEVA

Tous les noms qu'ils donnaient à Dieu, nouvelles

JON SEALY

Un seul parmi les vivants, roman

BEN SHATTUCK

La Forme et la couleur des sons, nouvelles

HUGH SHEEHY

Les Invisibles, nouvelles

WELLS TOWER

Tout piller, tout brûler, nouvelles

DAVID TREUER
Little, roman
Comme un frère, roman
Le Manuscrit du Dr Apelle, roman
Indian Roads, récit
Et la vie nous emportera, roman

BRADY UDALL
Lâchons les chiens, nouvelles
Le Destin miraculeux d'Edgar Mint, roman
Le Polygame solitaire, roman

GUY VANDERHAEGHE
La Dernière Traversée, roman
Comme des loups, roman
Comme des feux dans la plaine, roman

CLAIRE VAYE WATKINS
Les Sables de l'Amargosa, roman

ANTHONY VEASNA SO
Nous aurions pu être des princes, nouvelles

KATHERENA VERMETTE
Les Femmes du North End, roman,
Les Filles de la famille Stranger, roman

SHAWN VESTAL
Goodbye, Loretta, roman

VENDELA VIDA
Se souvenir des jours heureux, roman
Les Habits du plongeur abandonnés sur le rivage, roman
Dompter les vagues, roman

JOHN VIGNA

Loin de la violence des hommes, nouvelles

WILLY VLAUTIN

Motel Life, roman
Plein nord, roman
Ballade pour Leroy, roman
La Route sauvage, roman
Devenir quelqu'un, roman

JAMES WELCH

L'Hiver dans le sang, roman
La Mort de Jim Loney, roman
Comme des ombres sur la terre, roman
L'Avocat indien, roman
À la grâce de Marseille, roman
Il y a des légendes silencieuses, poèmes

COLSON WHITEHEAD

Underground Railroad, roman
Nickel Boys, roman
Harlem shuffle, roman
L'Intuitionniste, roman
La Règle du crime, roman

CALLAN WINK

Courir au clair de lune avec un chien volé, nouvelles
August, roman

Retrouvez toute l'actualité des éditions Albin Michel
sur notre site albin-michel.fr
et suivez-nous sur les réseaux sociaux.
Instagram : editionsalbinmichel
Facebook : Éditions Albin Michel
YouTube : Editions Albin Michel

Composition : Nord Compo
Impression : CPI Firmin Didot en juin 2025
Éditions Albin Michel
22, rue Huyghens, 75014 Paris
www.albin-michel.fr
ISBN : 978-2-226-49205-0
ISSN : 1272-1085
N° d'édition : 25836/01 - N° d'impression : 183783
Dépôt légal : août 2025
Imprimé en France